职场
浮世绘

巴黎飞鱼

禹风 著

上海文化出版社
SHANGHAI CULTURE PUBLISHING HOUSE

　　小说从来都有各种各样的写法，禹风的《巴黎飞鱼》是一部别致的书。作者以自身经历为蓝图，描绘巴黎高等学府的一群 MBA 的生活，不拘泥于"财经小说"的实惠套路，也不遵循"留学生题材"的俗套规则，写群像式的人物，写漂流的傲慢，写放逐的尊严，写世俗的浪漫，写无为的征服，一群来自世界各个角落的年轻的成功人士，智商天天竞争，生活天天变花样，而身体和灵魂天天碰撞，撞出了很时尚很摇滚的现代生活的交响曲。

　　禹风的文字很轻盈很简洁，也许与他长期的记者生涯有关，可喜的是在《巴黎飞鱼》中他的目光也飞了起来，热情了，深邃了，他的目光穿越了巴黎的风花雪月，投射在人的心灵和命运上，可以说这部小说无法归类，它是一个关于白领阶层"后成长"的深度"报道"。

——作家　苏　童

　　《巴黎飞鱼》令人耳目一新的是分类描绘了一个"海归"中的"飞鱼族"。飞鱼不满足于游泳的天赋，而羡慕海鸥的翅膀。义无反顾跃出水面学飞的代价是鸟族的利喙和回坠的失望。

　　这活生生勾勒出了我们身边那些心存高远又坐言起行的弄潮儿们。他们不甘于现状，以各种眩目的方式展现着心灵的浪漫主义色彩。

　　我们不会吃惊于他们的失败，但也对此抱持一种尊重，因为，谁的内心深处没有一点儿飞鱼的影子？尤其在这个滋生着无数可能性的转变时代？

　　"飞鱼"，一个有意思的新名词，我将以此称呼我的一些特别的"海归"朋友。

——作家　周梅森

职场小说于近年来异军突起，其读者基石是高度焦虑的职场人群。职场竞争越来越激烈，工作步伐一天比一天加快，人们越来越需要一个出口抒发自己的紧张与不安，也需要大量经验带领自己度过职场小白阶段。因此职场小说分为了两个派别，一是心理派，与主角同成长共命运；二是实战派，能够提供职场实战经历。开山之作掀起巨澜，紧随的后起之秀又高潮频出。

本套"人间职场浮世绘"系列图书，完美结合当下职场小说两大主流派别，既有身在职场的成长与奋斗，用主人公的事业浮沉与情感纠葛牵动读者心灵，也有满满的职场干货，教你如何在职场官场生存。这一切都与作家群体的专业度密不可分，瑜伽师展现梵境追求与利益趋势下的矛盾频生；营销专家用真实案例带你翻涌金融风云；职业律师案件重演塑造现代版拍案惊奇……

脱离狗血爱情的大特写，踢翻华而不实的烂鸡汤。还原现实职场与小说情节发展是否冲突？行业行规有哪些需要避而不谈？激励的源头来自主人公的成功还是失败？这些都需要职场小说作者去考虑、权衡。职场小说需要精彩，也需要现实，只要有职场生活经验的人都可以畅谈自己的职场历史，职位没有门槛，但职场小说的撰写确实有门槛。平衡好虚构与非虚构的关系，在保证情节完整的同时保留职场特性，让读者既不觉得乏味，也不觉得虚伪。本系列图书的作者将这种平衡纳入了小说之中。

作为读者，疑惑自己于职场中身处的位置，质疑所在城市对自己的包容，生活在纷繁都市中，作为万千职场人中的一分子，多少会对这些问题带有迷惑，不如一同展开职场浮世绘的画卷。人生曲折离奇勾画众生相，职场则是它的小小缩影，而职场中的小人物，塑造的其实就是千姿百态的大人生。

《收获》编辑部

二〇一七年七月

我写"飞鱼族"

"飞鱼族"是指在国内已取得不俗成绩，但毅然放下一切，到国外名校求学的特殊中国群体。寓指他们跃出自己所熟稔的本国行业，试图在欧美天空飞翔的这一冒险举动，又寓指"本身是鱼，却一心想要飞，注定失败"，这一客观现实。

哥伦比亚作家加西亚·马尔克斯在回顾他三十年小说创作时说："真实永远是文学的最佳模式。"当我写作《巴黎飞鱼》这部小说时，曾对文学真实与生活真实的关系反复思考。

《巴黎飞鱼》的目标读者群是中国的年轻白领和准备出国留学的大专院校学生；《巴黎飞鱼》的写作动机是在汗牛充栋的对欧美名校的溢美之书中，以我本人的切身体会，给后来人一个纪录片式的不修饰的故事。小说只是一个便宜行事的叙事模式，"真"才是我设定的卖点和价值中枢。

我们三四十岁的这代人在近十年中逐步放弃阅读小说的主要原因是：以我们日益老辣的生活经验，流行文学越来越背离真实，转而单纯追求文字和故事的娱乐功能，乃至作者本人娱乐社会的可能性。而我们尽管不反对新新人类过自成一格的生活，但让我们加入其扬弃了责任感的瞬时狂欢则也是强人所难。

有感于网上对《巴黎飞鱼》的一些评论，我作一个简单回复：

得益于采访工作，我在近十三年中，游历了三十多个不同文化国家的数百个城市。巴黎 MBA 课程的二百余名同学又来自全球七十五个国家和地区。在特殊视角上，我的眼睛抓拍了形形色色的文化冲突的电火花。"真实"地把这些文化碰撞的故事还原出来，我把《巴黎飞鱼》看作是一个摄影展。对于摄影展，作者永远不重要，重要的是受众看到了直观的场景。

《巴黎飞鱼》不是情节剧，没有刻意安排的悬念，只有生活在章节的推移中逐渐露出真相，如果读者爱好生活的悬念，自然可以惊心。《巴黎飞鱼》也不是商业片，不把要素掺杂在一锅翻炒，不企图成为贺岁的焰火，只在名利场中品味人性，在记录痛苦时感悟生命。

禹　风

二〇〇六年五月

题 献

　　谨以此书献给我商学院的法国同学、优秀的财务经理让-克里斯多夫·米歇埃勒先生。是他和我在一个个周六的午后，对着学院山腰里波光粼粼的野鸟湖，一起兴致勃勃地构思了这部书的最初轮廓。那是我们繁重学业中难得的消遣。

从前，有一些小鱼儿对只能游泳的生活感到厌倦，它们仰望着在天空里飞翔的海鸥，羡慕地说：我们要是能飞该多美啊！

海鸥说：我可以教你们飞。可想飞，就首先要离开水。

小鱼儿纷纷跃出水面。于是，它们中的大部分成了海鸥的点心；幸运的几个，学会了拍动背鳍，成了海面的飞鱼。

目 录
CONTENTS

第一部

出水

第一章

小镇夜会

二〇〇三年一月六日，一个风雪交加的夜晚。

巴黎西南郊的宿易小镇，被白色的雪褥沉沉遮盖着，连平日晕黄的灯火也稀释在大片飘飞的雪花中。坐落在镇旁小山上的巴黎元一商学院似乎在雪褥下沉睡。

这沉睡即将被打破。

一个洋溢香槟酒香的"邂逅之夜"舞会要在今晚举行，两百多名来自七十五个国家的 2003 级 MBA 学员，将在舞会上首次大会师。秋季班先入学的一半学员已在校内安顿下来，春季班的外国学生大多才下飞机，法国学生正驾车从巴黎市区，甚至外省赶来。

茜茜莉娅是个典型的巴黎女郎，紧身夹克，一袭黑裙，右手夹着一支烟。她平时说话飞快，巴黎女人好听的语气词恰到好处地点缀着她的迷人语调。

今夜，她不太快活。

下午，她告诉公司法国中部区总经理，她被巴黎元一商学院 MBA 项目录取了。她想知道，公司愿不愿意赞助她的学费。

"祝贺你，这所著名学府将带给你远大前程。"总经理葛胡帕先生大惊小怪地行吻面礼向她道喜。

"至于学费是否由公司来投资，这需要由里昂总部的人事部来决定，我会打报告说明。"葛胡帕摸摸才三十七八就谢了一大半的顶,"今晚让我请你吃晚饭,为你庆祝一下。"

茜茜莉娅犹豫了一下:"今晚我要去学校参加晚会。"

"晚饭结束后去也不迟嘛。顺便谈谈你的工作交接问题。"

"好吧。"茜茜莉娅答应了。

下了班,茜茜莉娅搭葛胡帕的车在蒙巴拿斯大街的"葛莱芒"海鲜餐馆用餐。葛胡帕开了一瓶一九八五年的波尔多酒,殷勤地点了两人份的花色海鲜盘。

净是些私人朋友聚会式的轻松话题,这让茜茜莉娅感到别扭,平时她和这位总经理其实并无太多交情,除了"早安""晚安"之类打招呼的话,两人几乎不能算认识。难道巴黎一商如此令人心折,葛胡帕因此对她另眼相看?

茜茜莉娅尽量有礼貌地应付着葛胡帕,对三万欧元的学费赞助,葛胡帕是个关键人物。

有说有笑地吃了一顿饭,两人似乎熟悉了一些,结账出门,葛胡帕见大雪未停,讨好地说:"我送到你学校门口吧。"

夜幕使白色大地显得雾蒙蒙的,开慢车的葛胡帕说:"不工作还要付学费,加上生活费,不是笔小数目。"

见茜茜莉娅光抽烟不说话,他又说:"听说 MBA 毕业工作并不好找。由公司赞助,毕业后继续为公司工作,这是个聪明的主意。"

茜茜莉娅按灭了烟尾,突然感到一只手在她膝盖上碰了一下,慢慢爬上她大腿。

茜茜莉娅感到巨大的失望,这失望使她发不出声来。

手在她大腿内侧轻轻捏了一把,收了回去。

"我可以为你争取到学费赞助,同时替你准备好毕业后升迁的新位子。"葛胡帕一字一顿地说。

一直到学校,两个人都没再说话,茜茜莉娅下了车,一声不响地往前走。葛胡帕有点窘,大声说:"À bientôt!(不久再会)"

茜茜莉娅消失在 MBA 学院的转门后,什么也没说。

茜茜莉娅一进门，徐斌就看见了她。

徐斌长得孔武有力，外表类似天安门广场上负责升旗的仪仗兵。

他是土生土长的北京爷们儿，北京人有的优点他全有；北京人不讨人喜欢的毛病，他注意改了很多。

徐出生的年代正像《阳光灿烂的日子》勾画的那样，只是轮不到他上屋顶打群架，翻窗户追姑娘，那时他还是个小屁孩儿。但这电影着实让他回忆起童年的流光岁月。

徐家当年就住在体委大院附近，徐怀念那"吱溜吱溜"喝着瓷瓶装的冰酸奶，在体委大院墙外紫色牵牛花下张望的时光。他开始长脑子的时候，正是中国人在体育上乍然找到宣泄点，以不知怎样扬眉吐气的方式扬眉吐气的那几年。徐见过周晓兰从体委浴室出来，头发湿淋淋，把脸盆顶在头上的俏模样；也常看到邹振先踩一破烂脚踏车出门混去。他心里长着豪气：咱北京城人能着呢，啥都得世界第一，万凤来朝。

徐斌从小功课优异，学什么会什么，高考轻轻松松进了清华，毕业本来被分配到财政部。他一哥们儿不待见他浪费天资，告诉他城里有人正干着大秤分金的事，稀罕他这号干啥像啥的。于是，他当上了A股的操盘手，整月在燕山某破镇一招待所里，跟几个上尉军衔的老少爷们儿对倒，拉抬股价。

发得容易，跟他历来做任何事一样，开始还有点激情，到后来，数钱跟翻旧报纸一样，提不起兴趣。

徐揣着一皮夹银行和俱乐部金卡，进了家法国银行当客户经理。客户总监是个里昂人，比徐的爹还大两三岁，头秃得都没毛了，整天色眯眯带各种口味的中国女人进进出出，一副不遗余力，为中国人种改良事业不远万里而来的德性。徐用两年考取了巴黎一商，不但把总监在里昂的学历比了下去，还暗暗存个为国争光的念头：北京城多的是世界第一，凭什么糟老头总监在北京当小蜜蜂，他徐老爷们儿不能到巴黎去当龙种？

说干就干，徐潦草地把几个不近不远的女友约到一桌上，吃了顿饯行饭，一副壮士一去不复返的鸟样。他给每个姑娘送了张京城顶级女子俱乐部的钻石卡，同时替自己往巴黎汇了二十万美金生活费。

MBA 大楼打亮了灯火，有人"嘭"地开了第一瓶香槟。人群中响起一阵相互道贺的欢呼声。

阿拉伯裔的摩洛哥学员亚辛带着他的法国妻子，下午就来 MBA 楼布置晚会。在成排的葡萄酒旁，他设计了一个莫洛哥茶几，手提长颈铜茶壶，准备送上热气腾腾的薄荷茶。

才二十五岁、在 MBA 学员里显得出奇年轻的巴黎公子哥儿樊尚，和每个人握着手，溜着嘴说字正腔圆的巴黎土话，逗得说法语的师生忍不住也兴致勃勃地搭个腔，大部队没到，大厅已经热闹起来。樊尚掏出一叠花花绿绿小卡片，放在他捐给晚会的花色三明治盘前。他目前正经营一个网上商店，卡片上是网址和营业范围。

光头的德国小伙子狄罗有一双认真的眼睛，他和法国人师第方、比利时人亚历山大讨论本校 MBA 项目的特点。

"不可否认，这是全世界最国际化的 MBA 项目之一。我们的同学来自每一个大陆，每一个重要国家，每一座国际都市。我们将在世界的所有热点地区，拥有同学关系。"狄罗发表意见。

"我们甚至有一个以色列同学和一个巴勒斯坦同学，而且都来自耶路撒冷。"师第方诡谲地眨着小眼睛。

"希望他们在给对方的学习小组放置炸弹前至少一分钟，到学校 Intranet 上给大家发个 mail。那样我们可以达到起码百分之五十的逃生率。"亚历山大也很兴高采烈。

"你是说有一半以上的 MBA 是从不下线的吗？"狄罗又开心又有点害羞地说。

上海学生陈香墨不知道该怎样加入陌生的同学们，他端着一杯红酒，讪讪地一个人站着。

别以为他是个内向的人，事实上他过去是家大报的经贸记者，平时的工作就是和各式各样的人交往，但关键是他不知道怎样主动去和陌生人打交道！

他是被自己的工作宠坏了，作为中国发行量第一的报纸的记者，几乎每天他都被一群"新闻掮客"或公关公司包围着。他们投其所好地恭维他的报道，为他联络安排好采访对象，使他处处被当成重要的媒体人物，受到殷勤款待。日复一日，免不了养成了孤芳自赏、清高自恃的傲气。

可是，这里，没人来为他引见新同学。他发觉自己怎么也没法像个正常人那样，先站到大家面前，礼貌地等待，等别人说完话，转过脸来，才笑眯眯介绍自己是谁。他习惯性地期盼别人会来照顾他，把他接引到圈子里去，而且，大家还应该久仰一下他的报纸和他的记者身份。

这是做梦，这些全球选拔的工商管理硕士生们都是自视甚高的人，甚至没人朝孤独局促的陈香墨看上一眼。

更多的新同学推门而入，他们总是有点羞涩地在门口迟疑一会儿，然后才挑一堆人前去自我介绍。

这时进来的是个打扮随意的男子，长着典型的法国面孔。一头鬈发不太得体地趴在头上，睡意蒙眬的眼睛无神地打量着四周。身上除了一条好久没洗的长围巾，就一件旧式套头运动衫。他进了门，直奔冷餐桌而去，往碟子里扒拉鹅肝酱小三明治。

跟着进门的是个细小的男子。他站在门口，大喊了一声："Hello，guys."很女性化地扭了一下腰肢。有零星几个注意他的人，"嘿嘿"笑出了声。细小男子拿了一杯橙汁，便向身边那孤身嚼三明治的人伸出手去。

"我是美国人杰森，很高兴认识你。"

"哦，"那个自顾自吃得高兴的家伙含混地咕哝了一声，"我是比尔赫。您不来点红葡萄酒吗？"

"你是做什么行业的？"杰森不依不饶地问。

比尔赫顾自喝了一大口红葡萄酒，咂了咂味："依我看，这瓶二〇〇一年的罗纳河谷酒市场价不会超过四欧元。至少他们应该知道我们已交付了昂贵的学费，这样的招待对法国人来说，算不上体面。"

杰森有些尴尬地看着比尔赫："可以请教你是干哪一行的吗？"

"我已经回答过您了。如果您没注意的话，我再说一遍好了。"比尔赫怠懒地笑笑，"我是葡萄酒销售商。"

"哦——"杰森夸张地向后做了个仰身动作,"我真笨。"

"不,笨的人来不了这儿。您只是一个美国人而已。"比尔赫眉开眼笑。

MBA楼的大厅,此刻已成为嗡嗡不休的大蜂窝。

新生已到了一百多位,围成十多个圆圈热烈交谈。

加拿大女生杰妮·尤带着她的先生卡斯加入一群女生握手交谈。卡斯顿时成了明星,不因为他长相迷人,只为他是巴黎东南郊枫丹白露镇那所欧洲商学院(INSEAD)的新生。

尽管有人讳莫如深,但巴黎元一商学院和欧洲商学院之间的争风吃醋由来已久,早已成为圈内人士茶余饭后的谈资笑料。巴黎一商原是大名鼎鼎的拿破仑创立的法国五所大学校之一,几百年来风云际会,是法国商业精英丰满羽翼、形成各类小圈子的圣地。在法国大企业中,很难找到高级经理层中没有巴黎一商校友的公司。一九六四年,戴高乐总统亲自为新校舍剪彩祝贺,更使巴黎一商成为全球法语国家显贵家族趋之若鹜的名校。

曾几何时,正如美国人在其他各领域搞得法国人毛痒一身那样,三个哈佛商学院的毕业生于一九五七年跑回法国,成立了美国式教学的欧洲商学院。四十多年一晃而过,法国教授们原本不屑一顾的美国式商学院,竟然在世界上闹出了好大一片声音,美国人和美国人在欧洲的远房表亲英国人主宰了世界商学院排名,愣是把枫丹白露的欧洲商学院排进了世界前五位,法国人引以为傲的巴黎一商却被远远排挤在前二十名之外。

高卢的雄鸡习惯在屎堆里引吭高歌。

巴黎元一商学院高仰着脸,不屑与大西洋彼岸的暴发户们为伍。在历史悠久的法文报纸上,法国学术权威始终如一地把巴黎一商封为法国最好的商学院,即便在尾随其后的其他法国商学院名单中,也没有枫丹白露的那一家。理由简单明了:欧洲商学院竟然连法语都不说,怎能当它是法国商学院?充其量只是位于法国境内的美国学校,决不能让它混淆法国的独特教育体制。

于是,全世界都知道大名鼎鼎的欧洲商学院,但躲在难懂的法语后面的伟大的巴黎一商,愧对拿破仑、戴高乐的青睐,终于在法国之外寂寂无名。

同样是鸵鸟，法国鸵鸟头不扎进沙堆，只是昂然向天，一样对逼近的虎狼不屑一顾。

卡斯端着香槟，很有风度地攻击着自己就读的欧洲商学院那所谓的"钟形曲线"政策。

"说是会淘汰曲线后尾巴上的那几个不合格的学生，只是学长告诉我，那样的事还从未发生过。你知道那些统计专家，他们最擅长的就是在数值上玩花招。"

女学生们发出"咯咯"的笑声。远处，喝红了脸的比尔赫朝着笑声张望了两次。

MBA院的院长站上大厅当中的花坛，准备致词。

海阿勒夫人四十来岁，瘦削的肩配着驼色西服，显得挺精干。她的脸也瘦长，老挂着明白一切的笑容。据说她新官上任才半年，前任是因为无力挽回学院国际排名下降而辞职的。

夫人没打手势，一个准备讲话的身体动作让全场静了下来。

"此时此刻，将永远留存在你们的记忆中。我，巴黎元一商学院MBA学院院长，荣幸地欢迎你们——国际商业领域的年轻精英。如同采集的繁花，你们被从全球的花园中甄别出来。请举起香槟，接受我至诚的祝贺。

"你们经过了千挑万选，无论是美国标准还是法国标准的全球统一考试，你们都以一流的成绩脱颖而出；不仅如此，作为MBA，你们还拥有多年的实际工作经验和领导他人的能力。本届的每一位学员，都是从平均五十位优秀候选人中挑选而出。你们应该在此刻骄傲，你们正站在拿破仑亲手缔造的法国商业大学校的门口，不管来自何方，你们将和法国国家级的商业精英同窗学习，享有同样的荣誉。我热烈祝贺来自七十五个国家的二百一十一名本届MBA学员。

"然而，你们将在这所严酷的学校经受磨难。MBA项目很难顺利过关，你们只能将十六个月中的每分每秒奉献给学业。没时间去游览巴黎，即便你们就在巴黎；没时间品尝法国美食，为了不让你们分心，学校只供应美国式正餐，也许周末会改成英国食谱（学生哄笑）；没时间睡好觉，假如你们还没买睡衣，就不必了，因为穿着大衣也会睡得香……不过请记住，你们不是来这里自杀的，你们必须学会怎样学！我的建议是记日记，每天记下你们的感触，直到有一天突然看清了从没看清过的东西。

"时间飞驰，我们也会见老，这是人生。我很感动，能看到你们这些聪明人放弃已经达到的成功职位，来向彼此学习。在三十多岁的年龄，很多人已经睡眼蒙眬，你们仍旧醒着。继续张开眼睛，和身边的每一位同路人手握手，我肯定你们会找到那条路，通往更成功的明天的路。

"祝大家第一夜快乐。欢迎来到 MBA2003。"

海阿勒夫人在掌声中走向每个学生，握手，并用英、法、西三种语言稍稍交谈一会儿。

陈香墨好不容易发现若干亚洲面孔，他仔细打量他们的举止和衣饰，确定谁会是中国人。有一位体健貌端的男生，戴眼镜，正跟另一个疑似中国女生的姑娘谈笑风生。陈上前几步，已听见他们在说普通话。他打断他们的谈话："你们是哪里来的？"

"上海。"两个人一起回答。

"是吗？"陈改说上海话，"阿拉上海人。"

这两位没流露出同乡人的亲切感，甚至也不用上海话来回答他。

"你以前是什么公司的？"那男生问，说的仍旧是普通话。那女生眼睛看着陈，不眨。

陈感到一点微微的不快，也说不清为什么。

他调节了一下情绪，微笑着用上海话说："晚报晚报，晚饭吃饱。"

什么反应也没有，两人脸上一片空白。

"我是《新城晚报》的记者。"陈说。

"啊，是说有个上海来的记者，原来是你。"女生说。她终于柔和了一下。

大家交换了姓名和职业背景，原来男生叫王林，是法国一家除尘器械公司在上海的首席代表；女生是秋季班的，早入学三个月，叫廖顺顺，原来在广州一家港资猎头公司工作。

"我们总共有多少中国同学？"陈问。

王林说："一共十个大陆生，另外香港和台湾生各一个，还有两个加拿大华人。"

廖顺顺伸手指在唇上轻"嘘"了一声，大家抬头，有人打手势，要讲话。这是个半秃的年轻人，身形既胖且壮。一开口，大家就知道他是法国人，他的英语带着浓浓的法国腔。"我叫劳杭。MBA2002 级。现任学生会副主席。欢迎大家来到巴黎。"他面部表情生动地变化了好几下，虽然不懂他的意思，新生们还是笑起来。

"在把话筒交给你们的学生会主席前，请大家举起法国葡萄酒。我敢保证主席先生待会儿请你们举起的是茶杯。"

劳杭做出畅饮和品尝的表情，然后手一伸，将学生会主席邀请上花坛。

干杯的嗡嗡细语声快速沉寂，显示大家都被吸引。站到台上的是个中国学生，他的国字脸像个中国印章，不容置疑。他的做工粗糙的呢子大衣更加强了这种肯定。

"我们的学生会主席是中国人？"王林惊叹。

"女士们先生们晚上好，我叫洪平·张，代表 MBA 学生会和在校的学生欢迎你们……"

张洪平的英语发音很好，在中国学生里头可以算没有缺点。对土生土长的中国人来说，这是很不容易的。他的演讲也四平八稳，不追求西方同学炫耀的幽默，但中规中矩，没什么不得体。陈香墨记者出身，看多了名利场上的洋相，知道一个中国人用英语对西方人演讲的心理压力，因此喜出望外，对这位张主席很佩服。尽管张的发言有些拖沓，一二三四地露出中国式官腔，但陈觉得一个中国人史无前例地担任了法国名校的 MBA 学生会主席，荣耀已及于所有中国学生和亚洲学生。他注意观察四周，欧美学生们显得多少有些好奇和怀疑，一个中国生担任大家的主席？他的能力自然而然会被摆在聚光灯下考评。陈从一些脸上看到了茫然，另一些脸竭力掩饰真实的表情。

终于，美国人杰森打破了平静，他高声挑战台上的中国主席："一二三四五六七，请告诉我们还有多少要讲？何不印发给大家？"

杰森其实是有道理的，聪明的演讲人从不罗列枯燥的信息，张显然还不老于此道，因此在雄心勃勃的 MBA 生面前，他的权威和面子难免受到挑战。杰森的态度很有代表性，就连中国学生也笑了起来。

张主席处乱不惊，脸上的表情一如既往地稳重和认真。他淡淡地回答杰森三个字："别着急。"继续往下讲，这种沉稳倒也暂时迷住了大家，学生们带着看看究竟会怎样的态度又静了下来。

可张显得并无伏笔最后镇人，他继续向第十点进军，这使陈香墨捏了一把汗，再这样下去，众人会真正厌烦，那样就得出丑！他看着杰森，这细小的美国人不安地扭动着身子，一次新的攻击如箭在弦。

胖而壮的劳杭动身站到张边上，接过张的一个停顿，开口说："按照学生会的决定，主席先生讲前面的十点，后面的三十八点由我接着讲，但显然你们中的不少人已经在偷偷地打量漂亮女生和神气的男生，这是我们始料未及的。基于对人性的理解，我只好另找机会告诉你们这会让你们后悔没听的三十八点。现在，我和主席先生一起，祝大家今晚快乐！"

欢笑声中，谁打开了迪斯科音响，强大的鼓击淹没了一切。

旋转光球打出以深深浅浅的紫色为主调的冷光，近两百人在席琳·迪翁的《另一次生命》中舞动。每一位的人生轨迹都在此时戛然终止了以往，MBA 正如另一次人生的开端。人们相信在十六个月后，他们将能选择新的职业、新的国家、新的理想。这一个年级，学生平均年龄是三十岁，此刻他们感到十八岁的血液正在回流，法国葡萄酒渗入薄薄血管，使他们放声合唱："另一个世界，另一次生命！"

茜茜莉娅从一进门，就感到有几双眼睛盯在她身上。这跟出门会嗅到新鲜空气一样，在她的生活中自然而然。唯一不同的是，她意识到其中有双东方的明亮眼睛，待她好奇地回望时，那双眼睛躲闪开去，只让她看到一个东方人的背影。

茜茜莉娅一瞬间回想起自己在台湾工作的两年。东方的气息在幻觉中扑鼻而来。

迪斯科鼓点打断了热闹的交谈，茜茜莉娅随大家扭摆了一会儿，悄悄溜出了MBA 楼，站在廊下点燃香烟。

前葡萄酒商比尔赫喝得有点高了，刚才有个圆脸的日本女生在嘈杂的乐声中和他握手，仰着脸大声和他攀谈，搞得他有点轻飘飘。他抓起一瓶冰镇百威啤酒，晃出了大门。

茜茜莉娅正在廊下抽烟，想心事。

"您好，"比尔赫交啤酒于左手，向她伸手，"我叫比尔赫。"

"茜茜莉娅。很高兴认识您。"

黑暗中，茜茜莉娅看不清比尔赫的脸，但她疲惫地意识到，又一团高卢味的荷尔蒙正在逼近。

"外面好冷，"她打了个冷战，"您多保重。"一转身进了楼。

比尔赫给这巴黎口音的姑娘一晾，心里郁闷。他出生于马赛北城区，是个典型的马赛男人。巴黎人常常放肆地调侃马赛人，使他很不服气。

他喝光百威，忽然想尝尝红色马丁尼酒。他推开门，绕着摇摆的人群向酒水台摸去。当酒保的一个亚洲同学给了他一杯马丁尼，说："您是今晚喝得最欢的。"

比尔赫向他举了举杯，酒保伸出手："我叫及川敏一。"

比尔赫咕哝了两声自己的名字，瞥见晾了他的巴黎姑娘正和另一个亚洲人在放布告板的角落里说话，脸上挂着愉快的笑容。他脱口而出："Merde！（见鬼）"将一杯马丁尼一饮而尽。

日本人及川吃了一惊，还是满脸堆笑："再给您来一杯？"

当这个中国人徐斌站在角落里向她问好时，茜茜莉娅直觉地感到他就是刚才那双东方眼睛的主人。

"你是中国人？台湾的吗？"

"我是北京人。"

茜茜莉娅用流利的汉语说："我在台湾工作过几年，北京向台湾打飞弹那年，我正在台北。"

"太好了，你会说中文！"徐充满友好的表情，"我是商人，不懂政治。我也反对一切武力。让我们说点专业的，你在台湾做什么业务？"

音乐声短暂停顿了一下，说话的人们发觉其实大家都在大声叫喊，否则很难听见彼此。

"对不起，在向你大喊大叫。"徐有点不好意思。

茜茜莉娅发觉这份羞涩在此刻很养人，这是非常东方的男性反应，令她从傍晚的反胃中舒缓了些。

只是换 CD，更强劲的迪斯科开始了。人们重新回到舞池，抖动身体。

现在什么话都听不清了，室外太冷，没法久站。每个人都打消了说话的念头，认真舞动起来。

听说 MBA 们一认真，没有做不好的事。

舞跳得棒极了，节骨眼儿上，大家齐声喊。

第二章

发达与破产

躺在宿舍里，陈香墨梦见了上海。

这是件奇怪的事。因为一直以来，无论是到哪个国家出差或度假，他永远只梦见上海。最长一次在德国交流采访了三个月，每天都只和德国人打交道，他还是固执地只梦见上海的家人和朋友。对于偶尔造梦的人，还不怪；陈是每天必有梦的人，就有意思了。

他自己百思不得其解。

这次他梦见自己在报社办公室里。有很多人打电话来，请他参加各式各样的信息发布会。他在梦里有点生气，觉得都什么时候了，还拉我干这些？

他朝一个电话吼："让我静一静干点正经事吧！求你了。"

醒来，法国的太阳已明晃晃地照在厚而连绵的白雪上。

陈心里余音袅袅，还残留着心烦感觉。他呆呆望着窗外树林，生活的惯性并没因为他飞到万里之外而停止。

扔在墙角的开口皮鞋是他为精减行李穿来的唯一一双鞋，没想到碰上大雪浸坏了。陈无可奈何地套上它们，去参加中国学生联合会组织的迎新早午餐。下午，MBA 课程就将正式启动，头两天是个实境模拟课，叫做"NEGOSIM（边谈判边竞争）"，就是让大家按游戏规则投资竞争，最后有人发达，有人破产。让你看看自己究竟有多少分量！

早午餐摆在山下镇上的中餐馆“鸿运楼”。

张洪平主动张罗着用自己的车往山下载人，载完了一批又回来载下一批。他老婆是个长得挺美的东北姑娘，叫东云，在一旁招呼完这个招呼那个。

到齐了人一点，二十三位。不止 MBA 的，连本科生也来了好几个。中国人嘛，爱凑个热闹，何况迎新，历来顶喜气的。大家西体中用，在长条桌两旁一字儿排开落座，互相寒暄。

张主席清了清嗓子：“要不大家挨个自我介绍吧？”

这纷纷攘攘地一介绍，大伙儿都刮目相看起来。这拨人，有清华的，北大的，复旦的，交大的，上外北外的，绝大多数是国内的名校生。

一个怯生生的女声说：“大家都这么厉害呀？我可比不上你们，我是没有名的学校毕业的。”

“哎呀，小妹，说什么呢？学历又反映不了能力。”张太太东云安慰廖顺顺。

陈香墨发现了一个复旦校友，她还是上海媒体的同行，上海电视台前英语节目主持人唐文文。她享有本年度全球唯一一份全额埃菲尔奖学金。

两人像所有上海人一样，忍不住低声开讲上海话。陈香墨回忆了半天复旦校园生活，忽然想起件事：“这里上海学生蛮多的，为什么在一起还说普通话？”

“哪来很多上海生？”唐文文一噘嘴，“这里谁都爱假装我们上海人。有的连上海话都听不懂。”

“哦，为什么？”

“谁知道，不高兴了骂我们小市民，到国外就攀着上海！”她说完，示意不谈下去了。

大家交换座位，边吃边认识。

王林和陈香墨今天谈得挺开心。听说王林毕业于计算机专业，陈香墨便认定这是理科生和文科生之间的对话。在商业社会里，理科生是不是向智商财富倾斜，而文科生独占了情商资源？

王林并不拘泥于陈的思路，他感兴趣的是西方世界和东方世界思维方式的不同逻辑。西方人习惯于数理逻辑，要求用数字来证明任何论点；而以古中国哲人为代表的东方形式逻辑，则充满对人生经验和社会智慧的顶礼膜拜。这差异使东西方学生非常容易堕入相互攻击的陷阱，但很少有人从比较文化的宽容角度来考虑问题。

陈香墨相当激赏王林的分析，觉得商学院里也并非全是言谈无趣的生意人。

王林则表示今后十分愿意与老大哥多多切磋。

临近终席时，一位本科女生崇拜地望着张洪平说："太光荣了，我们有一位中国籍的学生会主席！"

大家随声附和，听得出也是由衷的。

张主席稳重地摆摆手："没那样严重，为大家做点事而已。"

坐在陈香墨边上的北大毕业生老刘说："张老师不错。"

"张老师？"陈不解。

"你不知道？出来前，老张是北京新东方学校的 TOEFL 辅导老师。"

"哦，是吗？"陈惊奇地想，"新东方老师，乖乖。"

传说新东方的老师们都用百元大钞当席梦思，小偷进门都直奔床垫而去。而每个小偷还都看不起新东方学校创始人老俞，说他为了点钱，放任手下的教师在课上糟蹋自己。

上山回校路上，张太太东云指着陈香墨的破皮鞋说："香墨，鞋破了不冷吗？"

一听香墨说出破鞋原委，她回头和张主席说："老公，这镇上连个鞋店也没有，啥时候咱开车陪香墨去一次凡勒喜商业中心吧？"

陈道谢推辞，知道谁的时间都贵，人情难欠。

"老公，你那脚码和香墨差不多吧，赶紧把那双运动鞋借给香墨吧。冷着脚怎么上课呀？"

到了宿舍，夫妻俩立马找了干鞋给陈香墨。陈穿在脚上，真是暖在心里。

NEGOSIM 是个大游戏，是欧洲排名第三的某著名商学院的大教授安东尼奥设计的。

蓄着唇须的老安教授拖着行李箱，从巴塞罗那飞来巴黎，和本校两位教授一起主持这个商业游戏。

三位教授中午连葡萄酒都没沾唇，就赶着给学生散发游戏软件，解释游戏规则。

在游戏里，学生们四到五个人一组，每组抽签成为游戏中某国某公司的经理层。不同的公司有不同的实力背景和经营资源，但互为同业，在国际市场竞争。

从各自特殊的公司背景出发，学生们需要自行制定经营策略，和其他公司或合作或竞争。学生们需要调整自己的产品，安排好供应链，同时在国际市场上落实市场营销。他们不仅要维持当前的业务，还要积极投入市场调研和新产品开发，提高市场份额，最终赢得竞争。

到得最后，不会有皆大欢喜的结局，市场弱肉强食，一半公司必将倒闭。

虽然不会有任何有形的损失，但对这伙野心勃勃的MBA生来说，挑战巨大。在开学第一个竞赛中失败，会使人心理产生阴影，自惭形秽。

我们小组能比别人差吗？不能！！！

我们的形象能破产吗？绝对不能！！！

这里谁是最棒的经营者？当然是我们组！！！

瞧，这就是压力，是保证游戏认真和精彩的前提。

MBA们辞掉工作，交纳昂贵的学费，是要玩真的。

师第方以前是米其林公司驻日本市场的产品质量经理。此刻，他左肩背着沉重的电脑包，右手端着杯"café long（长咖啡）"，在大厅里找他的小组伙伴们。

第一学期的四个月，学院按学生不同的职业和文化背景，事先划分了小组，分组原则是追求最大的多样性，以利学生们互相学习。

师第方的小组由五位男生组成，两个法国人、一个德国人、一个中国人和一个美国人。小组在第六教室碰头，大家搬桌搬凳子，然后围坐在一起，彼此熟悉一下。

师第方领头问："大家早上好？昨晚都睡好了吗？没睡好的话，今天的游戏将是一杯提神的expresso（特浓咖啡）。"

每个人都微微笑了笑。

"我们当中有没有金融专家？"师第方带着研究的眼神看过每一张脸。

"香格墨，您会不会恰巧是个金融记者？"显然他研究过了上午才发给大家的学员简历，而且试图和中国同学开开玩笑。但他挺滑稽地按法文发音规则把"g"

读了出来，使陈香墨成了陈香格墨。

"我不是，"陈的声音有点不自然，但随即放松了，"我专门写文章曝光名人臭事。"

大伙儿又轻微地笑了几下。

麦克·林肯，一个为美国政府工作的年轻经济学家，开口说："如果你是说我们需要在游戏中对付一些金融问题，也许我可以帮上忙。"

麦克温和地笑着，他是个金发但是早谢的人。

"棒，"师第方说，"有谁自愿做其他的事？"

"我可以负责和其他公司谈判。"狄罗表示。他是个德国工程师。

"我和你一起去谈。"陈说。

"我吗？我可以照料我们的供应链。"经营购物网站的樊尚笑容可掬地说。狄罗翻开简历手册，看到樊尚本科毕业于 Polytechnique（巴黎综合理工大学校），不由把手册推向麦克，麦克看后，向他点点头，小伙子樊尚的学术背景不容小觑。

"OK，我负责生产计划和产品研发。"师第方环视大家，"看来我们已在快速分工方面赢得了时间。"

"是吗？"樊尚溜出教室四处打探了一番，回来点头，"是，我们已领先一个颈位。哈哈……"

游戏分派给这一组的是家德国中型企业，在德国市场生产和销售汽车零配件，同时也已准备好向美国或日本市场拓展业务。

小组可以透过游戏公共网站了解竞争对手的概况。他们发现，市场中另有一家中型德国企业，和他们实力相当；两家大型美国公司，市场主要在美国。此外，在劳动力成本低的马来西亚，也有两家制造商。

小组首先需要作出的决定是：第一年公司的产量，以什么价格销往什么市场。

"现在每个人拿出自己的主张。"在电脑前弄清了状况后，五个人围坐在一起，想看看不同的脑袋会生出怎样不同的果子。

"我们应该进入美国市场，因为游戏背景揭示这是全球最大的汽车零配件市场。"狄罗说。

"我们的产品据介绍是高品质的，而且目前的价格有很高的利润率，因此我建议降价百分之十，到美国和日本市场竞争。"师第方说。

"别忘了那些马来西亚公司，我们可以向他们购买半成品，他们的低劳动力成本使他们产品的价格远低于我们的德国供应商。"樊尚给出意见。

麦克和陈没开口，另外三个人现在看着他们。

于是，陈说："我觉得我们应该去劳动力成本更低的那些国家投资设厂，马来西亚在亚洲已失去人力资源优势了。"

大家有点困惑地看着陈，大约有几秒钟，狄罗反应过来，说："香墨，你当然是对的，可是你必须在游戏给定的环境里提出建议，这个游戏里没有其他国家。"

"哦，对不起。"陈说，他看上去很尴尬，马上拿起游戏资料又从头读起来。英语的长篇商业文件对一个非商务专业的汉语记者来说，不可能一开始就不陌生。

"我来试着为你们的主意做些计算。"麦克柔和地微笑，表示他并无其他意见。

大家散开来做各自的事，每人一个笔记本电脑。

陈对商业实务，是个门外汉，他可能拥有更多和跨国公司外派人员一起在中国吃饭喝茶的经验，但这些外国经理们对他只谈投资策略，不谈实际操作。

他有点窘迫，坐到师第方身旁看他做什么。师第方，善解人意地耐心解释他的设想和步骤。

一小时后，五个人再次聚集，拿出各自的作业，开始合成第一年的经营策略。

他们决定以低于美国市场目前平均价格百分之十五的价格进攻美国市场。

在美国投入广告。

同时和马来西亚公司洽谈，购买他们的低价半成品。

根据自己在轮胎行业的工作经验，师第方建议购买和储备尽可能多的原料，因为根据可以预见的产能增长，下一年生产资料一定会涨价。

他们整理出一个带有 Excel 表格的书面报告，在 Intranet 上传给了老安教授。他们赶在了截止期前面。其他组看来都迟了。

五个同伴对自己的首份报告颇为满意，一起开步走，去学生食堂吃午餐。第一轮的操作结果两小时后会公布在网上，大家届时就能知道自己干得怎么样，比别人好还是差。

茜茜莉娅所在的小组远没有师第方的组如此合作平顺，尽管他们的公司是那家相似的德国中型企业。

唐娜·范，那个加拿大籍的香港小姐，把整个小组搅拌得头下脚上。

当然，她的中文名字范淑仪几乎从不使用。

唐娜矮小但强硬的身子站在小教室的讲台上，她的眼睛如一条线那样细小。她的英语尖锐而带有广东口音。

"我主张关闭所有在德国境内的工厂，迁往马来西亚。"

"什么???"德国学生杜克的声音几乎哽住了。他的愠怒，不知是源于唐娜激进的态度还是他的日耳曼民族观念。"昂贵的德国员工遣散费会让我们到游戏结束都处于亏损！"

"杜克有点道理，"以色列同学约拿丹稳重地说，一边读着游戏资料，"迁厂会让我们花费不菲。"

"但是，"唐娜寸步不让，"我们可以分两步迁厂，以方便消化。同时，要看到我们的销量会快速上升，亚洲低廉的劳动力会给我们可观的回报。"

"我觉得这是疯狂的建议，"杜克不答应，"我们不能出此怪招……何况在亚洲，成本也许能降低，但产品质量也必定糟糕。"

"你的话简直让我厥倒！"唐娜气得脸发白，"这种话只能出自对亚洲无知的人。亚洲善于以低成本生产高质量的产品。"

"你们的看法呢?"杜克转身向着茜茜莉娅。他的脸色很难看。

自始至终茜茜莉娅没有介入他们的争议，她尽力让唐娜表明态度，而且不由自主觉得唐娜很有勇气。

"凭良心说，"迟疑了一会儿她才开口，"我也很疑虑一下子关掉那么多厂。简单地看，只是让员工们回家。但在现实中，会和工会及工人有很棘手的谈判。"

"但我们并非在现实生活中，"唐娜打断她，"关厂的费用已经设计在游戏规则中，为了简化，给出的是总费用。我认为社会成本都已计算在内，我们不必将问题复杂化。"

"可我们要解雇一万零五百个欧洲工人！"约拿丹说。

"正因为如此我们才有可能赢得竞争！我们将显著地降低生产成本，而没有其他人敢如此大胆地在全球市场大重组。我肯定我们该这样做！"唐娜大声疾呼。

"等等，等等，我们四个人是一个组，决定应该民主，"杜克试图缓和下来，"你至少也该适当考虑别人的意见。"

"什么是别人的意见？"唐娜不耐烦，"你批评我的观点却拿不出新主意。假如你不敢冒风险，我们一定会以破产告终。"

"好吧，我建议稍微观望一下，"约拿丹说，"我们先观察一下我们的销售变化，再看看别的组怎样做。无论如何，在第二轮再做更大胆的动作。"

唐娜抬头望着天花板。

她说："为什么不现在就作决定？要抢先对手！好吧，直说吧，假如你们坚持己见，你们自己去做。你们不听我的，我不愿和你们一起工作下去。"

杜克"腾"地站起身："这哪是团队合作的方式？你一个人做去吧，愿干什么干什么！"

"大家冷静点！"茜茜莉娅拉了一下杜克，"唐娜的点子未必全不可取。我们还有别的做法吗？"

"我们把时间都花在争辩上了，哪还有时间想别的？"约拿丹摊开双手，很无奈的样子。

"既然如此，"唐娜说，"给我第一轮的决策表，按我的意思填。"

茜茜莉娅、杜克和约拿丹面面相觑，不知如何是好。唐娜伸出手，坚定地对着杜克。

不知过了多少秒钟，空气凝固了一般。茜茜莉娅拿起表格，放在唐娜手心。

"听着，我最担心的是随随便便就决定一下子关掉七家厂。不过既然这可能是游戏的一部分，为什么不呢？看看会发生什么？"杜克妥协地说，"不过话说在前头，要是这决定带来无穷的麻烦，我们三个可不好商量。"

"你的态度非常恶劣，"唐娜冷冷地说，"不过我的决定会让你心悦诚服的。"

她当着这三个心绪不宁的同伴面，填上了表格，并且毫不征求任何人的修改意见，就发送给了安东尼奥。

师第方好像很自然就成了小组的核心，一则他年龄最大，已三十七岁，二来他的工程师气质又冷静又理智。他们五个挑好了蔬菜色拉、主菜和饭后甜食，坐在一起进餐。

应麦克之问，师第方谈起自己的家庭。他结婚八年，已有了三个儿子。他的太太也是法国人，曾伴随他去巴西和日本工作。现下，他们又一起在学校旁边租了栋带花园的房子，太太仍然不工作，在家当贤惠主妇。

狄罗，年轻英俊的德国小伙子，在法国已工作过几年，他的德国女友在法国南部工作，两人决定在每个周末相会。

麦克也结了婚，有两个女儿。他的美国太太带着孩子来巴黎陪读，原来还和师第方住得很近，只是，他们住的是公寓，要省钱得多。

师第方也叹息，自己租房子的开销，差不多比学费还贵。但怎么办呢？不能牺牲太太和孩子的生活质量啊。

陈香墨孤身一人来法国，要和太太分居十六个月。太太在上海的一家法国公司工作，这工作对她很重要。他俩也没有宽裕到可以同时不工作，来昂贵的欧洲只花不赚。何况陈的学费还是计划靠贷款，将来要逐年还的。

陈觉得这些欧美同学不能体恤中国人的家境，只关心他夫妻俩哪能分开这么久；言下之意是分开久了，难免感情会出问题。他又好气又好笑，气的是你们富人替穷人瞎操心，全不想到钱的难处。笑的是有人讲过中国人的感情像酒，越放越陈香；欧美人的感情像新鲜牛奶，芬芳四溢全靠当场消受。你搁着牛奶不喝，时间一长，牛奶自己都得慌，找着谁让谁喝，否则牛奶这辈子不给你耽误了？

等到樊尚一开口，大家顿时感到了代沟。

"我先得跟各位打个招呼，求得你们的谅解。我和你们不太一样，我主要是为了混文凭来的。

"不要对我寄托太多的期望。我住在巴黎市区，而且还经营着自己的生意。我可能不能经常参加小组作业，甚至常常缺课。

"当然不用你们提醒我，这是学校不允许的。但我只能如此，很抱歉。"

樊尚一口气说了这么多，他的眼睛很法国也很明亮，他的语言是时下法国主流社会头疼不已的"青少年语言"，用词造句，样样扭着正宗体面的法语。

听了他的一席话，大家突然觉得自己有些老，更年轻的人毫不体恤地用奇怪的方式把他们排挤在了圈子外面。就某种程度而言，他们意识到，这是青春向自己告别的某种方式。

午饭吃完了，狄罗邀请每个人喝杯咖啡。

他们走去学生咖啡馆，这是在体育馆的裙楼底层，已经有数不清的学生在那里。

陈香墨从没在饭后喝咖啡的习惯。看着西方学生像中国人嗜茶一样离不开咖啡，陈觉得很有异国情调。他更奇怪西方人为何那么喜欢站着吃，站着喝，站着吹牛侃大山。难道坐着不比站着省力舒服？

今天一个上午，陈香墨说的话已经比在上海一天说的话都多。和大家围成一圈又开始开无轨电车使他感觉累得不行。在中国，要是像这些老外一样滔滔不绝，同事准把你看成是个不可靠的"漏嘴"。男人嘛，不该少说两句，多想想？更别提那些诸如"言多必失""祸从口出""沉默是金"之类的智者慧语呢。

几百个学生都在聊，好比一个大蜂巢。

两个小时一溜就从舌头尖上溜走了。

在教学楼里，学生们从局域网上得到了第一轮的"战报"。

师第方的小组不悲不喜。他们得到中等成绩。第一年他们赚了点钱，保持了原来的市场份额，并且在美国市场露了面。

问题是有人做得更好，有两个组赚了大钱。不过游戏规则不让人知道他们做了什么，以及如何做的。

两个赚大钱的组之一，就是唐娜的组。

结果显示，第一轮中，唐娜的主意使公司成本急剧膨胀。但是，市场非常正面地回应了唐娜的迁厂决定，销售利润喷发式地上升，使成本的增长不值一提。公司股价罕见地翻了倍，增长幅度高居榜首。

安大教授在评语中把唐娜的小组称为"天才小组"。

最沮丧的人是我。

最没面子的人是我，是我。

最一败涂地，最心灵受伤的人是我，还是我。

杜克和约拿丹傻了眼，在电脑面前头也抬不起来。

香港长大的商业天才唐娜（范淑仪）小姐一脸得意之色，斜睨一眼手下败将德国大汉，再斜睨一眼手下败将犹太人……至于漂亮的法国小姐，只是个小花瓶。

唐娜十拿九稳自己已经完全控制了小组的领导地位。

游戏是假的，领导权才是 MBA 要学会抢夺的真东西。

杜克和约拿丹灰溜溜离开了教室，茜茜莉娅站起来，向唐娜伸出手："祝贺你的成功决策。太令人印象深刻了。"

唐娜和她握手："我们在第二轮会做得更好。"

茜茜莉娅看了看空空的教室，忽然意识到唐娜实际说的是"我会做得更好"。她笑了笑，也走出了教室。

唐娜心思扑在繁复的新数据上，里面一定藏着她关心的信息和线索。她立刻在 Excel 上计算起来。

茜茜莉娅在 MBA 楼大门口找到了正在吸烟的两个同伴。

"德国先生，从远方来的人拥有真理。"她调侃说。

"最糟糕的事发生了，"杜克压低嗓门，"她赢了。"

"她真是个坚硬的恐龙蛋。"约拿丹苦笑说。

"哈哈，看你们两个的窝囊相，"茜茜莉娅点燃自己的香烟，"不过，我是在担心怎样和唐娜共事下去，她的性格容不下我们。"

师第方的五人小组乖乖地排排坐，开始分析形势，筹划下一步。

大家静静地正在计算，陈看看这个又看看那个的脸。他说："中国人说出奇制胜，意思是常规方法难以取胜。我猜那两个组一定用了特别的策略。"

"是，"师第方抬头望着他，"你有何高见？"

"冒点险。"陈说。

"我读了报告，"他解释，"如果我们投资在新产品研发上，我们也许能开发出一个新市场。能赚暴利。"

"可是小心！"狄罗说，"新产品研发资金需求非常大，很容易让我们陷入财务困境。"

"不赌不精彩。"陈说。

"我知道中国人爱赌，"师第方调侃陈，不过他同意，"我以前在日本工作，日本人不爱赌博，但他们狂热地进行新产品开发，结果他们成了世界上最富有的人。"

"好，"樊尚兴奋地加入进来，用法语说了句毛泽东早就说过的话，"要革命就会有牺牲。我们到底做不做？"

"民主制度。"狄罗提醒。

五个人举手表决，四比一通过投资新产品开发。

"我们没有太多的现金，"麦克查了查公司的账，"假如我们要投资，我们的美国市场会受掣肘。"

"这是个问题，大家的意见？"师第方问。

"我们第一轮买了不少原料，这一轮的资料显示，价格涨了百分之三十。谢谢师第方的远见让我们有钱赚。也许我们可以把多余的原料卖给其他公司，筹措资金？"狄罗建议。

陈核对了一下新产品开发投资标准，说："仍旧不够。我建议找一家公司共同开发新产品？"

大家商量后，同意了。由狄罗和陈出面寻找原料的买主和开发新产品的合作伙伴。

找谁呢？

狄罗问陈："中国人怎样找合作伙伴？"

陈反问："德国人呢？"

狄罗笑道："用你的鼻子嗅一嗅，钱的臭味在哪里。"

于是他俩把唐娜组从电脑排名表上选出来。"他们的钱要不用掉，会臭得把自己熏死的，不是吗？"

找到唐娜组的小教室，发现门反锁着。

狄罗透过门上的反向猫眼看进去，这组人马正在开会。于是两人决定去咖啡机上买杯咖啡，边喝边等。陈脑筋动得累了，觉得咖啡果真提神。

大厅里热闹起来，同学们开始做同样的事情。每个组都在寻找合作关系，通过合作变得更强大和更灵活。就像在现实商业中那样，大家彼此需要。

狄罗和陈看见一个美国同学走到关着的门边。他是布芬，长得挺好看的。脸的侧面像雕刻出来的那样有型。

布芬不但不从猫眼看看，而且毫不犹豫就重重敲门。敲了两次，每次击五下。

"我是警察！"狄罗忍不住替布芬喊道。

"国际警察！"陈笑着附和，"这些美国佬！"

是唐娜开的门。

从远处，狄罗和陈能看出布芬正竭力推销什么点子给唐娜，他的肢体语言是"请你给我个积极的回答，我的点子不错，对不？"但谁都能看见唐娜无动于衷，她不时笑一笑，但她的一线天小眼睛从没好好睁开过，没任何东西令它们兴奋。

布芬住嘴了，他累了。唐娜又朝他笑了一次，布芬转身走开，一脸失望，还有点茫然。唐娜把门打开一条小缝，挤进去，关死了。

陈一口喝完咖啡："我们有时间限制，不是吗？所以我们去敲门吧？"

狄罗说 OK，不过他看起来完全是被时间限制逼的，否则他还会等下去。

他俩礼貌地轻轻敲门，然后等着。还是唐娜，她好像负责谈判。

狄罗向她说明来意，陈站在旁边掠阵。

唐娜听着，这次连笑也不笑了。有时她点点头，但小眼睛毫无睁开之意。陈暗想，要是把一万欧元现金放在唐娜面前，不知她会不会赏光睁大一下眼睛？

狄罗说完了，唐娜冷冷地说："也许对我们是个好主意，谢谢你们的提议。我会和我的小组商量，半小时后回答你们。"

"我们不会等很久，"陈插嘴，"也许别的组会抢先，尽管你们是最有钱的合作对象。"

"也有别的组找我们谈合作项目，"唐娜把话扔回来，"我们会挑选最好的项目。"她向狄罗和陈笑了，转身进门，关上。

"她很难打交道，嗯？"狄罗向陈笑笑。

"我怕看她笑，"陈说，"另外，我想知道什么能使她睁开眼睛？"

狄罗笑说："她会的，假如你我掉进她设计的圈套。"

现在他们去见第二选择，这是个马来西亚公司。

这组人在二楼，狄罗和陈发现二楼的气氛比一楼放松和愉快，因为这里既有冬天的阳光，更能眺望远处的原野雪景；同时，小一点的楼面让人有家的感觉。

马来西亚公司的门大敞着。"感谢上帝，"狄罗想，"这是个好兆头。"

"你们好！"两人敲敲开着的门。这个组的五个人都在，五部笔记本电脑都打开着。啊，他们当中有个美女，波兰姑娘爱米丽有金色头发和细巧的面孔。

但陈感到爱米丽的思想正在开小差，她坐着什么都没做，像个售货员在等着稀少的顾客。

粉红肤色的英国人约翰·派金森出来应门，疑惑的眼神盯着陈。

这次陈来开口，他觉得能和英国人谈得来，过去他和英国人一直相处得来，不因为什么，只是现象学例子而已。

约翰认真地听陈讲，他的大眼睛里的疑惑逐渐蒸发掉了。

"OK，"英国口音比美国口音柔和，"我们组讨论一下，十分钟后给你们回音。"

狄罗和陈回到组里，那三位差不多已完成了必要的计算，他俩把情况作了口头简报。

"一切顺利吗？"一位老伯气质的法国教授进门来看他们，"你们做了些什么？"

师第方和麦克向他解释他们的计划。老教授含笑听着，最后他说："很好，但是要注意你们的财务状况，有些组已经快破产了，你们应该更聪明地用你们的资金和信用额度。"

"您说'信用额度'是什么意思？"麦克问。

"意思是教授们现在开始扮演银行的角色，我们正在寻找有利可图的项目，假如你们有好的计划，你们可以来申请贷款。"

"噢，太好了，"麦克叫道，"我们可以从银行贷款！"

"你们可以，"老教授笑道，"但前提是我们愿意参与。请记住，银行不是慈善机构，我们只想着你们能带给我们什么利益。"

传递完信息，老教授走了。

接着来了约翰和他同组的法国工程师罗杰。

"我们愿意和你们合作新产品开发，"约翰开门见山，"但我们很穷，只能分担百分之十。"

"你开玩笑？"陈脸色转喜为恼，"这不可能。为什么我们需要这百分之十，这点钱我们自己也能凑。"

罗杰黑黑眉目倒挂着，苦着脸喃喃自语："目前我们缺钱。"

"好吧，"约翰转向狄罗和其他人说，"我们的确没钱，但假如你们愿意，我们想办法凑到百分之十五。"

"你们为什么不向银行贷款？"师第方问。

"我们去贷了，"约翰显得尴尬，"被拒绝了。"

这边五个人用眼神交换了一下看法，然后师第方说："好吧，我们接受你们的百分之十五。"

约翰和罗杰走后，陈对大家说："他们的钱用到哪里去了？一开始他们和我们实力差不多，一定干了什么傻事了吧？"他嘲弄地笑了笑。

"也许是有妙计呢？"麦克笑着说。

他们查核了一下约翰组在第一轮后的公开信息，的确，他们跌到倒数第二，财务状况岌岌可危。他们的原始资金像烟雾般蒸发得这么快，真让人好奇。

大家回到手头工作上，不再想它。四十五分钟后，他们申请到一笔够用的贷款，完成了第二轮的经营方案，电邮给教授。

唐娜根本没有回应任何组的合作愿望，她一个人和其他三个人明争暗斗。

她的第二个天才设想是将全部资金投入新产品开发，不是一个，而是同时两个开发项目。

而其他三个人一致决定采取更稳定的策略，可以和别人分担新产品开发费用，其他钱用来巩固既有市场和提高产品质量和档次。

"你们无所作为将使我们丧失已有的优势。"唐娜说。

"一次侥幸成功不能作为激进态度的理由。"杜克和约拿丹结成了联盟。

"你们是男人吗？"唐娜发起猛烈进攻，"请面对现实，现实是在这个游戏里，棋缓一招就会万劫不复！"

"唐娜，"茜茜莉娅说，"我佩服你的决断力，但这是个集体决策的游戏。也许只有你是正确的，但允许别人犯错误，也是我们学习的过程。"

"不，我要赢得游戏冠军。"唐娜说，"不计一切排除胜利路上的绊脚石，这才是我要学习的。我们是来学习领导能力的，MBA 就是强者通吃的教育。"

"你太恐怖了。"约拿丹叹道。

唐娜的眼睛突然睁大了，形成两个小小明亮的圆。

但她什么也没再说，坐到电脑前面，把自己早已拟定的方案填入决策表。

她在发送之前，对另外三个人说："假如我错了这一次，以后我一切听你们的。"

一天就这么过去了。

走出教学楼，这是生活的时刻。

摩洛哥人亚辛拉大家去体育馆打 Babyfoot，这是法国特有的手控击球游戏。他们点上一杯酒吧啤酒机压出的苦味生啤，把球杆打得"啪啪"响。

亚辛是个高手，连赢数人。

边上不远处，中国学生在打乒乓。张洪平对阵王林，王林被打得狼狈不堪。

宿舍楼后面小路上，上上下下不少住校学生。整个占地数千亩的庞大校区，没一家配套商店或超市。学生只有去山下的镇上，才能买到生活必需品。

学校似乎也没考虑暂时没车或租不起车的学生，从大门出发去镇上，不但要走四公里，而且连人行道都不能保证，毫无安全感。有一线公交车从镇上绕行居民区最后通到校区，但一天只有五班，从没学生冒险去等。学生们自己趟出这条山间羊肠小道，为的是从山下湖区的一个后门抄近路去镇上或火车站，但据说山下湖区既属于法国商会，又是私人属地，一到周末，山下后门就锁了，学生们只能翻山墙进出。历届学生会都要为行路难据理力争，但鲜有收获。"铁打的营盘流水的兵"，学生在业主的拖字诀面前，不堪一击。

今天，大部分专业的老生尚未返校，山路上的积雪没被踩尽，还滑溜得很。陈香墨搭师方的车去镇上的阿搭客超市，买了果汁、水果、面包和奶酪，吃力地往山上爬。一边当心别把张洪平借的鞋踩重了。

过了十多年养尊处优的城市记者生活，这样手提肩扛的劳力生活已不习惯了，他呼呼喘着粗气，在雪地里还汗流浃背。

心里却并不懊丧，他是看着中国新闻业前路难行，才下决心另奔前程的，有充分的吃苦准备。与其将来成为温水煮的青蛙，不如乘年轻，容易转型。再说好不容易考上了这么有名的学校，陈信心倍增，反乐于辛劳，认为是重新塑造自己的机会。

第二天，天气依然放晴。雪开始化了，学校的柏油路又湿又滑。

MBA们士气高昂地走向教学楼，等不及想知道第二轮的放榜成绩。

狄罗是组里到得最早的人，他向其他人抬起一张痛苦的脸。

他们公司在第二轮里业绩下滑，财务状况很糟。但他们还不是最糟糕的，约翰的公司和另一家大型美国公司更糟糕，已经濒临破产。

"我们必须认真地开个会解决问题。"麦克说。

已到的四个人等着樊尚，他已经迟了十分钟。四个人忙乱地查着文件和网站，想找到一些启发新思路的线索。

陈读着文件中的一句话，他叫嚷起来："糟了，我们犯了个错误。"

"什么？"其他三人抬起头来。

"你们看，这是不是说，无论你在新产品开发上投资多少比例，假如新产品诞生了，你都可以完全享受专利，不必受比例限制？我们的合作方只投了百分之十五的钱，但他们有和我们一样的专利使用权！"

"圣屎，"狄罗叹道，"规则写得真模糊，很容易让人误解重要细节。"

师第方和麦克研读了文件细节，他俩也同意这不是个好买卖。

"这就是为什么他们要投资百分之十五，尽管他们没钱了。他们想好搭我们的顺风船。"陈说。

"他们不是正派人，是吧？"麦克对大家笑笑。

樊尚还是没到，大家决定不等他了。

"坏消息，"师第方说，从数据上抬起头来，"数据虽然显示我们已接近成功开发新产品，但我们已没钱继续下去。我们甚至已没钱买原料维持正常生产，假如得不到进一步的银行贷款，我们立刻会垮。"

只有向银行贷款一条路，要做的很少：计算出贷款的申请数目。

唐娜吉星高照，巨额投资一下子就打开了两个新产品市场，常规产品市场居然供不应求，继续为公司带来一笔丰厚利润。唐娜找银行申请贷款，投资新产品的生产销售。银行家安东尼奥先生不但愿意以低息借贷，而且竟然为合作愉快开了香槟，热情款待唐娜小姐。消息传遍所有小组，人人在谈唐娜的胜利。

师第方小组等来的银行家却没那么热情。

老伯教授听师第方说明情况："只要再追加一点投资，我们的新产品就成功了；同时还要一些钱投入正常的营运。数目不大。"

"是的，数目不大，但我不能借。"教授说，一边笑。

"为什么不？"麦克说，"我们的新产品一出来，利润是有保证的，银行的利润也很可观。"

"所有申请贷款的客户都应带来利润，年轻人，记住银行从不无利而为。但想想风险，你们现在是在危机中。我给贷款，意味着我承担所有风险去挽救你，我有什么特别理由这样做？"教授边说边转身要走。

"请等一等，"陈站起身，"中国人说，不入虎穴，焉得虎子，想想新产品的巨大利润，冒一次风险吧！"

"不！"教授不再微笑，"我知道如今在中国有一些魔术发生。不过，我们是德国式的银行家，不按中国模式操作。对不起，小伙子们。"

他走了。

四个人呆坐着。"我们死定了？"麦克问。

"我想是的。"师第方说。

"要不要至少完成这轮的报告？"狄罗问。

师第方站起来："我去找大老板，试试能不能和真正的决策人达成协议。麦克，你和我一起去吗？"

安大教授将着胡子听师第方抱怨游戏规则不够清晰，他说："不要从消极的角度考虑问题，实际经营中，信息也是不对称的。要积极地动脑筋，这是游戏的目的。拿合作方百分之十五的份额说吧，你不是节省了百分之十五的钱吗？他们其实比你们更没钱投产。"

"好吧，可以偷偷救你们一把，可是借钱至少要有商业计划书吧？带来了吗？"

整个中午，这可怜的五个人就在赶商业计划书，谁都没吃上中饭。

下午，新一轮结果公布。

唐娜组业绩如火山喷发，两个新产品同时创造的巨额利润使公司股价翻了三倍！所有的小组都被远远甩在了后面。约翰的组清盘了；师第方的组因为银行的支持，终于渡过了难关。新产品开发了出来，将会带来利润。

所有组的秘密操作记录最后都公布在网上，让大家回顾揣摩。

约翰的组原来试图在第一轮中研制高端产品，打进德国和美国市场。他们投入的巨额资金没有带来回报。高端客户拒绝相信马来西亚公司的高技术能力，他们就死在不信邪上了。

两天的同舟共济使师第方组的四个人（樊尚整天没出现）决定要去餐馆吃一顿。

正热闹间，安东尼奥拖着行李箱走到大厅里，他向学生们致谢："非常高兴和聪明的年轻人一起工作了两天。我的火车不容许我多待下去，祝福你们成功地学习，有美好的未来。"

他特地挽起容光焕发的唐娜，叫她一声："我的明星。"

大家热烈鼓掌，杜克、约拿丹也在鼓掌。

茜茜莉娅却一转头，离开了大厅。

第三章

有闲阶级的游戏

徐斌到法国的第一站，是到蒙彼里埃的法语培训学校读六个月的法语扫盲班，这是他拿的埃菲尔奖学金安排的。

徐斌知道 MBA 课程分成英语班和双语班，不懂法语尽管待在英语班，无碍大局。于是他把这六个月当成了自己龙种历险的好时光。

他先是在蒙彼里埃的富人区里泡吧，法国夫人小姐风光旖旎，巧笑娇嗔，让徐食指大动。可恨他不懂法语，一点都没法套近乎。试着用英语搭讪，法国女人如同在街上碰到白痴，把周围人都喊来应付。倒好，所有男女老少都凑上来，猜他到底有啥不妥！

徐可是清华毕业的聪明人，立刻知难而退，转战英语通用的游客海滩。

海滩果真是好地方，男男女女个个袒露胸怀，徐穿着衣服，戴着墨镜，反而一副偷偷摸摸的怪样。他把衣服寄存到海滨宾馆，买了游泳裤，在太阳伞下喝香槟。有一位三围快要爆炸的金发女郎，顶着三点式走过，徐用英语邀请她喝一杯。女郎快乐大方地答应了。徐高兴得像在一百零五元的价位把"豫园商城"卖给了博傻跟风的股民，把冰桶差点碰翻。

站着喝冰镇香槟的女郎是个美国度假客，她喝了一口，用日语向徐道谢。

"我不是日本人，是中国人。"徐说。

"这没什么区别，你是在炎热的海滩上请我喝冰香槟的人。"女郎说。

"我一个人在海滨度假，你愿意和我一起去吃海鲜吗？"徐斌指了指附近一家豪华的法式海鲜馆。

"哦，不了，"女郎说，"我不是一个人，我和两个姑娘在一起。"

"可以请她们一起去，我请客。"徐坚持邀请，虽然觉得这是个馊主意，但总要有个开始，不是吗？

约好晚上九点，和艾波儿以及她的女友在海鲜馆门口见面。

徐决定不回学校，在海边的索富太宾馆开了个双人房。他刮干净脸，紧张得坐立不定。法国的地中蒙着灰蓝色的云彩，海滩上有人树起高铁架，在玩蹦极游戏。徐觉得自己也在蹦极的边缘，不知纵身一跃，会如何结局。

这个傍晚特别长，徐斌想象了太多的晚餐细节，结果反而有些怯场。他鼓励自己要出挑，不能怕老毛子的女人，否则当个北京人，忒没出息。

好不容易时间到，他冲个凉，穿上 YSL 衬衣，提早十五分钟到了海鲜馆。

引座员领他到预订的露天席位，周围已坐了不少度假的欧美人，几乎没有亚洲脸出现。徐斌想点一壶茶，找点熟悉感，可是却只有英国茶，他喝了还是孤身陷入异域式的紧张。

转眼已过了九点，美国女郎们没有出现，徐开始想，要是那个艾波儿放他鸽子，该怎么办？

正想着，"晚上好"柔声响起，三个身段惹火的金发女郎如约而至。艾波儿入乡随俗地伸脸过来和徐斌行法国式吻面礼，徐措手不及，闹了个红脸。和艾波儿贴过的脸始终留着毛绒绒的触觉，西方女人的汗毛长。艾波儿穿着低胸的 T 恤，她的同伴爱丽斯和伊萨白尔才二十来岁年纪，比艾波儿透着稚嫩，朝他怪怪地笑。

周围的餐客有的好奇地向这一桌张望，徐请美国妞们点菜，问艾波儿要哪一种葡萄酒。艾波儿笑着说自己也不懂法国酒的好坏，她凑过来看徐斌手中的酒单。徐说："那就点最贵的这一种，一九八五年的阿尔萨斯私窖红酒，保证一定是上品。"艾波儿朝他腻腻地一笑："随你。"徐见另两个女孩子都点了少少一份蔬菜色拉，加一份斑点鲷鱼主菜。他说："假如你们没在减肥，我建议你们再来点更新鲜的东西？"他叫了四人份的海鲜大拼盘，碎冰上卧着生蚝、龙虾、海螺、红蟹和淡菜。艾波儿和他点了法国蜗牛当开胃菜。

艾波儿和女伴们暧昧地互相对视，痴笑，说着外人听不懂的怪话。徐有点沉默地坐着，微笑着看这几个鬼妹。

"徐，你有没有女朋友？"艾波儿问他。

"没有。"

"你结婚了？"

"从来没有。"

"你是干什么的？"

"证券经纪。"

"哦，是华尔街那伙人，是阔佬。"爱丽斯瞪着徐，大惊小怪地做了个鬼脸。

突然地，她们似乎已满足了好奇心，开始讨论起一个匿名的人，把徐完全丢在脑后。徐断断续续地听出那人就在今天的海滩上，做起事来很疯狂，艾波儿和他有过某种程度的交往，一艘快艇失踪了……看上去，艾波儿的情绪有点陷在里面，她脸上晒成古铜色的皮肤有点泛红，眼神有一瞬间飘失在很远的地方。

喝了第二杯红酒，侍者给大家斟上第三杯时，艾波儿才向徐转过脸来，她抱歉地说："我们谈的是个朋友，现在让我俩好好说说话吧。"

"徐，你是来海滩上找乐子的吧？"她挖苦地眨了眨眼。

"是的。"徐老老实实回答。

"可你不像是个找乐子的人，你们日本人都一样，更像在找商业伙伴。"艾波儿说。

"我是中国人，"徐回答，"的确跟日本人有点像，因为没时间多留，因此靠钱帮点忙。"

"懂了，"艾波儿说，有点同情的样子，"金钱动物。"

徐又点了一瓶同样的红葡萄酒，酒保很殷勤地边斟酒边对女士们说："你们是会喝法国酒的美国人，上次马当娜在本酒店点的也是这种红酒，我们的窖存只剩下十五瓶了。"

姑娘们高兴地举起酒杯，艾波儿说："为今天晚上，为徐先生的假日。"

点了甜食，爱丽斯说："听说城堡夜总会今晚是'柠檬之夜'，要选'柠檬花'。"

"我们去吗?"伊萨白尔环视大家,不过没有看徐。

"'柠檬花'的标准是什么?"艾波儿笑眯眯地问。

"多汁,酸,泼劲儿足!"爱丽斯笑着说。三个女郎笑成一团。徐也跟着笑。

"你和我们一起去。"艾波儿拉上徐,徐高兴地付完账,给了侍者五十欧元小费,满耳飞来对"先生小姐"的甜腻腻的道谢声。

城堡建在山上。艾波儿开车,徐想坐在前座,但艾波儿和爱丽斯嘀咕了几下,要徐和两位小姐一起坐后座,徐坐在两女中间。

一路上,不少往山上开的车,男男女女高声用法语叫嚷着,有人往爱丽斯身上扔了个青柠檬,在夜色中嬉笑着超车而去。

城堡门口排着长长的队,身材魁梧的黑人保安牢牢把着大门,有人骂骂咧咧地被保安拒之门外,轰鸣的迪斯科乐声已经从进出口倾泻而出。

爱丽斯从坤包里摸出一张请柬,保安打着手电查看,点点头放他们进去,一边狐疑地盯着徐看。徐觉得他狐疑得有理,周围没有一张亚洲面孔,自己活像一个异教徒。

一下子,一下子他们就被波涛吞没了。刚走进门廊,一桶凉水就从头淋下,强劲的迪斯科被冲得哑了,水带着柠檬汁的香味,给予鲜明的感官刺激。

女人们尖叫着,继而是亢奋的笑声,徐斌扭头一看,不由血往上冲,只见艾波儿的湿T恤变得九成透明,她的乳头强硬地顶在湿布上,随着身体的跃动不安地蠕动着。爱丽斯的梨形乳房也彻底地被湿衣裹住,显得妖艳诱人。徐回过头,才看见这是个巨大的中世纪式大厅,彩色光球转动中,只看见哥特式的内部雕饰高耸向尖顶。整个大厅里,迪斯科震耳欲聋,已有数百人在光与影中剧烈地扭动。

徐跟着艾波儿她们往里走,到处都是湿衣半裸的男女。艾波儿的身体使徐喘不过气来,她不时回头朝徐笑一下,同时好像张望着什么。他们在大厅的中央停下脚,开始跳舞。艾波儿围着徐转,徐眼前全是火焰,喉头闷得快休克了。他们以及所有的人就这样舞着,无休无止,没有停歇。徐觉得自己的灵魂离自己万里之遥,但肉体如此实在,如此鲜活,如此不可控制,好像你无法阻止一朵玫瑰的绽放，无法让朝阳停止从海中跃出，无法延缓一只一岁的猫终于在春天的深夜放声长啸……

乐声陡然停了，徐汗如雨下，艾波儿说："我们去拿杯饮料。"说着，伸手拉着他挤出人群。饮料在大厅外的平台上，凉风习来，令人心旷神怡。

艾波儿拿了瓶喜力，徐拿了立顿冰茶，互相微笑着走到平台尽头眺望山峦夜色。徐伸手握住艾波儿，艾波儿让他握着，一起望向远处。

徐回过头，说："艾波儿，你性感得像一个海妖。"

艾波儿吃惊地看着他，说："谢谢，一个来自人类的恭维。"

徐望着艾波儿，觉得从骨髓里被她的身体吸引，却不知如何向这勾人的肉体接近。

艾波儿迷惑地望着徐，她的眼睛微微地闭拢，嘴角向两旁舒展。

徐迟疑着，不知是不是还应该再克制一下自己的欲望，他的经验里，朝向甜美的果实总有一段曲折和奋力自制的考验。面对这成熟欲滴的美国女郎，也许快一点也无妨？

他闻到艾波儿的香水味，这使他心头一热，不由张开手臂，向动人的肉体抱去。

只是他迟了一小步，艾波儿觉得已给了这从另外一个星球上来的人无穷的时间。她的欲望渐渐冷却，终于在微妙的两秒钟前，她颓然转身，向舞厅走去。

徐冲动的手臂碰上了艾波儿离开的肩膀，艾波儿回过头来，徐连忙抱歉，讷讷地跟着向舞厅走去。

一个瘦削黝黑的意大利人站在门边看着他们走近。他弯下高高的身材，向艾波儿做了个恭敬的手势："金翰小姐，你怎么和我的快艇一起失踪了？"

徐看见他的眼睛在浓黑的眉毛下闪烁，艾波儿的眼睛也闪着光亮。她转身对徐说："请原谅。"然后把手弯成一个臂弯，意大利人挽起她，朝平台左侧走去。

等到他们走出视线，徐才黯然回头，走进哄闹的舞厅。他一个人也不认识，爱丽斯和伊萨白尔也找不见踪影，他落寞地在鬼佬鬼妹间走着。这个英俊的仪仗兵般的中国人，心里渴望着鬼子的女人，身上是欲望燃烧后的余烬。

这是徐斌在蒙彼里埃半年生活的剪影，作为一个优秀的北京人，他的周围不乏中国、日本抑或韩国女学生倾慕的眼光。但徐的心里，有一个巨大的魔力风车，他时刻思念着自己的热望，举起折断多次的长矛，继续向风车挑战。

来到巴黎以后，徐斌的心暂且被 MBA 的详实内容占据了一会儿，但他的眼睛并未停下，好像一双特殊的雷达扫描着四周。茜茜莉娅那巴黎女郎的风韵在他眼里变得越来越活色生香，好像蜘蛛不经意地纺着线，慢慢就结成一张网。

茜茜莉娅对徐也不错，很乐意和他在 MBA 楼门口，就着冬日阳光，说说在台湾的旧事，问问大陆的风俗，同时教给徐斌巴黎生活经验。徐斌感觉茜茜莉娅那种淡雅隽永的友好，如同"petit noir（短咖啡）"，提神而富回味。茜茜莉娅在台湾曾有过华人男友，徐斌令她回忆起那段梦般岁月。更多时候，她是借着徐斌怀旧，给自己一点诗意的享受。

可他俩没注意，常有一双怨愤的眼睛盯着徐斌。

比尔赫很吃醋。比尔赫真的特别吃醋。

老比尔赫看不上亚洲人，他认为亚洲人说话无趣，思想跟着欧美人走，好比一些拙劣的模仿者。亚洲人爱动坏脑筋，欧美人的知识产权在亚洲受到空前的偷盗，小偷不但发了财，竟然还砸了正派人的饭碗，低廉的亚洲生产成本使越来越多的工厂迁离欧美，失业工人在自己的家园里失去了生的快乐和尊严。

比尔赫的父亲就是一个马赛的失业者，他不但不能供比尔赫读商学院，而且还要比尔赫从工资中花钱贴补。比尔赫为挣更多钱来读 MBA，学费却是银行贷款，一边读书一边要还利息。

在他看来，徐斌就是一个亚洲人的典型。浑身名牌，打法国美女主意，一句法语不会说，就肆无忌惮地在土地爷爷面前高视阔步。Toi，t'es quoi！（你算老几！）

对茜茜莉娅，比尔赫五味杂陈，又爱又恨。

巴黎人是出了名地瞧不上外省人，整个法国，除了巴黎，就是外省。马赛，这个西南地区的老城，如今已被贫穷的前殖民地移民所占领，犯罪率高居法国前列，晚上八点，地铁就全面停驶。马赛人，在法国以甘于破落和做人随便出名，据说，马赛的每个生意萧条的小酒吧里，老板都是乐天知命、随波逐流的样子；在公交车站上，不认识的人彼此无话不谈……

比尔赫从马赛来，自尊心强得很，其实，太强的自尊是自卑的面具。

茜茜莉娅是一个指针，她是那样巴黎，尤其她的唱歌般的法语口音。比尔赫为之沉醉，尽管他不承认做马赛人低人一等，但他不得不承认，获得一个巴黎美人的垂青，会让他精神焕发。

可是，美人不但对他冷冷淡淡，竟还和一个亚洲来的小骗子眉来眼去！怎不叫他郁闷。

对亚洲的女人，比尔赫倒来者不拒。这点，比尔赫自己也是全新体验，说不上心里到底为什么。

迎新晚会上，仰着脸和比尔赫说话的日本女生名叫夏子，她看来已有三十多岁年纪，长着一张大而平的脸，比尔赫俯视下去，觉得好像一张马赛常见的阿拉伯炊饼，不但形状，那厚厚的脂粉也好比阿拉伯饼上的生面粉，透着爽口的期待。

严格地说，夏子不能算日本女人，她的母亲祖籍中国广东，父亲才是日本人。夏子从小跟着当公司经理的父亲长驻美国和欧洲。但凡欧美人的举止习俗，她都心知肚明，而日本的概念，只是一种对自己肤色外表的注解，而且这注解还掺杂着犹疑。简单地说，夏子是只京都釉彩佛山胎子的瓷瓶，装满了可口可乐和德国黑啤酒的混合物。

夏子挑中比尔赫是凭着自己的直觉，她的一生，从这个城市迁到那个城市，朋友没个做得久长，但练就了一番看人的功夫，谁能提供她所需要的东西，她能判断个八九不离十。

夏子在MBA班里碰到不少日本人和中国人，她知道自己的外表就是他们那个样，她更知道自己的内心和他们完全不同。她不会说汉语，不会说广东话，和中国人只是外貌上的相似；而她虽能说日语，却没有日本女人的心。她没有她们那样悠长的人际关系，也没有人会关心她的需要。她一直是个过客，在每个断裂的人生片段中，她要从不同国家、不同文化、不同种族的人那里，为自己找到好一点或差一点的一切人性需求。

现在，她有一些需要，比尔赫看来会满足她。

迎新晚会后的第二天，早上大约不到八点，夏子拖着行李从宾馆搬到学校来住。她挥别了那位在越洋航班上认识的、陪她在巴黎玩了一周的法国男人，进了校门。没时间去办入住手续，夏子决定先去上课。

她从门房拐出来，正巧迎面碰见徐斌。徐斌例行公事、毫无热情地向夏子打了个招呼，自顾自朝教学楼赶去。夏子在他背后说："你愿意帮我提一个箱子吗？"

徐斌回过头来，接过夏子右手的拉杆箱。其实他早就注意到这问题，只是不愿当个傻瓜。一大早和个女生肩并肩拖着行李去教学楼，不让人误会才怪！再说夏子行李不多，自己拿也行。

他不吭声快步把夏子的行李拖到 MBA 大厅，等夏子进了门，说"OK，在这里了"。可夏子又嗲声嗲气地说："帮我拖到二楼教室好吗？"徐愣了愣，没好气地和夏子一起进了电梯。还好没碰见什么人，徐把行李一放，转身就走，连道谢的机会也没给夏子。

夏子要是生气，那是很自然的。徐这种人的高傲，没有掩饰，没有调味，直白得让人猝不及防。夏子对东方人的敌意在和各式各样的"徐"打交道中不断加强。黄皮肤的男人不肯向她展示绅士风度。凭一个女人的直觉，夏子发现自己对他们而言，毫无吸引力。相反，西方男人却常常拜倒在她的异国情调下。

第四章

交换脑子

MBA 不是闹着玩的。

无论是教授还是学生，是专家还是外行，无论从地球的哪个补钉上来的，无论是男是女，是老是少，是病病歪歪或活蹦乱跳，进了这栋 MBA 大楼，就得拿出全副精神，没日没夜和大家交换脑子。这是 MBA 学员的神圣承诺。

正式开课前一天，光案例，平均每个学生就拿到了一千页，其中当天就要看完的不少于三百页。除了陈香墨，所有中国学生都选了英语班。陈当初为了看法语原版电影，在上海法语培训中心读了几年夜校，还到巴黎大学上了一届暑期班。现在派上了用场，进了双语班。但他一啃讲义，不由得暗暗叫苦。专业词汇令阅读速度如龟爬行，今夜不眠也难看完必修案例。

奇怪的是有人楼上愁，有人喝闲酒。

宿舍楼有个附设的钢琴酒吧，酒吧里人潮汹涌，欢声笑语。疯狂的迪斯科翻滚而出，吵得看书的人头大。茜茜莉娅就抱着讲义去了教学楼。

最大的一份讲义是美国西南航空公司的经营实例。西南航空从一九七五年对外营业，只有四架飞机往来于三个城市。到一九九〇年代，它成了美国增长最快的航空公司，"9·11"事件使美国航空巨头们濒临破产，可西南航空却一枝独俏，继续赢利和快速增长。

明天上午，本届 MBA 学员就将和"策略"课的教授一起，分析西南航空的成功之路，并对教授罗列的决策难题仁者见仁，智者见智。下午的课，看题目也很有趣："跨国公司的多重文化冲突"。预示着来自各大洲各大洋的学生都有发言权。

夜深了，酒吧也打了烊，服务生都是学生兼的，也要回去温课。只有夏子和比尔赫还在平台上。遗憾的是他们并没在交换脑子，而是在交换唾液。

两百多名学生分成七十五人的双语班和一百多人的英语班。

教授葛莱特上下午分授两个班，巴黎一商的每个教授都是精通两门以上语言的语言天才，百分之八十以上的教授会讲三种语言。

"你们都读了案例，请告诉我西南航空公司成功的要素？"葛莱特年纪不到四十，长得清瘦而雅致。

"他们找到了低成本的秘方。"美国同学布芬的法语糟糕得很，但他一点不害羞地抢着回答。

"西南航空推行平面管理模式，没有官僚主义。"英国人约翰说。

"他们保守经营，没有快速扩张，因此降低了经营风险。"狄罗涨红着脸。

"非常有见地，"葛莱特把大家的观点一一写在黑板上，"能不能给我一些数字来证明？"

大家"噼里啪啦"地把讲义翻到附录表部分，肤色黑黑又喜欢微笑的亚辛慢条斯理地开始分析数据，什么 EBIT、EBITDA、WACC 的一大堆，听得坐在第一排的陈香墨快要昏过去。葛莱特露出调侃的笑容，说："说实话，我对金融学不甚了解，我基本上是个诗人，只对你的话押不押韵感兴趣。"学生们哄堂大笑。

"你能不能用数字告诉我西南航空的人到底做了些什么，而其他航空公司的人怎么也做不到？"葛莱特提示他。

大家猛看表格，又是一轮各抒己见，葛莱特不时把方向接近的意见朝某个结论引导，大家隐隐约约开始看见些东西，越来越有兴趣。

正到节骨眼儿上，课间休息时间到了，学生们一窝蜂奔大厅的咖啡机和饮料分售机而去，排着长队兴奋地谈论着葛莱特的机智和幽默，他挺招人爱，不是吗？

"这教授是个混蛋!"英语班的一个马来西亚姑娘不快地对另一个新加坡姑娘说,"他对伊斯兰教义妄加扭曲!"她们正在上美国籍教授大司泰利的"多重文化冲突课"。

大司泰利教授年纪在五十左右,蓄着络腮胡。他的一双蓝眼睛大而发光,有种狐疑和哀恳交织的目光。他的络腮胡是焦黄色的,在考究的西服领带陪衬下,显得有点做作。

开班的时候,他让每个学生做自我介绍。为什么读MBA,毕业后有何打算?一百多个学生自报家门,大司泰利评评点点,不时还扯开去,弄个故事什么的,很指点江山的作派。

不光对伊斯兰教随口说了些有敌意没把柄的怪话,大司泰利对大和民族也看来看去看不懂。日本学生及川正老老实实介绍自己,大司泰利打断他说:"去年我有一个日本学生,大家都在课上自由发表意见,他却一声不吭。一问他,他说和以前服务的日本公司有协议,不能把在公司工作的经验体会公开发布。那读MBA还有什么意义呢?有的,就是把我们其他同学在其他国家的经验带回日本。及川先生,你呢?是另外一个日本商业间谍吗?"

规规矩矩的及川吃了一惊,拼命摇头:"我不是,我不是。我可以告诉你我的工作经验。"

"教授,他不像是个间谍;您倒像个警察。"一位巴西同学打抱不平。

学生们笑了起来。

大司泰利有点笨拙地承受了这一反讽,继续他的脱口秀式的发言。

回到葛莱特的课堂里,上午第一杯咖啡的效力让大家亢奋起来。

"在策略课上,你们必须看得见行为。好比打猎时看得见兔子在哪里活动。西南航空的行为是什么?然后你们要会看出行为的不同,是兔子的行为还是狼的行为?"葛莱特神秘地微笑。他说:"放映一段纪录片。"

放映机转动,西南航空的CEO荷博特穿着空乘服,在机舱里和乘客插科打诨。闹了半天,影片开始介绍策略性的东西。学生们鸦雀无声,全神贯注,直到纪录片结束。

"现在谁来告诉我西南航空的胜利来自何方?"葛莱特问。

"他们特殊的运输枢纽。"亚辛叫道。

"西南航空创造了新的商业模式,他们利用小卫星城的机场来运输大城市的乘客。由于美国地面交通的发达,乘客更愿意避开大都市机场的拥挤,到周边卫星城搭机。整个运营成本的低廉,使西南航空可以以低票价竞争。这是大机场无法做到的,"葛莱特说,"伟大的商业天才创造天才的商业模式,这就是策略的胜利。看看附表十六的数字,会有助于你们体会市场对天才模式的强烈反应。"

中午吃饭,MBA们一排排坐在一起。对于欧美学生来说,这是从童年就养成的习惯。

午餐桌是信息中心,也是流言蜚语的渊薮。

阿兰是个乖巧的阿根廷年轻人,他在布宜诺斯艾利斯当美国咨询公司的职员,当然那是在经济崩溃以前。

他切割着一块羊排,和俄国同学、自己经营铁器工厂的伊万,聊着件有趣的事。

"目前,布宜诺斯艾利斯的房价正加速下跌,我查了下房地产业的历史记录,房价肯定会跌破历史低点。我和朋友们很感兴趣。"伊万透过眼镜片,盯着阿兰。

"是的,美元资产让国家冻结了,有的人靠出售房产救命呢。"阿兰摇摇头。

"你是布宜诺斯艾利斯人,我们需要你帮助。我们要找准未来能强劲回升的房产,并且要懂得在布宜诺斯艾利斯怎样把价格杀到最低。"伊万说。

"喔,我不能帮你们抢劫我的阿根廷同胞。"阿兰半开玩笑地说。

"这不是抢劫,是双方自愿的买卖。他们需要我的美元救急。"伊万认真地说。"其实,布宜诺斯艾利斯市的很多房产本来就不在阿根廷人手中,上次经济危机的时候,已经有不少外国投资人接盘了。"

"我有一些在房地产中介公司的朋友,可以和你接洽。"阿兰说。

"可以提出你们认为合理的报酬方式。"伊万把事说完,开始吃水果。

上一年级的老挝裔法国人胡安身材魁伟,在亚洲人种中堪称伟岸。他坐在陈香墨边上,问他:"假如在中国承办工程,发生了拖欠工资的事,该怎么办?"

"具体说说怎么回事？"陈要求。

"我在广西雇了几百名中国工人承包工程，没想到发包方逃账。我没有收到款，工人的工资发不出，工人要告我。"胡安说，一点不掩掩盖盖。

"你倒放心，人在法国，还敢在中国搞承包工程！"陈不以为然，"中国工人是很苦恼的，你欠钱，他们饿肚子。"

"但我没钱填这窟窿，我投资被骗，也是受害方。发了他们工钱，我就得从学校卷铺盖滚蛋，没钱读下去了。"胡安拍胸脯说。他这动作，不是打包票，而是说我很诚实。

"我只是想请教，怎样去解释，中国人容易接受？"

"不发工资，全世界人民都不容易接受，"陈笑着说，"不过，你要是将心比心地对中国工人说话，找解决方案，也许他们会傻到相信你。"

"他们该相信我，我是诚实的人，只是运气不太好。"胡安强调。

大家午餐快吃完时，晚进餐厅的狄罗带给双语班一个好消息：明天开始的市场营销课，由欧洲最著名的市场营销专家加勒柏教授担纲主讲！

加勒柏教授属于不爱讲法语以外之语言的那种权威，所以英语班就无缘听大师说法了。

英语班的几个人拉长了脸，其中一位咕哝道："大家都付了同样的学费，应该得到同样好的教育。英语是商业语言，凭什么不爱说？法国人就是这样爱摆谱。"

雪融尽的窗外校园，枯干的大树上喜鹊和乌鸦来来去去。

一上加勒柏的课，你就会心领神会为什么他不愿用英语授课。商业圈子里，法语说得如此妙趣横生的教授，大概除了他，另一些还在发育中。

加勒柏教授是个四十多岁的中年男子，领带系得后一段比前一段长。咖啡色细灯芯绒西服稍有些皱，显得很有法国知识分子的着装派头。他的微微有些凸的眼球静静地在小圆镜片后面瞪着前方，没有向任何人看。纯粹的学术的漠然态度。学生带着对名人的敬畏，恭敬地向他问好，他的回礼，总晚到那么微妙的一拍，既不失礼，又显出高人的心常在更幽远的胸怀里。

开课，直奔案例。加勒柏教授手里有无穷的可资利用的幻灯片。他不像美国教授那样跟学生对话，他谁也不看，更像是自言自语，像一个沉思者吐露心声，汩汩不绝。手里的内容精彩的幻灯片和他的思路和着节拍，走马灯似的换，没有乱手的时候。

只要仔细阅读并思考过案例的人，就会马上会心地点头微笑起来，因为加勒柏教授可没有一句废话，全是切题入木三分的金玉良言。深入浅出，化腐朽为神奇。要是谁偷懒没温习功课，那只能云里雾里，学不到一点精髓。

说上四十多分钟，加勒柏教授通常就会戛然而止，一秒也不耽搁，手一伸："S'il vous plaît.（请。）"意思是轮到小组报告了。轮值的小组上台先摆弄电脑的当口，教授伸手收小组作业，眼睛似看你非看你，一句话也不说。收完作业，往最后一排一坐，跟哪个学生都远开八只脚，开始听讲。

若以为他一声不吭是走了神你就错了。百分之九十的时间，加勒柏教授只是沉默地听着，末了说声好，那似乎已是最高的奖赏。可要是让他听到味儿不正的东西，他立马逮个正着："等等，等等，你说没时间做市场测试是什么意思？只要模式没问题，市场就没问题？是你的亲身体会吗？您干吗不去当个政客？嗯？"

他就不会让错的人再讲下去，做个"请坐"的手势，他讲你的错，讲各种各样相关的错，真是让你一次错个够。说到高兴，他爱冲班里仅有的三位女生中的某一位，通常是波兰姑娘爱米丽，一伸胳膊，说："Miss，你怎么想?"法国口音把 Miss 说成"迷死"，特有风格。爱米丽永远紧闭着嘴，就是不吭气，两眼死死地盯着加勒柏的眼睛。

连着一周，都是加勒柏教授的课，陈香墨拼讲义拼得死去活来，两只黑眼圈像大熊猫。读完讲义，每天只得五六个小时睡，从上海带来的两只小闹钟，各错开五分钟叫也不够灵。跟一个离校的捷克学生买了只苏军军用大闹钟，声音像蒸汽火车汽笛，在十五分钟后奏最后的起床号。

加勒柏教授不容许迟到，上课时间一到，就反锁门。陈老是胡乱抹把脸，就奔教室。没两天，实在累坏了，加勒柏的法语越精妙绝伦，作为外国人的陈就越听不明白。听着听着，陈就晕乎过去，睁眼打瞌睡；醒来觉得遗憾，可身体真是撑不住。

这一堂课，他听着八成懂的法语，本来蛮有心得，可一走神，人又迷糊了，眼皮打架。只听加勒柏教授的声音就在耳边："喂，香墨，醒醒。"因为是法语，陈一下子还反应不上来。等睁开眼，大家都瞧着他笑。

加勒柏教授指向布芬，他张着嘴，也瞌睡正浓。

"你有一个竞争者。"加勒柏教授告诉他。大家都笑看布芬。布芬很争气，这时候打了个响亮的呼噜。陈加入大家一起大笑。

"你俩一组，明天做一个为提神药开拓市场的 PowerPoint。"加勒柏教授说。

下课，陈向加勒柏道歉，作解释，因为自己法语不到家，每天读到凌晨。

加勒柏教授说："香墨，你要喝一锅蛇汤来提神。"

见香墨发愣，加勒柏说："中国人喜欢喝蛇汤，我也在广州喝过，好喝。"

"您经常去中国？"

"是的，Marketing 不到最大的市场，就不称其为 Marketing。"

加勒柏教授问："可不可以告诉我上海的蛇餐馆在哪里？下个月我要去。"

香墨跟在上海的太太通电话，太太道地地做了个 Excel 表格，把上海的出挑餐馆罗列给加勒柏教授作参考。这天下午的"组织行为学"课上，香墨低着头看着表格，把和太太一起去过的馆子都打上钩。

台上讲课的是个德国女博士，比很多学生还年轻。她身材细挑，穿银色西服套装。两只手不停地做着手势。她的理论讲义，令人吃惊地充满着小框小线，概念间有无穷的细致的联系，从彼及此，循环往复，好像拆开的电脑的线路板。

陈香墨等着她讲案例，案例讲的是一个西班牙裔蓝领工人和盎格鲁·撒克逊工友爆发文化冲突的故事。但格罗莉娅热衷于她的"线路板"，一口气讲了四十多分钟。陈偷眼看四周，学生们都透着不耐烦的神色。等到课间休息，很多人压低嗓子在交换对这门课、对教师的看法。

下半堂课，格罗莉娅还是热衷于空洞乏味的理论，可"组织行为学"可以是一门非常感性生动的课！

"格罗莉娅，你在哪家企业实践过'组织行为学'理论？"从雷诺汽车公司来的法国工程师劳航突然打断她。

"我？"格罗莉娅显得尴尬，她的脸涨红了，"我在欧洲商学院做过这方面的联合研究。"

"你不知道我们都是放弃了欧洲商学院到巴黎一商来深造的吗?"樊尚立刻嬉皮笑脸地说。同学们笑了起来。

"有什么不妥吗?"格罗莉娅明知故问。

"我们都做过了长时间的实际工作,不必再拘泥于理论问题,你可以多讲些实例,让大家有交流讨论的机会。"班里年纪最大的法国零售经理德·布封丹认真地建议,他的名字证明他有家世背景,而且他上课总是一丝不苟,追问很多操作性强的细节。

"可理论很重要,"格罗莉娅长长的手臂撑在讲台上,身体像只螳螂那样不安地下意识地摆动,"最后十五分钟我会讲一下案例。"

"十五分钟对一个案例起得了什么分析作用?"劳航耸了耸肩,"你的理论,我听了半天,实在听不懂。"

教室里一片交头接耳的嗡嗡耳语。

格罗莉娅继续下意识地扭动,下巴却高高抬起着,脸红红地看着大家。

陈香墨没见过当面如此考问老师的。中国人都当面不说,回头在背后议论。没想到法国人会现开销。陈要是格罗莉娅,早找个地洞钻下去了。也是,自己是个刚出校门的黄毛丫头,不自量力来关公面前舞大刀?

下一天的午餐桌上,英语班和双语班的学生提出要联合罢免格罗莉娅。澳大利亚同学汤姆也是个早谢的年轻人,他从座位上站起来,两手撑在餐桌上,摆动身子,学着格罗莉娅的腔调:"我知道你们每个小时要花费五十美元听我的课,可是,我,我有什么不妥吗?"汤姆以慢动作抬起他的下巴,俯视着大家。

同学们笑得喷饭,美国人杰森摇着小脑袋说:"我可以代表大家去和学院管理部门交涉。"

狄罗涨红着脸看着大家,眼里含着不忍。格罗莉娅来自慕尼黑,他不愿意德国女同胞受侮辱,但又众怒难犯,尤其欧洲人对挂羊头卖狗肉的行为深恶痛绝,格罗莉娅犯了这条,他想帮忙也难。

唐文文掰着小棍子面包,对身边的陈香墨小声说:"这些老外真厉害,格罗莉娅会受心灵创伤的。其实她也没什么错,人总要从没经验做到有经验的。"

"问题是大家付高额学费不是来培训新手的，"陈说，"如果都来这样的老师，学院的声誉就砸了。"

杰森风风火火就去了学院管理部门，不知他到底说些啥，反正，下午管教授协调的勒盖夫人就赶印了一份打分表，让大家给已开课的几位教授打分。大家一致给了葛莱特和加勒柏五分。格罗莉娅得了百分之八十的一分，百分之二十的两分，彻底不及格。

没想到格罗莉娅还是照样来授课，看来她一点不了解发生了什么，巴巴地乘早班快车从慕尼黑来巴黎，晚上再回去。一部分学生从座位上消失了，陈香墨就抓紧时间在课堂上打瞌睡，甚至放肆到趴在课桌上。除了布芬，他的瞌睡竞争对手又多了几个。格罗莉娅一如既往地钟情她的"线路图"，讲案例时，观点又结构性地和大部分学生对立，搞得认真的德·布封丹始终气呼呼的。

"你觉得这堂课怎样？"陈香墨课间开他玩笑。

"It's a mistake！（是个错误）"德·布封丹毫不迟疑地宣布。

第五章

亚洲之夜 VS 中国周

王林没去上财务基础课，在寝室里调面粉做鸡蛋饼吃。

他对 MBA 课程的感觉相当轻松，一方面很多基础课在自己的专业里早就上过了，无非就是翻成外语"炒"一遍；另一方面，王林认为 MBA 学习的意义主要是在国际性的氛围里摔打一下，课程得分无关紧要。

他不去上课，还有件重要的事情。他等着太太从上海打电话来。

王林从来不是盏省油的灯，任你什么事来，他心里自有一套雁过拔毛的招数。这些年，他给这家法国除尘器械公司在上海当代表，公司并不大方，不但工资待遇不算高，还让他当光杆司令，手下连个秘书也不让招。可王林不计较，相反乐呵呵的。一个人有一个人的好处，自己说了算不说，还没人监督不是？

王林悄悄以丈母娘的身份开了家经销公司，专门代理除尘设备。公司在中国的业务，能蒙的他就经自己公司的手过。他打工像是在为自己打，全力以赴。法国总部看着市场连年扩大，对他挺满意的，工资待遇也提了好几级。

钱包鼓起来，原来他没想读 MBA，业余一心买房子、置股票，享受小日子的丰足。可人无千日好，花无百日红，法国公司有位业务主管无意间对比了北京和上海的业务数据，对他起了疑心，让香港亚太地区的销售经理来上海，指明要见最大的代理商。

王林见事要败，想见好就收，于是一面拖个生意场上有点交情的熟人，冒名顶替和香港来人见了面，暂且混过去，一面考 GMAT、TOEFL，赶着申请学校，在学历上添砖加瓦。

王林拿到巴黎一商的录取通知书，立刻就给学校写了奖学金申请报告，报告学校他是收入不高的中国职员，拿第一年工作的工资条附在报告里；又报告说家在安徽农村，父母务农，家境十分第三世界化，并附有经过公证的二老的农村户口证明。

学校奖学金评审委员会的教授们，一看到中国农村字样，眼前立刻浮现张艺谋导演的中国农村电影，想到巩俐那样的美女在电影里的凄惨生活，于是破例不计王林的年龄超标，批准他享用每月一千二百欧元的埃菲尔铁塔奖学金。

王林打了辞呈，就读法国最好的商校，不但以往种种一笔抹消，全身而退，而且公司还照惯例写公文向他祝贺。王林劝太太搬到娘家去住，把公寓以每月三千五百元人民币的价格租了出去。他交代太太留守上海一阵子，一方面把能做的代理生意做到底，一方面等他在法国探明方向，再来巴黎不迟。

今天，他等的就是太太有关代理公司的消息，因为法国公司新雇的代表通知要结束双方的合作关系。

王太太在电话里委屈地哭诉那位新代表的无礼及言语间对王林以往劣行的暗示。王林安慰她说："由他说去，没证据的话没有用。你先把公司去注销了，省得夜长梦多。搞完后，就申请签证，我这里把需要的资料，托人带回上海。"

挂了电话，他嚼着香香的饼子，上网查阅廉价机票。

快傍晚的时候，陈香墨打内线电话来，问他财务会计的功课。这个陈，文人读管理，真是累得很。王林瞧他言辞有礼，又不强求人，乐意给他说说。

电话里讲不明白，王林说我上你寝室来吧。打开门，陈蓬头垢面的，胡子也长得老长。

"老陈同志，干什么搞成这样子？"

"唉，还不是功课，以前没碰过，一下子铺天盖地地来，快累死了。"陈垂头丧气。

"你还挺小资的你，"王林见陈的书桌上摆着几盆开得正旺的蟹爪兰，大冬天的，难得见这么耀眼的花色，"哪来的？"

"学校有个花圃，就在湖的那头，花挺多的，比镇上便宜多了。"陈告诉王。

讲完功课，陈香墨感激地说："要我自己苦思冥想，花了时间不一定想明白，真是谢谢你了。我请你去喝杯咖啡吧？"

"不用了，记着就是了。我还有事呢。"王林告辞出来，去找廖顺顺。

廖顺顺住的是一室一厅的套房，在宿舍楼的顶楼尽头。

她打开门："咦，王老板，怎么有空串门？"

"来看看廖老板，请教件事。"

"我今天碰到胡安，说正筹划一个'亚洲之夜'活动。我们为什么没动静？参加吗？"王林问。

"这大家要合计合计，上次日本同学办了个'日本之夜'，中国同学要办，非办大点不可！"廖顺顺说。

"要不，我们办个中国周？"王林说。

"大家都忙啊，"廖顺顺叹道，"功课太多了。"

"不怕，有回报就行，"王林说，"前些天，我去中国大使馆教育处登记，听说大使馆对留学生在校办的中国文化活动有赞助经费。"

"赞助不赞助的倒无所谓，有了钱，只怕没人出力。"廖顺顺望着王。

"那我去问问张洪平吧，他是学生会主席，也许能发动大家。"王林琢磨着说。

"问他？"廖顺顺一脸不以为然的样子，"问他有什么用？"

"怎么讲？"王林嗅到点什么，感兴趣地追问。

"你知道他那学生会主席是怎么选上的？"廖顺顺话说一半。

王林老到地不说话，眼睛看着她，鼓励她往下说。

"告诉你可不要到处说，啊？"廖顺顺开讲了。

"秋季班一开学，中国同学想选个中国人来当学生会主席，为中国同学多谋点福利。原先大家推举的不是他，是唐文文。唐文文当过上海电视台英语主播，形象好，其他国家的学生都挺喜欢她，最理想了。可唐文文死活不干，没当权的素质。大家懊恼的时候，张洪平的老婆来了，说'咱们家老张愿意为大家做点事'，你看他过去是新东方的老师，英语也不错，人也挺会说的，大家就挺了他了。我们几个，白帆、胡立宜，都到处为他助选。外国同学难弄着呢，好说歹说才勉强不反对。那个胡安，原来自己想选，好不容易让我们请了几次饭，给说服了，支持中国候选人。"

廖顺顺喝口水，说："好啊，选上了，大家该高兴了吧？等着我们这些功臣的却是鸿门宴。他老婆张罗着请我们几个上他宿舍吃饭，我们兴冲冲去，没想到酒没喝上三杯，他老婆话就来了，'我们家老张今后就靠大家支持了，听说外国同学编派咱中国人爱扎堆，搞小团体。你们哥姐几个可得注意了，别给人说了去。老张心里记着你们呢，可面上得向着五大洲四大洋不是？'你看，这手有多辣，大家好处一点没落着，当场就烹狗煮鹰了吧？"

王林听着乐了："没写合同，你们就办事，哪能怪别人过河拆桥？"

"他那老婆，我们几个看着就来气，什么呀，又不是我们同学，一个陪读的婆娘，管起我们的事来了。"廖顺顺还气。

"得了吧，"王林说，"就是说你们几个骨干分子现在都不听老张的了。"

"光犯情绪有什么用？我们干实事，马上成立了中国学生联合会，白帆自荐当主席。老张想挤进来，我们告诉他：中国学生联合会是维护中国学生权益的地方，你来外国学生会有想法吗？哈哈，以子之矛，攻子之盾。"

说了心里话，两人好像距离近了一点，廖顺顺说："中国周要办，但不要老张插手，他不说过不能和我们扎堆吗？"

"那靠谁？"王林问。

"我把白帆找来，我们策划策划？"

读完几本基础课课本，二〇〇三年的中国春节就快来了。

这天，陈香墨考完了统计学，来自意大利开普利岛的数学家蒲里尼夸了他几句，说他答题能答成这样，已经不光是个记者了。陈高兴坏了，在校园里给自己放风，坐在湖边上发呆，想让超负荷的脑袋放松下来。

他欣赏着波光粼粼的湖面，觉得自己三十五岁了还在苦读，到底为了什么？搞新闻的同行们，早放弃了校园里的童真，面对现实，生活在灰色地带，他为什么就不能接受这种中国新闻界的宿命呢？半路出家，吉凶未卜啊。

王林穿着运动衫从橄榄球场上跑下来，他正在锻炼身体。

"老陈，一个人在想老婆？"

"快过春节了，是想家的时候。"陈香墨不否认。

"我老婆也不在身边，要不，我们一起出去散散心？别闷坏了。"王林说。

"好啊！我刚考完试，正想出去透口气呢。去哪？"陈高兴地说。

"玛西·巴莱昭学区今晚有个中国学生春节联欢会，一起去吧？"

"你怎么知道的？"

"我接到大使馆通知了，还任命我当我们凡尔赛学区中国学生会学习委员。"王林挺受用的样子。

陈香墨对这些浑不在意，但还是说："祝贺，祝贺，新官上任。"

"哪儿呀，我以前在大学还当学生会主席呢，这不是什么官。"王林说。

出发的时候，冬天的太阳已经落山了。天空灰蓝色的，透着凉意。

王林还叫上了白帆。这是个长得高大白净的小伙子，是秋季班的，陈香墨不太认识。

上郊区铁路时，陈和王打了票。见白帆没动静，王林说："有票吗，没票我借你一张？"

"这儿不用打，没人查。"白帆说。

"有人没人查，票总得买。"陈香墨忍不住说了一句。其实他心里还说："你要给逮住了，咱们中国人都没面子。"

白帆不吭气，讪讪地望着远处。

找了好半天，才找到晚会的礼堂。客人才到了一小部分，都是些半大不小的中学生。礼堂倒布置得喜气洋洋的，挂着红灯笼和各色彩带。

王林认识的一个组织者上来打招呼，还是个高中生模样的小孩。他给端了几盘瓜子、薯片，陈香墨就和王林下起象棋来。白帆在四周晃悠。

下着下着，王林看看要赢了，忽然门边上有人喊："大使馆的刘参赞来了。"

"哎哟，刘参赞来了，我看看去。"王林跳起来就走。

"还下不下呀？"陈香墨喊他。

"不下不下了，你找别人下吧。"一边说，王林一边朝刚进门的刘参赞迎去。

"至于吗？"陈不屑地把棋一推，"到了法国还惦记着马屁经。"

刘参赞就在旁边的一桌落坐，王林的小朋友把他和白帆都给引见了。陈故意扭头望着别处，不去凑热闹。烦不烦？来散心的，倒弄个官老爷伺候着。

那桌东东西西地聊着，王林尽捧着刘参赞；白帆却不同，老跟参赞抬杠。陈觉得有趣，不由听听他们在谈啥。

先是说着美国人开打伊拉克的事，刘参赞对此既感兴趣又有见地，王林不住点头称是；白帆却另有一说，隐隐不卖刘参赞的账，几次都把参赞噎了。其实他那些幼稚的看法，参赞也懒得跟他认真，只是这目无尊长的态度，叫人生气。

忽听王林拉了脸训斥白帆："你多幼稚谁听不出来，还硬和刘参赞搅局，别出丑了你吧。"

陈吃惊转头去看，王林一把拉住他，给刘参赞介绍："我们班的老陈，出来前是上海的名记者。"

陈赶紧和参赞握手寒暄，一回头，白帆早起身走了。王林拉着他，让他坐刘参赞身边。

陈也为白帆的样子害臊，便尽力和刘参赞攀谈些雅闻趣事，刘参赞是教育部的官，大家倒颇有话讲，言语投机。

开宴时分，主办单位请刘参赞上台致辞，刘正说着如今中国留法学生的情况，他的大块头司机乐了，说："老刘这套话，都翻来覆去说了多少遍了，我都能背下来。哈哈。"王林拉着他干了一杯。

过会儿，王林的小朋友代表主办单位前来敬酒，说："刘老师，今天的菜全是在'山外山'订的。还行吧？"

大家把酒言欢，学生乐队奏着《春江花月夜》。

王林敬了刘参赞一杯，说："刘老师，我们学校的中国学生想搞一个中国文化周，您看能不能指导和支持一下？"

"写个报告上来，我和同事们先研究研究。"刘参赞答应说。

晚宴未完，参赞便提早回了。

接下去是舞会，王林说玩得晚一点吧，不行就睡在小朋友那里。可陈香墨惦记着功课，又没人认识，想回去了。

白帆也主张早走，于是三人告辞了出来，由一个主办单位的留法硕士生带路，直接去附近的地铁站搭车。

到了玛西·巴莱昭，去宿易小镇的末班车已开走了，寒冷的街上连的士也没一辆。跟车站票务人员要的的士电话老没人接，陈无奈拦了警察巡逻车求助。警察拿出手机帮他们订好了车，可半小时过去了，还不见车的踪影。

白帆见一辆私车泊在地铁站门口，车上下来个老头。他招呼陈："老陈，过去瞧瞧。这车能不能跑一趟。"

香墨烦他那没大没小支使人的腔调，不理他。

好不容易订的车来了，白帆见已跑了十五欧元，用英语和司机理论。司机说走错了路，没办法。要不你们另喊车？大家忍气上了车，驶到学校整整五十欧元。王林说上次他只花了三十来元。谁也不往外掏钱。

"老陈，你先付吧，完了我们再还你。"王林说。

已是凌晨两点，大家赶忙回寝室睡了。

很快，春节过了，学校的中国学生在除夕一起吃了顿火锅，还唱了歌，气氛很好。白帆给所有中国学生，包括本科生和专科研究生，发出一封电邮：

> 巴黎一商所有中国学生的大节日——中国文化周，将在十天后举行！对大家来说，这既是光荣又是责任！为了使中国文化周顺利举行，我代表中国学生联合会恳请所有中国学生来有力出力。我们现在需要……

"挺有意思的。"陈香墨见了自言自语。可他彻彻底底和文化周无缘，他的时间已经被小组活动和复习功课占得连吃饭也常常顾不上。学习，是他的第一要务，也是第二、第三要务。陈删除了这条电邮，又拿起法语的财务管理课本，苦读起来。

而在内线电话上，一场争斗正在形成。

白帆发完电邮，拿起电话打给王林。

"我给大家发了电邮，你读了没？"

"看了，很好。发动群众。"王林称赞他。

两人说话都是高分贝，这是他俩共同的习惯。对他们这类人来说，高嗓门代表高自信，不管事实上有没有。

"那你负责准备中国周的食品采购，并且把大使馆的赞助落实到位。"白帆命令说。

"哦，不不不。我有小组作业，没时间。"王林有点生硬地说。

"中国周上你什么都不做？"白帆的声音很气，"别忘了这可是你想出的点子，否则谁会考虑花一周时间？！"

"那又怎样？"王林也没好气，"你自告奋勇成立中国学生联合会，自告奋勇当主席，不是吗？那就是你有责任把中国周搞好，别丢了大家的脸。"

"你不高兴是因为主席不是你吧？"电话那边传来这粗鲁的问题。

"什么，你有没有搞错？"王林真怒了，"你会做的只是指手画脚，实实在在的事你做过哪样？"

"你呢？"白帆反唇相讥，"你只会出馊主意，哪天干过具体工作？才来没几天，名声已经在外了。"

"好好，我们不吵，都冷静一下。"王林压低嗓音，决定妥协，"现在不是吵架的时候，让我们找些人来帮忙。我打几个人的电话，你也一样。"

"好吧。"白帆也压低了声音，达成这暂时的协议。

一天又一晚过去了，大家对中国周的回音十分微弱。只有唐文文回了个电邮，说她即刻回上海，不能参加文化周，祝文化周成功。这局面使王白两人非常懊恼，他俩抢着在这个活动上起领导作用，却没预料到将军没兵的结局。

王林打电话给陈香墨："老陈，明天你去一下中国大使馆，找找刘参赞吧，他和你挺谈得来的，我们中国周的经费全靠他了。"

"你说什么？我不明白。"老陈在装糊涂。

"中国周的经费，大家需要你帮助。"王林说。

"对不起，我学习的时间都不够。你过去是商场中人，我可是个记者，得用功。"陈说。

"你看你看，关键时刻，中国学生的民族劣根性全表现出来了。没有人愿意为集体做些事。别忘了，老兄，你是巴黎一商中国社区的一分子。看看日本学生，他们多团结搞日本夜呀。"王林说了一大堆。

"喂，王，"陈香墨的声音很严肃，"别给我扣大帽子。我比你大六岁，见得比你多。我告诉你，我除了学业，对任何事不感兴趣。你搞清楚，这不是中国不中国的问题。别来找我，让我安静些。我，正在为学业上的生存而挣扎着呢！再见。"

陈重重地扣下话筒。"混蛋！"他骂了一句。

次日，白帆又给中国学生发了封电邮，可一样没回音。他穿着汗衫短裤去敲同班同学老挝裔法国人胡安的门。尽管宿舍楼里有暖气，他这一身也够酷的。

"胡安，你好。我来跟你谈判一件事。"白大大咧咧地说。

"什么事？"胡安一副戒备森严的样子。

"我们想把中国周活动推迟一个月，你的亚洲之夜能不能也推迟一个月？确保中国周在它之前举行？"白帆说。

"上次我已经答应你把亚洲之夜推迟两周，让中国周先举行。再推迟一个月恐怕不行。为什么中国周一定要先办？放在亚洲之夜后面也行嘛！"胡安说。

"不行，这会减低中国周的吸引力。"白帆瞪着眼，盛气凌人地说。

"这是你们的问题，不是我的问题。上次我已经让过一次，这次没必要再让。"胡安针锋相对。

"问题在于你们的亚洲之夜，里面很多文化的内容，说白了就是源于中华文明。喧宾夺主！"白帆挑明了。

"什么意思你？！"胡安的大脸膛"腾"地变长，虎狼般的壮实身材往前一墩，堵在白帆面前，"你什么意思？"

"好吧好吧，"白帆退了一步，踩在门槛上，"我知道这事谈不成。"

说完，一转身，他走了。

晚上，中国学生又收到了白帆的电邮，通知中国周推迟一个月，因为"很多同学都有考试"。王林去白帆的寝室，讨论如何才能拿到大使馆的赞助费。

"我的朋友上次办春节晚会，申请到两千五百欧元呢！"王林说。

这边还为钱动着脑筋，胡安的"亚洲之夜"就来临了。

建筑工程行业出身的胡安像一根安稳的圆柱般，站在 MBA 大厅里指挥同学布置会场。对学院后勤部的法国人，他说流利的法语；对越南和泰国同学，他说越南语和泰语。这个胡安的亚洲之夜，是个不完整的亚洲之夜，胡安的干部们除了几个韩国哥们儿，其他都是东盟国家中的近邻。

可是这些小国学生非常服从胡安的指挥，任劳任怨地做辛苦活儿。

其实从头开始，他们就挺简单。胡安建议组织"亚洲之夜"，同时告诉他们日本、中国和印度都不会参加，费用大家平摊，门票收入大家平分，目的是展示一下东南亚和韩国的文化。

大家听过同意，就分工操作，订餐的订餐，购物的购物，胡安设计会场。

最后一天下午集体请假，动手布置会场。

白帆从课上下来经过大厅，看到胡安和他的"工人"们。他晃到一个韩国男生身边，说："胡安成你们老板了？"

他没料到韩国人由衷地赞扬胡安说："他真是个内行，非常职业化。我们学到不少背景布置的技巧。"

差不多三小时，胡安的"工程队"就完成了装潢工作，围成一圈分享从凡尔赛市中餐馆订来的越南春卷。包裹春卷的生菜叶碧绿生青，蘸上红辣椒酱，吃得每个人稀里呼噜的。欧美学生走过，都大声说："Bon appétit！（祝你胃口好）"

出乎意料的是，西方学生对亚洲之夜充满期待，不到十八点整的截止期，一百张入场券就一售而空。胡安不得不决定临时加售不带晚餐的半价券。

宿舍楼门口，一脸倦容的陈香墨碰到茜茜莉娅、亚辛和唐娜。

"香墨，去亚洲之夜！"亚辛笑吟吟地招呼他。

"我不去了，有功课。"陈累得不行，连笑都累。

"去吧，这是我们亚洲的节日。"唐娜的细细眼睛里泛起笑意。

"真的不行，我的基础差，得用功。祝你们玩得高兴。"陈苦笑着，躲进了宿舍楼。他也不舍得花十欧元去参加这派对，相当于一百多元人民币呢，够他三天自买自烹地俭省生活。

十九点过后，MBA 楼里异常热闹。欧美同学拖家带小赴会，老老少少一起捧着亚洲小食，笨拙地学用筷子。韩国学生摆摊给欧美生写谐音的汉文名字；胡安和越南生表演武打；两名泰国学生打泰拳。

茜茜莉娅一直站在第六教室一个新加坡女生旁边，看她写毛笔字。"有朋自远方来，不亦乐乎"，翻来覆去地写；时而喘息般添上"恭喜发财"，作为调剂。

茜茜莉娅抬起头，徐斌站在门外啤酒吧台边，向她微笑。

她踱出教室，问徐斌："风水是中国文化还是东南亚的文化？"

"这是个有时间尺度的问题。历史角度来看，很多文化现象起源于中国。而中国周边国家逐步吸收了中国文化，同时加上自身的文化色彩。只能说亚洲文化有很强的同源性。风水也是，既是中国文化，也是东南亚的文化。同时，不要忘记华人在东南亚的大量移民，文化越过了疆域。"徐斌回答。

"我在台北工作过，台湾的陈水扁认为中国文化是他的负担，你觉得台湾有自己的文化吗？"

"陈水扁过去是律师，如今当政客。他的话没有学术上讨论的价值。"

徐斌果断地关门，不谈讲不清的事，是他的清规戒律之一。

"我有中国电影《花样年华》的 DVD，你有兴趣吗？"他扯开话题。

"借给我。"茜茜莉娅很兴奋，她听说过这戏。

"我去宿舍拿来，马上就可以在这里放。206 教室有放映设备。"徐斌见讨茜茜莉娅喜欢，更殷勤了。

"你真好，徐。"茜茜莉娅媚笑着，像一朵蓝色鸢尾花正在开放。

徐斌拿了 DVD 出门，迎面撞见在楼道里晃悠着的白帆："你怎么不去'亚洲之夜'？"

"没兴趣，肯定不会有我们的中国周精彩。"白帆说。

"有很多中国内容呢，去考察一下好了。"徐随口说。"我这就去放《花样年华》。"

"哎，你们怎么都少根筋呐？"白帆喝住徐，"你把中国的好东西都抖包袱抖了，下月中国周还有吸引力吗？"

徐愣了愣，大概没想到白帆会发猪脾气，随即笑笑说："中国的宝哪献得完？中国也是亚洲的一部分嘛，'亚洲之夜'的中国色彩越强，越说明中国在亚洲的地位。"

他走了，白帆气得摔自己的门。

放电影的当口，王林来到了楼门口。

"票。"守门的日本同学及川敏一拦住他。

"我不用餐。"王林说。

"那就买半价票，五欧元。"及川说。

"我就找个人，马上出来。"王林不掏钱。

"进去的所有人都买了票了。"及川告诉他。

"我就找个人，什么吃的喝的都不碰，好吧？"王林坚持。

及川害羞了，让他进，还说："对不起，请原谅。"

王林真的是来找人的，他拍拍胡安的手臂（肩他够不着），说："祝贺你，晚会这么成功！"

胡安正高兴，说："人来得比预料的多一倍。"

"你的门票收入已弥补成本开支了吧？你有活动赞助费吗？"王林关心地问。

"王，这是公益活动，别念生意经。"胡安有点抵触地说。

"我随便问问，为中国周讨教点经验，别误会。"王林解释。

"回头我把财务报表给你看。"胡安大方地说。

两天后的下午，王林从胡安寝室里出来，感到很满足。胡安的财务报表让他兴奋。

他打内线电话，把没课的白帆和廖顺顺约到自己寝室，要谈中国周的事。

"中国周已如箭在弦，没退路了。我们统一一下思路，赶紧落实。"王林说。

"你负责哪些事？"白帆紧盯他。

"不忙具体事务，先定下游戏规则。"王林说，"资金运筹是第一要务。"

"钱哪来？"廖顺顺问。"有多少？"

"一是跟大使馆要的文化活动赞助，数额看我们的本事；二是门票收入；三是成本控制，花小钱，办大事。"王林回答，胸有成竹。

"够不够？"廖顺顺问。

"不必担心，倒是活动要创收了，怎么处理利润部分？"王林反问。

"全部上缴，充作中国学生联合会的活动经费。"白帆睁大眼睛。

"你开玩笑！"王林嘲讽地说，"你真以为你那个会存在啊？你有合法注册文件吗？经过所有中国学生民主选举了吗？有公章？有办公地点？有工作人员？有财务制度吗？你以前是干什么的你？"

白帆猝不及防，被问得脸色发白，一个字也说不出。

"哈哈，"顺顺忙打圆场，"学校生活没那么多讲究，但严格说老王有道理。那你说说该怎么办？"

"简单，"王林发话，"亏损由组织者负担，盈利也由我们几个平分。"

"恐怕这么做，其他学生知道了不接受。为几个小钱冒损伤名誉的危险，不值得。"廖顺顺一字一顿说。

"姐姐，"王林不以为然，"你老脑筋了吧？这是商学院，我们在经营一切。看人家'亚洲之夜'可就是这么做的。"

顺顺沉吟不语。白帆缓过气来："原来你才一心一意为着钱呢！"

"没错，谁都是冲着挣钱来商学院的；你又错了，我办好中国周，为中国学生长脸，并不是为了钱。"王林一脸不耐烦。

"事是要人干出来的，"廖顺顺说，"现在的情况是没人愿干，老王你要能干好了，有钱赚你就赚吧。我个人声明不要钱，能帮忙我一定帮。好吧？"

"你呢？你要不要？"王林睨着白帆。

"你拿我当然拿。"白帆一挺胸。

"好。"王林说，"没话讲了，分活吧。"

一个来月的时间过得说慢也慢，说快就快。

大家没见白帆进一步给大家发电邮，以为中国周流产了。但突然间中国周的广告出现在校园里，而且铺天盖地。

没有中国学生再被征苦力，王林从大使馆领到款子，从其他学区招来一支中国学生雇佣军，不但把会场布置得比胡安还好，而且包揽了中国周的文娱节目，吹拉弹唱，精彩纷呈。

门票不是卖，而是要预订。欧美同学彻底忘了"亚洲之夜"的稀薄印象，狂热地争夺中国周的各类入场券，因为有谣言说中国功夫明星成龙会出现在某场活动中，与他同来的还有《上海宝贝》的女作者卫慧……

谣言最后被证明只是谣言，票房却是真实的、沉甸甸的，肉香四溢……

每个学生本周都在讨论中国，中国周大获成功。

王林在寝室楼里碰到读书虫陈香墨，说："啊呀，忘了那天晚上的出租车钱。"立马掏口袋还了。

老陈其实没忘这笔账，不好意思催，记在本本里。

又过几天，见白帆老不提还钱的事，老陈终于打个内线电话："小白啊，上次的出租车钱？"

"哎，我马上来。"白帆答应，三分钟就敲门。

老陈打开门，白帆捧着一个用过的酸奶瓶，里面一大堆欧元分币角币，"你数数，老陈，数数，别少了。"

"不会，不会。"老陈机械地应着，接过奶瓶。

关上门，他还傻站着。猛地，他把瓶儿转个底朝天，分分角角全倒进了常春藤花盆。

"压压土吧。"老陈终于为这笔十六点六六元欧元小钱找到了用武之地。

第六章

女生交往潜力指数

徐斌决定向茜茜莉娅展开男性的进攻，作为北京市民，征服巴黎女郎。
他为其中的重大意义而激动。

最近这一段日子，茜茜莉娅和徐斌时常在一起消磨时光。

茜茜莉娅对东方有着奇怪的迷恋，她记得童年时母亲带她上圣·夏拜勒教堂做礼拜，她从阳光闪烁的彩色玻璃上，看到了中国皇帝的宫殿。尽管母亲对她的故事一笑置之，她却认定东方有着神秘的召唤。

台湾的前男友郑苍是台北市佛教协会会长的小公子，一个清瘦而苍白的三十岁男人。他在忠孝西路一段的一家玉器店里认识的茜茜莉娅。那天，茜茜莉娅正为一枚白玉如意和店主讨价还价。郑苍来献宝从浙江乡下淘到的宋代玉簪，站在一旁看她和他的店主朋友过招。

茜茜莉娅手拿一本法语的《中国玉器图鉴》，指着一张白玉照片，表示和手里的那个如意是一路货，价格应该相近。店主大不以为然，始终说："年代不同，质地不同。"茜茜莉娅舍不得相中的如意，正僵持间，郑苍笑嘻嘻地把自己的身份证递给茜茜莉娅，指指法语书的作者署名。茜茜莉娅好不容易才相信眼前的男人就是书作者，因为郑苍证明那玉和书上的玉的确不同，书上的玉贵得多。

茜茜莉娅买了玉，郑苍约她一起观赏宋代玉簪。他们交了朋友，以后经常一起去台湾的一些私人收藏家家里赏玉。有一天从台南回台北，飞机的起落架放不下来，郑苍的身上戴了两块祖传的翡翠。乘务员让大家写遗书时，郑苍把雕凤的那一块从颈上解下来，塞在茜茜莉娅手中，用生硬的法语对她说："你是我见过的最美的玉。"

飞机平安落地，茜茜莉娅浪漫的法国心变得像中国玉般温润。她和郑苍同居了，一直到在台湾分公司的任期结束。送她回国时，郑苍以玉般的清凉态度告诉她：他要和航空公司董事长的千金订婚。他的法语已练得纯熟：C'est pas l'amour, mais c'est la vie.（此非关爱情，而是生活）

茜茜莉娅回巴黎，郑苍送她到中正机场，把另一枚雕龙的翡翠也放在她手里，说：龙和凤永远在一起。

徐斌并不令茜茜莉娅迷恋，但他能把她的心带回东方的气氛中。龙玉和凤玉都似乎活了起来。

徐斌和郑苍有一个共同点：两人都很不吝惜钱财，对茜茜莉娅很大方殷勤。作为巴黎女孩，茜茜莉娅见惯了表面客套心里等价交换的男人，对徐斌不能不心生好感。这中国男生又和他的同胞学生们不一样，不像香墨·陈那样辛苦自闭，不像洪平·张那样热衷政治，也不像王林那样精明算计。他课业不太认真，反而一颗心好像都系在她身上，茜茜莉娅觉得有一丝丝陶醉，那种被东方男人宠爱和追逐的感觉似曾相识燕归来。

他俩发掘出几样共同的爱好。茜茜莉娅喜欢中国的古旧玩物，徐斌对唐三彩和景德镇瓷器有点知识；徐斌对巴黎人的爱物咖啡起了研究的兴趣，茜茜莉娅乐意提供帮助和建议。此外，两人都爱品尝美食佳肴，巴黎汇聚天下珍馐，正是美食家的天堂，何况，徐斌多财，茜茜莉娅有车，还有什么阻止他俩成为好朋友呢？

星期天下午，茜茜莉娅开车和徐斌一起去 Porte d'Italie 中国城逛街。巴黎很多欧洲人开的店，都因为宗教习惯或依照地方法规在周末歇业，唯有兢兢业业的中国人把周末看成黄金档，形成了周末热闹的中国街市。

徐斌陪着茜茜莉娅在中国礼品店里翻找老东西，茜茜莉娅知道大部分都是没有价值的廉价小商品，但还是好奇地问徐斌某些中国器皿的用途。徐斌翻到一只旧耳挖，笑嘻嘻问茜茜莉娅要不要试试看，茜茜莉娅妩媚地伸过脸来，徐斌小心翼翼地为她掏耳，闻到她发际的香味，把持不住地心旷神怡。

一个下午逛下来，徐斌送了茜茜莉娅一只景泰蓝的笔筒，绿底上花蝴蝶翻飞。茜茜莉娅送了徐斌两盒诺曼底产的羊奶酪。两人在陈氏超市买了些中国食品，放在车后行李厢里。

中国城总那么实惠，花钱花得合算了，却没了浪漫情怀。有些意兴阑珊地坐回车里，徐斌想了想，问："你有没有尝过中国的火锅？"

"没有，听说很辣（It's hot）。"茜茜莉娅回答。

"很辣，还是很性感？（What do you mean about hot?）"徐说，"要不要尝？（You want a try?）"

茜茜莉娅巧笑嫣然，在徐的指点下，朝斯特拉斯堡大街开，那里有一家巴黎有名的四川菜馆"山外山"。

"山外山"川菜馆里的中国食客永远多过法国食客，表明其菜肴口味纯正，未经入乡随俗的"风味去势手术"，在海外中餐馆中，难能可贵。

徐斌点了鸳鸯锅底，香油蒜泥碟。

茜茜莉娅含笑看他卖弄。

徐斌点了肥羊肉、鲜鱿卷、海螺片、午餐肉、油豆腐、嫩豆腐、腐竹、竹荪，还有法国球生菜。

热火点起来，中国的色香味弥漫。

徐斌教茜茜莉娅涮羊肉，放在红汤里沸腾，然后浸入金色芝麻香油，尔后，入口。

茜茜莉娅笑容凝结，眼睛露出恐怖，辣得猛烈咳嗽，眼泪毫无征兆地"刷刷"涌出眼眶。

徐斌吓坏了，大声向掌柜要凉水，他有点不解，四川菜对西方人，真辣得不可忍受吗？中国文化显然在这点上，没法得到他们先天的接受。

"抱歉，斌。太可怕了，我的喉咙烧焦了。"茜茜莉娅淌着泪，稍稍缓过气来。

"我很抱歉，"徐斌解释，"中国人吃得太辣了，我没想到你受不了。我们换家餐厅吧？"

"不，"茜茜莉娅却破涕而笑，"我喜欢刺激。"她喝了一大杯水，开始小心翼翼把新的羊肉放进红锅。

"很好吃。"她终于由衷地说。

徐斌像个导游一样，不停地介绍每种食物是由什么原料做成的，怎么吃最爽口。茜茜莉娅逐渐开心起来，奇怪台湾中国菜为什么和四川火锅有那么大差别。

她爱死了竹荪，但还是觉得放在白汤里更妙。

吃完火锅出来，两人在斯特拉斯堡大街上走一走，不想一下子进地下停车场。

有黑色人种和拉丁人种的女人，拉开厚大衣，里面打扮得像剥掉蛋壳的蛋，在大街上等主顾。

"有人告诉我，黑女人的皮肤，光滑得像丝绸。"徐神秘地说。

茜茜莉娅看看他，飞快地用法语同一个黑得像炭一样的年轻妓女交谈，黑姑娘咧开鲜红嘴唇，洁白的牙齿在笑容中发亮。

"摸摸她，"茜茜莉娅顽皮地看着徐斌，"她愿意。"

徐斌局促了一秒钟，伸手在黑姑娘手背上碰了碰。正准备说什么，黑姑娘一把抓住他的手，用简单的法语说："先生，丝绸在胸口。"把他的手按在大衣后半裸的乳房上。

茜茜莉娅麻利地把一张五欧元纸币塞在黑姑娘手里，拉着徐斌就走。"你自己的结论是什么？"她不怀好意地笑着。

徐斌尴尬地笑笑："事发突然，我什么都没感觉到。"

"像丝绸吗？"茜茜莉娅不依不饶。

"像一样东西，我带你去看。"徐恢复了幽默感。

边上就是一家法式咖啡馆，尽管侍应生都长着土耳其脸。徐斌挑了个靠窗的位子，招呼土耳其大汉。"茜茜莉娅，闭起眼睛，别看我点什么。"

当侍应生端上一份巧克力冰激凌单球给茜茜莉娅，她怔了怔，开始把脸伏在桌面上笑起来。

"她很可怜，她很冷。"徐斌说。

"她是非法移民，"茜茜莉娅告诉他，"大概是塞内加尔来的。从肤色上看得出。"

茜茜莉娅把回校的车开得飞快，黑黢黢的郊区高速公路显得危机四伏，但徐斌由着她，觉得和她在一起，愉快而无悔。

徐斌和茜茜莉娅一起走上安静的宿舍楼，今夜没有钢琴酒吧舞会，同学们都失踪了。徐斌无法不让自己幻想下一步：是送茜茜莉娅到她寝室门口，看她会不会暗示自己？还是更男性化些，邀请她去自己房间再喝点什么？

但茜茜莉娅仿佛自有主见，她在信箱边停下脚步，仰起脸："今天是快乐的一天，谢谢你的礼物和晚餐。哦，还有，那个黑甜点，"她和他一起笑起来，"晚安，斌。"说完，她转身一个人上楼去。

徐斌说晚安，叹气，回房。他清楚地知道自己也没有和茜茜莉娅共度良宵的激情，那种对女孩曾有过的火一般的饥渴到哪里去了？

他觉得情绪低落，而且越来越低落。冰箱里除了刚买回来的生牛肉和北京大白菜，就只剩下半罐红辣椒。一罐啤酒都没有。

他带上门，去门厅里的自动售货机上买啤酒。售货机周围墙壁上，贴满了各式各样的手写和打印广告。准备离开的老学生推销他们的书、打印机、电脑、家具和一些你意想不到的东西。一位韩国女生顺利地卖出了几乎所有杂物，在广告上划满红杠，意犹未尽地添上一句：尚有未用完的充值复印卡一张，余值约六欧元，愿以五欧元出让。不知是哪个刻薄鬼看不过，在下面写了一句：我有用剩的三枚避孕套，价值正好六欧元，不如我们交换吧！

徐斌看了好笑，他端着啤酒，不想回房间，踱进黑暗的钢琴酒吧，一个人待会儿。

酒吧由于立柱分隔，分成舞厅吧台的大空间和一个隐蔽的看电视的小间。没人看见徐斌进酒吧，徐自己却马上意识到，有人在那个相通的电视小间里，偷偷摸摸地说着话。

他刚想问谁在那儿，话到舌尖硬是拉马一样拉回来，因为一声淫荡的女声飘然而至。"呵！就那儿……呵……"

徐斌不知自己应该立刻离开，还是坐下不动。离开，很可能惊动对方，造成误会，因为他是从里向外走；不动，自己好像是个窥视狂。

那对寻欢的才肆无忌惮，女人尖叫着，用压低的嗓音告诉那个男的："在酒吧做爱太刺激了，可能会让人发现。"她说的一直是英语。

男人则用法语回答："把胸罩推上去，小荡妇！"

徐斌吞了一口无声的啤酒，这样喝一点酒味都品不出。他蹑手蹑脚溜出了酒吧，拉住门扶手，让门轻轻合上，不发出声音。

他投币又买了两罐啤酒，上楼敲敲茜茜莉娅的门。

茜茜莉娅打开门，困惑地看着他，徐斌递过啤酒，说："我进钢琴酒吧喝酒，有人在电视间做爱，我逃出来了。"

"是谁？"

"我不知道，女的说英语，男的说法语。"

"去看看。"茜茜莉娅笑上脸颊，"MBA 应该掌握一切最新动态。"

两人坐在自动售货机边上喝啤酒，眼睛盯着酒吧的两个出口，守株待兔。

"我没想到你这么热衷窥视。"徐斌说，看着茜茜莉娅。

"从秘密中，人们更快学习生活。"茜茜莉娅回敬他。

野鸳鸯迟迟不出来，徐斌闻到茜茜莉娅浴后的香气，觉得这样坐着，也不错。两人胡乱说着话，有点冷。

茜茜莉娅站起来，从售货机里买热咖啡，正注杯的当口，女主角从门里闪了出来。

是日中混血的夏子。她瞥见门厅有人，朝大门走，开门出去了。

茜茜莉娅坐回徐斌身边，端咖啡杯的手有些激动，热咖啡晃出波纹。

"猜猜谁是男主角？"她摸出一盒红万宝路，叼了一支在嘴角。

从另一扇门，走出那男的，没有悬念，是比尔赫。他也拉开大门，走进夜幕中。

茜茜莉娅感叹着：Oh - la - la, Oh - la - la……

徐斌说："我决不买比尔赫推销的红酒，他的品位太低下了。"

两人一击掌，分享了这一秘密。茜茜莉娅吞云吐雾了几下，让自己平静下来。"晚安，今天真精彩，斌。"她在运动鞋底上摁灭烟头，伸过脸，和徐斌贴了两下，拉开通楼梯的门，上楼去。

接下来的几天，几门主课像市场学、管理会计、物流和微观经济学都布置了大量作业，小组活动连轴转，没人有时间去餐厅享用热饭热菜，教学楼里自动贩卖的三明治被抢购一空。

徐斌没机会见茜茜莉娅，他和他的纯男生小组整天整夜粘成一团，好像兄弟会。到了熬过第三个奴役夜（MBA生爱叫自己是奴隶工作者），他思念茜茜莉娅，像一只刚被驯养的松鼠思念野地松果的清香味。

他找到一个小时，可以休整一下。于是他走到图书馆去，在咖啡机上打了一杯卡布奇诺，找到几本旅游画册坐下来翻。

这是他独特的测试自己的"女生交往潜力指数"的方法。

第一本是葡萄牙画册，到处是古旧的十六世纪建筑和拉丁风味的餐厅，充满了异国情调。他问自己，假如和茜茜莉娅一起去葡萄牙度假，愉悦指数是百分之几？是否更想和别的什么女生单独前往？答案有点令他讶异：他觉得会高兴，愉悦指数是百分之八十，但事实上，如果只是想象的话，有好几个女人更吸引他，他更愿意和那个美国金发女郎、爱表演大众情人的露西，另一个高挑和气的日本姑娘雾子，或细巧的波兰美女爱米丽去度浪漫之旅。假如考虑到性，答案更可怕，首先从他掌管下体反应的脑区反射出的女人是学院职业办公室的英国半老徐娘黛比。黛比四十多岁年纪，高个子，高鼻子边上有雀斑，老穿着职业装。但徐斌每次一看到她，就不可救药地想到床。

第二本画册是柬埔寨。丛林、红色高棉留下的累累白骨、农舍和庙宇。徐斌感到不安全和陌生，要是和茜茜莉娅一起陷身柬埔寨？不行，任何女人在那里都会成为累赘，最好一个人来对付。

第三本是中国画册，北京天坛、圆明园、天安门、上海外滩、桂林山水和西安兵马俑。徐斌带谁见他的哥儿们呢？

"嗨，这我媳妇儿。"

用这样的口气介绍露西，不放心，她可能是个绿帽子批发商；如果是雾子，她不说话大家准以为是个外地来京的"北漂"；至于爱米丽，如今北京聚集的东欧美女多不胜数，不知道的人说不定会联想到日潭的夜场，太不适合了。黛比？你疯了，性好比饭店里的热炒，打包带回家，立刻懒得碰。

茜茜莉娅是唯一合适的选择，巴黎的时尚头脑，对东方文化的喜爱，水一样没有僵度的性格……

多拿得出手的洋媳妇！

徐斌分析清自己，知己知彼完成了一半；至于另一半，他不怕去进一步研究，这是他来巴黎的主要工作嘛！

第七章

法国盾

美国人杰森的英语表达能力很强。

之所以要强调这一点，是因为他把这优势当成武器。

在前几个月的亢奋期结束后，学生们不再那么踊跃地在课上辩论。教室里的声音逐步减少到几个声道——那些真正喜欢发言的人。杰森是其中之一。

杰森爱好发言和辩论，令人怀疑他有些好欺负人。众所周知，法国的教授们，其母语并非英语，一旦杰森在字眼上，甚至在口音上玩花招，他们总有些吃哑巴亏。

但事情永远不绝对，杰森进攻性的脾气，加上他的伶牙俐齿，用到向法国学校滴水不漏的管理部门讨公道，就所谓人尽其才，让同学们欣喜不已。

大家安顿下来后，适应了 MBA 的生活，就总要过日子。

日子是现实的，它会抹尽学生心头朝霞般的荣耀和自豪，以及对学校没有理由的偏爱。

首先是为了巴黎。

几乎每个国际学生都曾为能在巴黎念书而憧憬，浪漫的世界艺术之都，一流博物馆和法国美食，在黄昏的余光中坐在街头咖啡座里看街景……

可是这个梦破了。巴黎元一商学院不在大家想象的那个巴黎，而是在巴黎西南郊凡尔赛宫附近的山上，利用公共交通去巴黎市区单程至少要花两个小时。对课业缠身的学生，这只能是偶尔为之的奢侈之举。学校的网站和印刷品就如同房地产商的售楼书，上面的地图不知是有意还是无心地误导了报考人。

如今，局限在狭小的人际空间里，久了，怨了。

穷学生更是点点滴滴在心头。

学校的宣传册上保证贫富不是影响入学的因素，没钱的学生，可以在学校介绍的法国银行申请低息贷款。

但事实上，银行的态度并不令人乐观。在繁琐的填表手续后，它要求学生提供"可以证明还款能力"的存款证明，作为考虑贷款的先决条件。

穷学生们觉得天大滑稽，我要有大笔存款，哪还需要向你贷款？事实是，穷人没资格要贷款。

他们向学校管理部门讨说法，法国夫人们透过眼镜片上方，矜持地审视这些学生。"学校和银行的协议是推荐我们的学生申请贷款，并不担保学生一定获得贷款。银行有自己的审查程序，我们无权干预。我很抱歉。"

是啊，宣传册上的话尽管引导学生得出不同结论，但从律师的眼睛看，又没任何需要负责的说法。

但足以引起骚动的是宣传册上关于课程设置的部分。

有一部分自选课程被更改了，原先的"策略管理"选项成了"可持续性增长"，大约五分之一的学生觉得忍无可忍。

大家都明白，MBA学生毕业后的一个主要去向是各大跨国咨询公司。尽管由于IT泡沫破裂导致咨询公司减少对人才的吸收，但立志挤入咨询业挣大钱的学生似乎还有增无减。取消"策略管理"课程，不仅朝言夕改，有违承诺，而且让瞄准咨询业的学生失去方向，损失严重。

个别学生的上访都被管理部门的法国夫人们以战无不胜的矜持态度和无懈可击的律师立场挡了回来。

可这一次，学生面对赫赫有名的学校，终于克服了它的光环效应，他们发觉自己是一个商业合同的弱势方，不斗争就会成为牺牲品。

揭竿而起的陈胜、吴广是美国人杰森和加拿大籍香港人唐娜。

他们代表全体同学要求和MBA学院院长海阿勒夫人对话。

学院接受了请求，大厅电子课程表上用红色加注一个会议，时间是周三中午十二点，上午的课结束后。很明显，刻意和午饭时间冲突是为了减少参加者。只有真正利益相关的人才会放弃午饭来开会。

宁愿挨饿也要讨个说法的学生有三十多个，也有人因为对学校小册子有看法，留下来作壁上观。陈香墨和法国银行洽谈贷款受了一肚子气，今天特意要听听院长夫人对言行不一作何解释。

学生把11教室坐得满满的，可进来的不是海阿勒院长夫人，而是主管课程设置的芳勒夫人。她斜披长巾，眼光显得十分紧张。

"院长关心大家的反映，让我来和大家交换意见。"芳勒夫人说，英语不太好。

"她自己为什么不来？我们要和院长谈。"杰森喊道。

"院长有公事外出了，"芳勒夫人说，"我一定会把大家的意见转达给她。"

唐娜详详细细地把事情的原委说得清清楚楚，同时代表同学提出一定要恢复"策略管理"课目。

"我没见过你们说的小册子，是怎么写的我不清楚，"芳勒夫人说，"但学院修改课程是根据本校教授和访问学者的行程表，属于正常调整。"

"你主管课程，为何连宣传册上关于课程的介绍都不看？"唐娜不甘休。

"宣传册不是我的主管范围。"芳勒夫人可怜兮兮地回答。

"宣传册是当年的版本，好比产品介绍，我们以它为据决定购买。你现在改课程就是改变产品性能，我们作为顾客无法接受。"杰森摆道理。

"可是说实话，'策略管理'无法恢复了，因为相关的教授都在别的国家当访问学者。"芳勒夫人显然不在同一思路上。

"我们不管，我们已付了学费，这些课是我们买下来的，你们就得照单安排。"杰森急了。

"这是不可能做到的，我凭空变不出教授。"芳勒夫人脸上表情很苦恼。

"你做不到就不该写在宣传册上，否则就是欺骗！"唐娜说。

"那册子不是我主管的，我没见过，也没人告诉我。"芳勒夫人反复解释。

"哦，我简直要哭了，你们要是把学费退给我，我马上回美国。至少还有另一个学校也录取了我。"杰森大声疾呼。

"我们被学校欺骗了。"唐娜厉声尖叫。

群情激奋。

"慢着，听我说一句话。"一个法国学生走到门边，指着芳勒夫人，"请给她一点信任，我不认为她想欺骗学生。一定有些地方出了问题，可能是管理上的疏忽，给她时间找出来。"

"是，是，"芳勒夫人像捞到了救命稻草，"我转达给院长。"

"请问这就是你们法国人解决问题的方法吗？"杰森阴沉下脸，刀子般的问题连这位法国同学也捅上了。

全场一下静下来，为了这问题。

"OK，OK。"那法国学生做无奈状，拉开门走了。

"你一点也没有职业精神。"杰森指着芳勒夫人一字一顿。

大家脸色发白，在商学院这是最重的话，最无情的指控。一个没有职业精神的人，在国际商界等于麻风病人。你可以私生活不检点，你可以和所有同事合不来，你可以不小心造成公司损失，但你绝不能被认为缺乏职业精神。

芳勒夫人呆在讲台上，眼泪婆娑。

最后击溃她的不是美国人杰森，而是法国同胞。

法国贵族后裔德·布封丹用法语说："这件事前前后后就是缺乏职业精神造成的。"

"让院长自己来。"学生们激动地喊。

一件更大的事突然分散了大家的注意力。

非典型性肺炎史无前例地在中国大陆、香港及新加坡和越南肆虐。通过空运系统飞快传向欧美国家。法国已出现六例。

学校如临大敌，立刻通过 Intranet 发出通知：

全校师生，

　　亚洲出现传染性极强的致命病毒，立刻执行以下防范措施：

一，取消所有既定的前往中国大陆、香港，新加坡，越南以及加拿大的学术交流活动。已在亚洲的教授回国后必须在家隔离十天后方可回校。

　　二，上述疫情国家的学生近期不得回国，如有亲属来访，不得进入校园。

　　三，如有发烧，请立即通知校医。

陈香墨一见厥倒：他的太太正要来访。

太太来了却不能进校园？住旅馆，要花多少冤枉钱呢？陈香墨申请贷款不顺，正为钱犯愁，现在平白无故又要花钱，怒从心头起，想来想去都是学校造成的。

他打开"学校通知"的电邮，见是某个戴伯先生所发。他即刻回复：

先生，

　　我是一个在校的中国学生，我的太太马上要从上海来，见到您发的通知，我们非常震惊。上海的非典案例目前只有两例，对于一个一千六百万人口的大都市，完全不到世界卫生组织发布的警戒水平。学校是不是有过度反应？既然法国政府准许入境，应该也能住进学校吧？

　　况且，执行您的通知，我们会有许多额外开支，学校是否负担这些费用？

　　谢谢。

第二天上午，他就得到戴伯简单的回邮：

先生，

　　学校于前日发布的通知必须无条件遵守，学校对因此产生的任何个人开支，不予负担。

　　谢谢。

陈香墨跟法国人打交道中受的所有委屈，此刻全化作炸药粉末，在他的脑壳中轰然炸开。他没意识到自己已全然变回浑身倒刺的晚报记者，文字变回匕首。

他颤抖着手，急速地以法文打字：

先生，

我请你收起法国式的官僚主义态度，认真对待一个诚实的穷学生的问题。事实上，我可以完全忽略你的通知，因为它并不符合法国政府的政策立场。我与你联系，是因为我是个尊重校方的守规矩的学生。

你所要求的行为，将使我遭受经济损失和带来生活不便，因此，学校理应做出补偿。否则，我没有义务执行。

MBA 学员　陈香墨

戴伯没有回信，陈香墨去上下午的市场学课。回到宿舍已是薄暮时分，初春那无力的夕阳给房间洒了一圈虚弱的暗金色，打开的手提电脑上有一串打了小红旗的重要电邮。陈凑上去一看，是院长秘书的名字。

院长希望尽快和陈见面谈话，让他约时间。有关陈太太来访的事。

陈香墨感到一阵紧张，毕竟他像所有中国人一样，不习惯事情搞大，怕见官。

但一两次深呼吸后，中国人那种逼上梁山的悲壮给他撑了腰。陈出声告诉自己："没事不惹事，有事不怕事！我有什么好担心的？"

他回邮约了第二天中午午饭前。

院长不愿接见为课程设置请愿的学生代表，却如临大敌要和陈香墨见面；不但她见，副院长也一起参加。陈感觉到气氛的沉重，但心怀坦荡，毕竟这是法国人的不对嘛！难道中国有非典案例，所有中国人都成了"疑似"？

有点歧视的味道在里边吧？

他力求不卑不亢地站在院长们面前，显得镇定地说："日安，夫人。日安，先生。"院长们的回礼则明显地僵硬，显出心里的不宁和反感。

门口又出现一位穿蓝色轻便装的老先生，戴一副玳瑁架眼镜，神色有些局促不安，他一下子看着陈香墨，眼睛里流露出委屈和辩白的浓烈的表情。陈知道，这位一定是发通知的戴伯。

关上门，院长夫人作了一下介绍，陈伸手和戴伯先生握了一下。大家坐下。

有几秒钟的尴尬沉默，副院长拉塞赫先生开了口，他是个粗壮和模样精明的中年人："陈先生，我们了解到您对学校的传染病隔离政策有反对情绪。是否能清楚地告诉我们那是什么样的困扰？"

"好的，"陈有备无患的样子，"准确地说，我反对的是某种官僚主义态度。预防非典的跨国传播是一个复杂的专业化任务，不应该由不专业的人员制订和实施没有专业依据的土政策。"

院长们和戴伯先生一样，无言但专注地等着他继续讲。

"我太太将从上海来巴黎，上海目前只有两个非典病例，比巴黎的病例数还少，完全没必要被挡在校园外。"陈明确自己的态度。他扬起眉毛，理直气壮看着院长夫人。

"香墨，"海阿勒夫人终于发话了，"你必须知道，亚洲的强烈传染病是一个完全新的病毒引起的，人类对此完全缺乏经验。我们没有设定任何国家任何城市的人是这种传染病的患者或带病毒者因而禁止他们进入校园，我们没有歧视任何国籍的教师或学生。我在这点上是否够明确了？"

她等到陈香墨点头，才继续讲："学校是一个开放系统，对于一种未知的传染病，最有效和对全体师生最好的保护就是切断任何我们可以以自己的判断力了解到的可能性，我们的措施，对法国教授和国际学生都适用，没有人例外，中国学生也不能搞特殊化。对此，你能理解吗？"

"可是，世界卫生组织的判断才是最专业的判断，它并未提议采取学校提出的极端措施。何况上海的病例比巴黎还少，您作何解释？"香墨说。

"我们要绝对保证学校的安全，世界卫生组织并不是没有出错的记录，对一个全新的可怕病毒，谁也不是权威。至于中国政府公布的数字，香墨，相信你注意了全球媒体的报道？"

陈香墨血往脸上冲，院长夫人的话像耳光掸在他脸上，中国政府此次隐瞒疫情严重损坏了中国的形象。夫人是在不客气地告诉他，上海公布的数字不可信，没有诚信，数字有什么用？

陈泄了气，只好说："如果我太太不能进校，我们只能在校外住旅馆，我们没有这笔预算……"

"香墨，"院长夫人打断他，"我相信你来和我们沟通，钱并不是主题吧？"

"不是，不是，钱不是最重要的。"中国文人出身的陈香墨红了脸，"好吧，我了解了你们的想法，我自己处理吧。"

"那很好，"院长夫人和善而温和地点头，"假如我们能帮些什么忙，譬如我知道巴黎一家很美丽但收费合理的小旅馆，也许能使你和你夫人度过愉快的假期？"

"不用了。"陈回绝，以一种受伤的姿态。

院长夫人并不怜惜他的受伤，她向戴伯老头伸出手臂："香墨，我要告诉你，戴伯先生是我校深受爱戴的资深教工，我们都很尊重他。我希望你以后写电邮时务必注意措辞，礼貌待人。毕竟电邮是公共交流工具，很多人都可以读到你写的东西。"

香墨如坐针毡，额头渗出密密的小汗珠。夫人说："也许这中间有很多文化不同造成的误解，但愿我们现在发现了事实。"

"是的，是有误会。"香墨说着自己也不相信的话，不知道自己是怎样从有理走遍天下掉进院长夫人埋好的陷阱的。

倒是戴伯，很诚心诚意地向陈解释，自己只是照发校长拟定的通知，没有权利向学生作阐释。如果他的电邮让陈生气，陈最好还是到他办公室当面交流，他非常欢迎。他别扭地说："您知道，电邮是死的，还是见面和通电话好。"

还没从非典的冲击波中恢复正常，一次大型心理地震又在 MBA 学院突然发生。

那天早上，第二堂课后的咖啡时间，大部分学生端着纸咖啡杯，聚在学院门口享受难得的春日阳光。成群的禾花雀在远处农场的南瓜地里翻飞，啄食雪下埋了一个冬天的南瓜子。近处草地上的蒲公英开出了嫩黄的小花，黄黄绿绿的苔藓地衣也变得鲜艳一些，凑近看，无数细密的嫩芽正在绽放。

一位巴西学生激动地从二楼电脑房跑下来，对着人堆大声说："有人在美国《商业周刊》的电子论坛上发表了一篇曝光信，把我们学院说得一片黑暗。快去看！"

学生炸了锅，就在这位巴西老兄絮絮叨叨说个不停的同时，二楼电脑房已挤满了人，前葡萄酒商、马赛人比尔赫用法国腔十足的英语读着那封匿名信：

巴黎元一商学院的 MBA 项目是国际化程度非常高的项目，学生从八十个国家的优秀生源中选拔，代表了世界各个经济圈的管理精英阶层。但作为本届学生中的一员，我遗憾地发现这个 MBA 项目离世界一流水平还有很大距离。

首先是项目的师资力量欠缺，尽管这里有一批全欧洲甚至全世界最好的商学教授，但其他一些任课教师缺乏专业资格。譬如本学年"组织行为学"的教师完全没有从业经验，学生评分为不及格。

其次，有些教授十分懒惰，没有持续的学术成就。学院的一位终身教授目前还在使用上世纪九十年代哈佛的教案。他的学术成就停留在五年前。

更让人无法接受的是，学校竟然迁就教学人员随意的个人计划，并因此违背对全体学生的承诺，无原则地更改教学大纲。本届学生正在集体抗议这一行为，但校方拖延逃避，缺乏职业精神。

MBA 项目的学生服务工作非常不职业化，管理人员态度消极，不愿帮助学生。他们似乎总在为学生多样化的思考方式而烦恼，以直接或暗示的态度要求他们尽快适应学校约定俗成的文化。

和位于枫丹白露的那家欧洲商学院相比，巴黎一商 MBA 项目在国际排名上的落后看来不是偶然的。

本人目前打算在暑假里找一份新工作，然后退出这个令人失望的 MBA 项目。

匿名的投递者显然对学校窝火到了极点，不惜狠下杀手败坏学院的名誉。

由于从行文上看，写信人就在大家之中，所以又平添了一番神秘感。大家心里不由自主在想：是谁写了这封信？是谁会第一个退出项目？在交纳了一大笔学费之后？在花费了如此心血报考 MBA 之后？在辞去了以往的工作之后？

心不在焉地上完课，大家聚拢在学生餐厅，期盼大摆国际龙门阵。谁心里都想多探听一点小道消息，这沉闷的苦读岁月需要一点调剂，对学校的不满需要一点发泄，对施放暗箭的人需要一点了解和提防……

各种语言都可以在餐桌上听见，但无非是讨论着三个热点：到底谁干的？学校会如何反应？MBA项目的声誉会受多大影响？

下午的 Intranet 热闹非常，一位来自法国潜艇部队的前法军军官同学措辞严厉地斥责这个匿名学生的背叛行为：

> 私自对全体学生全情投入的项目进行诽谤，是一种自私行为。在毁坏学校声誉的同时，伤害了全体同学的共同利益。

美国人杰森跳出来开炮却带着更多自我撇清的味道：

> 我震惊地读到匿名信，这是一种非常不合适的歇斯底里的行为。任何不满应该通过合理的渠道来反馈。学校应该对学生的批评进行及时的回复，但过激行动会带给所有人伤害。

言下之意：别看我平时闹得凶，匿名信的事我可不会干。我有理性。

唐娜自然不甘落后，发出公开信要求匿名信作者勇敢站出来，通过理性的手段争取自身权益。

这种要求连三岁孩子都会发笑，但唐娜目的明确，只是要暗示三个字：不是我。

谁也想不到，匿名信牵出的竟然是一股"不是我"的狂潮，到了晚上九点，婉转或直白地宣示"不是我"的帖子已有十来封。陈香墨看得咋舌：原来老外根本没受过"此地无银三百两"的寓言熏陶，全部是"隔壁张三"的翻版。乖乖！

他原也有些担心，自己刚和学校有过过节，不要怀疑到他身上来。可唐娜一个贼喊捉贼式的分析解救了他的害怕。唐娜指出，匿名信的英语文字水平很高，英语不是母语的人根本写不出。因此，简而言之，美国人和英国人才是最大的嫌疑犯！

午夜十二点，平时沉默寡言、长相像布什、本科毕业自麻省理工学院的美国同学理查德像甩一个大烂包一样把自己甩到网上：

我知道有一些同学正在怀疑我是那个写匿名信的人，因为我的确曾经说过有可能会在暑假前退出本届 MBA 项目，回美国工作。

我的动机是出于私人生活的原因，我所爱的人，因为我来到巴黎而感到无所适从。假如我回美国，那是为了我个人的私生活打算。

我声明自己与那封匿名信毫不相干，谢谢大家，祝大家晚安。

陈香墨觉得这个班简直疯了，即便此文不妥，也未必需要人人自危。他直觉地感到，目前的气氛，对于院长夫人可谓天赐良机。说不好她会怎样利用，但她必定会因势利导，走出困境。虽然只正面交锋过一次，陈已经从失败中认识了海阿勒夫人的人品和能力。

陈香墨和太太通话，告知与学校交涉住校问题的结果。太太很失望，因为钱是一元元辛辛苦苦赚来的，那么容易就要多花几千元！她提议推迟行程，等非典风头稍挫再说。陈也觉得等到五一长假也好。

因为在网上订折扣机票不能改期，所以陈香墨前几周订欧洲游机票时特地买了保险。他庆幸自己有先见之明，否则又白白损失六百欧元。他在网上通知保险公司说同伴因亚洲有非典不能成行，所以只能取消行程。

第二天收到保险公司的电邮，陈又吃一记耳光：

亲爱的陈先生，

行程取消通知已收到，我们遗憾地知会您，您的机票款不能返回，因为传染病造成的违约行为不在本公司的承保范围内。

友好的克劳蒂娅

陈香墨感到陷入了泥坑，尤其令他懊恼的是，这似乎是个和上一次相似的坑子。一个人，在相同的地方摔第二跤，是低能的表现！

他带着落网猎物不甘心的心理，给保险公司的克劳蒂娅回邮：

克劳蒂娅，

查阅了贵公司投保规章后，知道了有关传染病的特别说明。

但我取消行程，是因为同伴不能成行，符合给付标准。亚洲传染病是大背景，与我的行程更改无必然和直接联系。

希望你能正确区分不同情况。

顾客　陈

回邮：

陈先生，

如有任何异议，请与本公司法律顾问道森律师事务所联络。

谢谢。

陈在网上翻阅上万行的保险条例，那又拗口又精密的法语书面语令他这个外国人如堕五里雾中。想到高昂的律师费用，谁会为讨回几百欧元请律师？

陈吃了毒药认命。法国是个发达国家，黑店吃人术早进化了几个世纪，中国来的羊羔，都是呆头呆脑的新物种，被吃定的，挣扎也没用，越挣扎越流血，不如乖乖就范，做个识时务的俊杰。

有件事倒正如陈香墨所料，海阿勒夫人决定召集全体 MBA 学员开会，时间安排在下午课后，讨论《商业周刊》事件。

会场座无虚席，每个人都充满好奇与关切。

海阿勒夫人穿着绛红色衬衣和一身银灰色的职业套装走进会场，她的金发熨贴地垂到瘦削的肩上。她神色自若，还含着一个不明朗的笑。

"我和大家一样注意到最近《商业周刊》电子论坛上有关本学院的一封未署名的信件。信件是谁写的并不重要，重要的是如何评价信中所关切的问题，或者说是一些焦虑。

　　"假如写信人今天正好坐在这个教室里，我很乐意对他或她说几句话。我非常关心你心里的痛苦，也体会到你正在忍受着重大的煎熬，因为没有人随随便便地作出选择MBA的事业决定；要放弃它，需要更大的决心和作出更大的牺牲。你的心态目前非常需要疏通和帮助，因此，我时刻欢迎你私下访问我的办公室，我保证那会是严格保密的私人沟通。

　　"学校并不完美无缺，许多我们观察到的问题确实存在，没有必要否认和掩盖它们。

　　"我受聘来到这个MBA学院，时间不到一年，我了解自己受聘的主要原因正是学校希望我来提升学院的内在品质，使它发展和完善。长期以来，世界MBA项目的排名控制在北美评级机构和英语国家的商业媒体手中，巴黎—商MBA学院作为法国和欧洲的MBA品牌，始终没有得到平等的对待。

　　"我们应该承认，欧洲的商学院们不应高傲地独立于全球体制之外，全球的公开评级制度传统地偏爱北美地区的商学院已损害了我们欧洲同业的利益，使我们在吸收优秀生源和吸引学术资源方面成为不公平竞争的受害方。

　　"我希望我们每个人都正视现实，然后以互相支持的方式来改变我们的处境。我上任以来的主要施政方向就是提高我们项目在世界商学院中的排名。我们是法国第一商校，我们要让世界上的权威评级机构和媒体听到我们的声音，看到我们的实力，然后修改他们的偏见，给予我们公正的评价。以前，法国的商校不屑争取美国人主导的排名，现在，我提倡以积极态度，务实地进入这个体系。我们可以从中受益。

　　"建立学院的声誉靠的是每届学生和校友长期的努力，我们都是商界人士，知道容忍不足、采取实际行动是我们提升业绩的正确方法。抱怨和自暴自弃不会带来奇迹。我呼吁大家的团结，大家的理解和大家持续的努力。"

　　院长夫人的立场不偏不倚，心态不卑不亢，神色不慌不忙。她发表完演说，请大家有任何问题尽管发问。

"学校对课程设置的事到底有何打算，学生提的抗议会否得到积极回应？"杰森起立提问。

海阿勒夫人回道："那本学校宣传册是我的前任在其任期内印发的，上面写的任何内容，学生都可以参考。但大家是懂得保护自己的聪明人，一定明白宣传品不是正式文件，不能作为严肃的承诺。你们部分学生提出的问题我注意到了，正在与相关科目的教授协商，看能否尽量照顾一部分同学的期望。但我们无法保证让所有人都满意，毕竟还有相当一批学生和你们有不同需求。对于实在不能接受的学生，我原则上同意把学费按授课比例退还，保证人人来去自由，选择权在你们手中。"

这是最后解答。

杰森哑口无言，坐回原座。

他并不愿意退学，其实谁都清楚这一点。

只有院长夫人敢拿住你的心理底线，一杀到底。

没有其他提问了。天才的唐娜也只是把小小的眼睛瞪得豆一样圆，欲说无言。

散会。

第二部

滑翔

第一章

早谢的合伙梦

法国学校四月份特有的春假快到了。

王林计划一次便宜的旅行。赚钱的时候要拼命赚，不赚钱的日子要拼命省。这是他的信条。

当然，作为中国三十岁的一代，他不会变态到连生活本身都省掉。假期旅行还是需要的，况且人在巴黎，国内飞来的机票钱都花了，不在欧洲转转，反而是机会成本极大的浪费。

只是，要把口袋里掏出来的钱减到最少，用尽一切方法和利用所有资源。

王林听说有车的鹿特丹人阿伦要回家度假，他在超市碰到阿伦，问他可不可以搭他一段顺风车。阿伦说有个女生和他同行，不过，要是王林不介意，他愿意也带上他。

当电灯泡自然没趣，更让王林却步的是一个人旅行的房费。要能找到人分租，就省下了大头。

第一个持续一周的长假终于来了。太太暂时取消了来访，令陈香墨装着期待的心变得空落落的。大家都在筹划度假，香墨却只想睡几个懒觉，然后把前一段学的新知识再温习一下。

去中国城买菜回校，香墨在蒙巴纳斯火车站书报摊上翻到一本有关 GITE 客栈的书。

GITE是法国特有的提供食宿的私人住宅体系，密布全国各省，大部分是在公共交通不发达的郊野和农村地区，供自己驾车旅行的人下榻。

GITE体系的加盟私宅要经过专业评审，达到接待游客的行业标准，一般是风景如画的农庄或小镇上漂亮的老宅第。

因为是私人住宅，所以价格很公道。香墨看到美丽的照片，不由动心，觉得不如在巴黎附近找一家，假期去放松一下，不但可以慰劳一下透支的心力，也可以在安静的农庄里复习功课。他花十欧元买了这本介绍GITE的书。

晚上在黄晕台灯下翻阅美丽的书，他找到一家中意的。这是一家位于塞纳河上游岸边的大型农庄。照片上是十七世纪的圆筒状尖顶鸽楼，还有装饰着家族纹饰的红砖古堡。房东高帝艾太太提供六个房间的食宿，需要提前预订。书上有详尽的电话和电邮地址。

香墨打电话，是高帝艾太太自己接的，和气和欢迎的态度。香墨订了间照片上对着鸽楼的房间。因为是淡季，高帝艾太太报的时价比书上写的还要少七欧元。她热切地说："欢迎您来我的农庄，作为外国人，您法语说得真好！"原来她听出了香墨的外国腔。

到将睡的时候，王林打电话来和香墨闲话，问他假期去哪儿。

香墨告诉他GITE的点子，王林很兴奋，说："老陈你和谁一起去？"

"我一个人。"香墨说。

"一个人度假？"王林奇怪地问，"我老婆也不在身边，要不我再考虑考虑，要是我不和别人去其他国家，我俩搭个伴吧？"

"好的。"香墨的回答不太热情。

他是个文人，自有标牌性的清高。交朋友，他信奉宁缺勿滥，加上困于MBA的繁重课业，至今也没太接近的朋友。但他耐得住寂寞，每天和太太通一次长途，然后自己和自己过。

也想过结伴同行，但实在想不出谁适合。过去在喧嚣的大上海当记者，过的是整天人来人往的日子，真正闹猛！如今另一个极端，当成人生的平衡，他体会出哲学上的意义，也安之若素。孤独，更能品味周遭事物的质感。他已准备好过个孤独的农庄假日。

但王林同行也不坏，这个理科生说话还蛮有见地，又在学习上常帮他老陈几手，香墨对他印象不错。

于是，香墨第二天特地又给高帝艾夫人打个电话，确认那房间有两张床。夫人说别担心，事实上可以放三张，只要您需要。

临出发的晚上，王林打电话来："老陈，你还去农庄吗?"

"去，明天上午走。"

"假如你要我陪你去的话，我可以陪你去。"王林说。

香墨听出些怪味，但没细想："欢迎欢迎，两个人总比一个人热闹。"

"那好，我可是陪你去的!"王林加重语气。

但他没想到一贯软绵绵的老陈回答他："陪就不必了。你要高兴一起玩呢，明天上午八点半，钢琴酒吧门口汇合。我一个人去呢，也挺不错，享受清静。"

王林被噎得有点说不出话："那好，我考虑考虑，明天再说吧。"

挂了电话，香墨自言自语："这家伙什么意思啊? 搞不懂他。可明白话总得摆给他，这是规矩，没错的。"

他估摸着，王林也许想卖个好? 嘿，这些生意人。

第二天一早，还不到八点，王林就打电话来催香墨起床："太阳出来了，快点。"好像昨晚什么也没说过。

两人各背个重重的包，下山去搭郊区火车，经凡尔赛转车去市区里昂站。里昂站再搭跨省火车，在一个小站下车，然后找出租车到农庄。

够复杂的。

赶到里昂站，一问，香墨傻眼了。原来高帝艾夫人忘了提醒他，朝农庄方向的火车周六只有两班。上午十一点十五分的那列刚开出，下午那班要到十五点十五分才开。

"你怎么搞的?"王林问他，"要耽搁四小时? 算了，我们回去吧!"

"回去?"香墨觉得非常抱歉，但打回票的事，他从小就反感，坚决不做。

"我很对不起，这样吧，我请你吃午饭，算是请原谅啦。让你来了又回去，实在不好意思。"

"请吃午饭就算了，总有意外发生的。"王林忽然很通情达理，"我们先把下午的票买好吧。"

两人在火车站附近找了家咖啡馆吃 AA 制午餐。王林问老陈这 MBA 读得怎么样，以后准备找什么样的工作。

香墨显得有些黯然："你看，MBA 的黄金时代正在过去，上届毕业生有一半还没找到中意的工作。欧洲的出版业又不热衷于开发中国市场，我只能走一步看一步。"

"是啊，"王林同意，"但是，我相信我们一定会找到发挥自己的机会，是金子就会闪光。"

"老陈，"他诚挚地说，"我们大家三十多岁了还能在一起念书，是缘分啊。以后说不定还能合伙做些事业，谁知道？你当记者积累下的社会关系是一笔财富，我们要先在校园里磨合好，彼此了解，以后互相帮助！"

老陈有些感动："是的是的。大家做个好朋友。以后合作机会多着呢。"

到了小镇已快下午五点，实在是个荒凉的小地方。火车站只是一个五十多平方米的小房间。车站对面的饭店已被废弃了。左右看，看不到商店或旅社。

原来法国农村也不过如此，两人等了一会，放弃了找出租车的打算，因为高帝艾夫人给的租车电话周末根本没人接。香墨打夫人电话求救，夫人说你们待着别动，我来接你们吧。

高帝艾夫人是个细瘦、戴近视眼镜的家庭妇女，有点乡下人表面的热忱。她一边和陈王两人唠着家常，一边把车开进了法国中部平原。

好像宽银幕电影般，壮观美丽的欧洲乡野展开怀抱。大片金黄色的油菜花正在扬花季节，顺着起伏的缓坡呈浪花状绵延，迥然不同于中国江南水乡完全平地式的油菜田。汽车每次拐弯，都带来新的风景，羊群、黑白奶牛群和经了一冬没消耗完的草料垛，它们远看像一条条大蛋卷滚在春天的绿草地上。板栗树正在发芽，苹果树已经开花了。

驶过离农庄最近的小镇，高帝艾夫人说快到了，天色已是夕阳西坠。夫人指着一个 Champion 仓储式大超市："看那些新鲜土豆的广告，这地区所有的土豆都是我的农场提供的，无公害不用化肥的土豆，政府给予我们特别补贴来引进相关新科技。"

黄黄绿绿的土豆广告一路点缀着乡野风光。车到了古堡。

除了他们俩，这天其他客人一个也没有，夫人把他们领进三楼这间阁楼改的斜顶客房，门上用"虞美人"的法文学名当房号。"晚饭已经在底楼起居室安排好了，饮料是本农庄自产的苹果汁，你们尝尝。晚安。"说完，夫人告退，她住在五十米外另一栋乡间别墅里。

两人轮流在整洁的浴室里冲了凉，把行李打开铺陈一番。王林还带了笔记本电脑，到处找了一遍，说："这个鬼地方，连宽带都没装。"

陈香墨讽刺他："你何不试试无线上网？"

下楼用晚餐，介绍 GITE 的书上写明十二欧元一份，农庄风味。陈王两人走了一天，早饿得能吃下烤全羊，心里想农庄风味一定是大块吃肉，外加水果蔬菜。

坐下一看，蔬菜倒有，碧绿生青的法国球生菜，拌好了橄榄油，加上黑色油橄榄，吃口应该不错，量好像稍微少了点。另外是冷什锦肉冻，肉的成分不多。一大盘燕麦面包。整个晚餐，就其单调和乏味，活像中国菜馆餐前白送的碟子。

陈香墨呆在盘子前，一点胃口都没有，只觉得加倍地饿。王林大呼小叫，这是头盘吧？

可高帝艾夫人明明已说了晚安。

"不行，一点热菜都没有，牛排至少应该准备一份吧？老陈，你会说法语，你去跟那法国老太婆提抗议。"王林催促。

陈香墨自然也很不满意，但他在法国人家寄住过，知道法国人一般不会直截了当提意见，让人下不了台。被提意见的人一般也不会当场修正，顶多说些客套话，下次注意，但必定要在心头记你一笔。既然是这样，何苦来着。最实际的办法是明天暗示一下高帝艾夫人他们对饮食的期望，想必会有所改善。

他把想法跟王林说了说："一顿饭，算了吧。"

"不行不行不行，这怎么行？"王林接受不了，"我见过的法国人不是这样的，只要给他们说明白，他们会接受的。不要怕得罪人，老陈你就是太书生气，我们马上就走的，以后也不会再来，得罪了她又怎样？"

"不要让人觉得咱们中国人斤斤计较嘛。"陈香墨看看外面天已全黑了，找上门去讨一块牛排，像什么样子，太丢人了。他不想去。

王林不住口地催。香墨说："要说你去说吧。"

"哎，老陈，我可不会说法语。再说，这里虽说是你联系的，可我自己付钱的。巴黎十二欧元都能吃上牛排了。这乡下地方宰客呀！"王林拉下脸来。

"好吧好吧。"陈香墨见王林真动气了，硬着头皮去一趟吧。可怜还饿着肚子，心里却在难受怎样开口，一个念头飘上脑际："早知道，一个人来省了多少麻烦。"

"还得要份热汤！"王林在背后喊。

古堡外伸手不见五指，天色黑得像化不开的墨。香墨眨了半天眼，终于看清天上有数不清的繁星，他凭印象朝高帝艾夫人住的方向摸去。地上的砂石硌他的皮鞋，不好走。

走出古堡的院子，看见了房东亮灯的楼房，依稀看见一家人老老少少都围着桌子吃饭。"倒要看看他们自己吃的什么！"

正想着事慢慢在砂地上走，不远处响起几条狗的嗥叫。香墨突然意识到急促的狗蹄声正朝自己冲来。还没来得及反应过来，一条狗已搂住了他左小腿，一口狠狠地咬住了他。

香墨发出一声惨叫，高帝艾夫人走到窗边问是谁。

"夫人，我被你的狗咬了。"香墨呼救。

狗咬着他腿不放，牙齿稍微放松了些，香墨开始觉得疼。

一个老头慢吞吞地走出来，嘴角叼着牙签："你不该奔，不该奔。呜呜，放开他，放开。"他一句话，先对人说，后对狗说。

狗退了，还不甘心地围着陈香墨打转。高帝艾夫人说："真抱歉，忘了把狗拴起来。"

陈逃进房东的餐室，一家老小都好奇地看着他，好像忘了他才被狗咬。陈香墨拉起裤管一看，鸡蛋大一块紫血，狗牙印依稀可见，天幸因为穿着厚牛仔裤，皮肤没破。

几个屁孩子，还有夫人虎背熊腰的儿子咧开嘴笑起来。

"可恶！"香墨心里骂一声，朝餐桌上一瞥，稍稍消点气：房东一家和他俩吃的是一模一样的食物。

"您需要什么？"夫人问。

香墨不好意思提肉食的事，只是说："夫人，中国人晚餐习惯吃热食，全是凉的我们吃不消。"

夫人先忙不迭地道歉，说还没有中国客人上过门，然后翻箱倒柜地找，终于找出一大碗蔬菜汤，放到微波炉里热了热，交给香墨。

香墨手捧热汤，战战兢兢问："狗呢？"

"拴好了，您放心走吧。晚安。"夫人给开门。

"晚安。"老老少少声声慢地唱山歌。

陈香墨觉得自己像革命连环画里到地主家讨饭的穷人，不但被狗扎扎实实地咬了，还只讨到一碗汤。

进了门，王林正自顾自地吃着生菜，见香墨，他抬头露出开怀笑容："我听见你好像被狗咬了？"陈香墨放下汤，忍痛在灯下查看腿上的淤伤。王林凑上来一看，哈哈大笑，笑得眼泪都流出来了："我从来没见过这么滑稽的事！真让狗咬了。"

陈香墨冷冷地看着他："你觉得好笑是吧？是谁逼我去的？"

王林还是傻笑着，喝着热汤，忘了问为什么没有牛排。

香墨记了仇，因为他觉得王林没心肝。

临上楼前，王林在冰箱里找到几瓶高帝艾夫人引以为荣的家酿苹果汁，他拿了一瓶："我们拿回房间去喝，算是对我们这顿饭的补偿。"

香墨不理他，也不碰，好像故意显示和王林素质不同。

第二天早晨起来，是个有薄薄阳光的晴天。

高帝艾夫人在楼下起居室里忙碌着，为他们准备早餐。早餐是胡桃面包，三种农庄自产的莓子酱、热腌肉片、牛奶和苹果汁。

夫人问他俩睡得好不好，今天准备干些什么，只不提老陈的腿伤。

吃过早饭，两人先去农庄转悠一下。到处是早春让人心惊的绿色，那样地带着生命初期的无伤痕的活力。两匹棕黄色的骏马在古堡后的马场里踱步，一群奇特的有着累赘肉冠的淡粉红色鹅在小河沟里游弋。

一对老夫妇正在为苹果树剪枝。陈香墨笑嘻嘻请教剪枝的知识，老头儿递过一尺来长的大剪子，让陈香墨剪去他指出来的枝条，上面带着嫩叶和盛开的粉红花朵。

"地里的养分是从根上来的。枝条多了，养分就分散开。剪掉相对柔弱的枝条，剩下的才结大果子。"老头儿说，"你们是从哪里来的？"

"我们是中国留学生，在巴黎一商念书。"陈香墨说。

"哦，大学校。"老头儿肃然起敬，"你们是干大公司的料。"

陈香墨见这么个乡下老农都对学校耳熟能详，很开心，立刻翻译给东张西望的王林听。王林高兴地用英文对老头儿说："你是个很有见识的人。"

老头儿能听懂，他用法语咕哝着："种苹果是我的专业，这方面我算是有见识的。"

因为高帝艾夫人的女儿不在，她不放心让他们骑马，马只听她女儿的话。有一艘木划艇倒扣在高帝艾夫人住的院子里，是他们自己闲时在塞纳河里游湖用的，跟皮划艇比赛用的那种相似。王林闹着要划，夫人问他俩有没有经验，这艇很容易翻。两人只好泄气地借两辆自行车，沿河去望风景。那只晚上咬了香墨的狗还被拴在羊棚门口，垂头丧气地趴着。原来是只黑白相间的牧羊犬。香墨走过去，夫人对狗训斥："对先生说早安，罚你一天都拴着！"香墨摸摸狗头，让他嗅嗅手背："他闻了我的气味，应该不会乱咬了。"王林哈哈大笑："这就是咬你的狗。"夫人对王林说："别怕，让他闻闻你，就不会咬你。"王林站过来，那狗却一下子来了精神，站起来伸出长长的鼻子，对准王林裤裆一阵猛嗅。大家觉得有点尴尬，那狗却锲而不舍，像烟鬼嗅鼻烟一样盯着王林那部位不挪窝了。王林讪讪地愣着不动。

陈香墨忍不住大笑起来，带着报复的快感。夫人也忍俊不禁，说："这狗出什么问题了？"

"春天嘛，对狗来说很正常。"香墨坏坏地说。

夫人看看王林，掩嘴而笑。王林见狗不收敛，只好自己退了几步。狗汪汪急吠。

高帝艾夫人说晚上备了家宴，请两位到她家里来用餐，陈香墨忙致谢，知道她正努力弥补昨晚的怠慢和狗咬人的过失。

骑车沿着塞纳河溯流而上。同样是塞纳河，在巴黎市区它被两岸的华楼秀堡环绕点缀，显得雅静高贵。在这洗尽铅华的上游平原地带，它却犹如一个素净自在的法国农妇，怀着平常心，过涟漪不起的乡村生活。只有几只春归的白天鹅在河上戏水，增添了它的妩媚。

陈香墨和王林放倒车下来和野天鹅合影。王林不满意香墨拍的照："你这取景技术太次了吧？我的脚没拍进去。"

香墨历来自诩取景有道，天生有审美力。被王林夹头夹脑一臭，忙凑过来看那张照。"没问题，挺好啊。有天有湖，天鹅位置适中，整个景平衡中有变化，人的体态表情无一不好。"陈香墨狐疑地说。

"可是我的脚没照进去，不是全身。"王林理直气壮地说。

陈香墨看看他的脚，一双皱纹密布的旧皮鞋，上面都是两天跋涉的灰尘。"你的脚很重要吗？"

"拍照当然要把人拍全了。"王林说。

"可这栈桥短，拍你全身，天鹅的位置就不协调了。"

"照到天鹅就行了嘛，人才是最主要的。来来，再来一张，全身。"王林把前一张删除了。

陈香墨照办，心里在狐疑王林给自己照的那张是不是也突出全身，不及其余了？因为他带的是老式洗印相机，只能把问号留在心里。

法国地不广，人却稀。两人骑了有十多公里路，一个人也碰不到。好不容易再奋力多骑几公里，到小镇上吃午饭。连问三家餐馆，才十二点半，都已做完生意打烊了。

王林泄气地说："一点不好玩，真该和别人一起去比利时。我今晚不住了，回去学校。"

香墨不语，心里想："旅伴真的很重要。鸡和鸭一起出门，走旱路还是走水路？"

好运尚存，他们找到一家咖啡馆，老板娘说正要关店，但照顾他们再做一顿。只能选套餐，方便。

香墨千恩万谢，和王林坐下来，点了生啤和牛排，外加一点当地产的奶酪。

"我可下午回去喽。"王林说。

"可晚上房东太太已邀请我们去家宴呢？"香墨困惑地望着他。

"没什么意思。"王林摇摇头，"不如我回家自己做饭好吃。"

"不是好吃不好吃的问题，是你已经答应了人家，难道无缘无故失信于人？"香墨说。

"老陈你的思路有问题，我们不是房东的朋友，是顾客。顾客有权决定不购买哪样东西，哪怕已有口头协定。她提供的旅游商品质量不好，我们不欠她情。"王林严肃认真地说。

"难道生活中的一切都要用生意经来对待吗？你不觉得高帝艾夫人已经在尽力提高她的服务了吗？她通常的客人都有车，在外面吃饭，自己带运动设备，不用她操心。我们才是特别的例子。你不能放松点吗？我们是在度假！"陈香墨的语气加重了。

王林喝了一大口酒，不言语。牛排送上来，煎得恰到好处，香味扑鼻。

两人吃得赞不绝口，那橘红色的土产奶酪也很温和，入口厚厚的，滋润喉咙。

饭后两人逛逛落魄的小镇，从塞纳河的另一边骑回去。王林不再提回家的话，陈香墨特意多说些愉快话题。

回到农庄，两人洗个热水浴，睡个晚午觉。

高帝艾夫人的家宴颇有表演性，头盘是自制鹅肝酱，用的鹅就是河塘里正互相追逐交配的厚冠鹅。其鹅肝比通常的多油，夫人加上早出的紫色覆盆子作为品尝中清口的浆果。深棕色外皮上敷着白色生粉的芝麻面包又香又嫩。夫人那高胖的儿子和在农庄当机械工的朋友樊尚满意地看着香墨和王林，因为他们喜爱这道菜。夫人的儿子打开一瓶自酿的葡萄酒，给每个人斟上。

第一道主菜是羊排配土豆，不但羊排奇香四溢，夫人的无公害土豆也松软得宜。夫人告诉中国客人农庄的羊全是用百里香草喂大的，此其香之所生。

香墨悄悄问王林："没白留下来吧？才要你十二欧元。"

王林说："我才不像你光在意钱呢！"

第二道主菜是著名的法国美食 Pot-au-feu（蔬菜炖牛肉），胡萝卜、胡葱、小洋葱和牛肉在一起炖，好不好吃看做菜人的功力。高帝艾夫人不省火力，汤炖得浓，滋味借了火功，可以算好的。

大家的谈话已越过了客套，向纵深发展。王林用有点不通的初级法语，问农庄的年产值和人员的配置，夫人的儿子介绍整个农庄就是他们一家人加上樊尚在照料。至于年产值，他说数字没意义，还够大家开销。接待游客只是多样化经营的一部分，让妈妈过过瘾的。

他们说，听说上海人住房条件很差，很多人家挤在小阁楼里过日子，是这样吗？香墨说二十年前是。

又打听中国人没有民主怎样生活。香墨说这个问题你们可以问王先生，然后把问话翻译给了王林。

王林得意地回答："法国密特朗总统可以偷偷有第二个家庭，还养了私生女。他跟合法的太太民主过吗？"

香墨翻译了，法国人听得一头雾水，但点点头，不说话了。

香墨发表高见说："民主是个西方文化概念，东方国家历史上没类似的东西，因此先得花时间让十三亿中国人，包括八亿缺少教育的农民，搞清楚这是什么东西，才能以民主的方式投票决定大家要不要这进口货。否则，政府擅自采用许多中国人听都没听说过的西方民主制度，不就是违反民主制度的最坏范例吗？"

夫人儿子频频点头："那需要多久才能让中国人了解民主？"

"我们正在造希望小学，缺口很大。很多西方人士捐款给这个项目。贵农庄愿意捐一所吗？不贵，两万欧元就能让两百个中国失学儿童接受教育，然后慢慢了解西方民主制度。我过去是上海的记者，可以帮你们联络接受捐款的青少年教育基金会。"香墨已压抑不住自己调侃的语调。

法国人笑眯眯地看着香墨，没有人回答他，香墨觉得他们正在笑容里谋杀自己。好了，别招人恨了，人家只是人云亦云的乡下佬而已。何必呢？正受着人家招待呢。

于是他建议为夫人精湛的厨艺和法国美食干杯。

夫人端来了甜品，美味的紫莓冰激凌，当然也是自产的。

饭后，大家观看有关农场历史和丰富物产的录像，香墨和王林使劲恭维了一阵，作为对美好晚餐的报答。

次日上午，夫人简直是侍立一旁看他们用过早餐，两人依依不舍地喝了不少淡绿色的苹果汁。老陈说："夫人，谢谢您的款待，我们结一下账吧。"

"谢谢你们。"夫人微笑着送上账单。一共不过一百二十八欧元。香墨付了一百三十欧元，说不用找了。

"干吗不用找？"王林在香墨背后嘀咕。

香墨头也不回："你不多喝了人家一瓶苹果汁？"

夫人开车送他们到火车站，大家亲亲面颊说再见。

"我们以后带着太太来。"香墨挥手喊，自己也觉得不可能，但告别需要台词啊。

两人第一站是到枫丹白露，去游枫丹白露宫。

火车上，陈香墨拿张小纸片，把一百二十八除以二，六十四欧元请王林付。"多付的两元算我的，你的六十四元请付现钞。"

"你倒算得很清楚哦。"王林拿着小纸条，"我到枫丹白露提现钞给你。"

陈香墨皮笑肉不笑。

逛过拿破仑当年黯然离开巴黎客死孤岛前待的最后一个皇宫，又在王林坚持下，到那个"心口永远之痛"的欧洲商学院参观了一番。两人钻在公用电话亭里一起向上海打电话，向老婆们汇报动向，然后在明媚的阳光里坐下来午餐。

"你毕业后想留在巴黎吗？"王林问。

"假如可能的话，就留。"

"你们上海人都很崇洋媚外，没一个不想移民国外。"王林说。

"你不也自称上海人吗？"

"那是在老外面前，"王林说，"老外只知道北京和上海，不那样说，还得解释自己是哪个星球上来的。"

"你能不能告诉我，上海人为什么那么崇洋？"他一脸好奇。

"谁说上海人崇洋了？不谈这个话题。"香墨烦他。

"不不不，一定给我说说。"王林求他。

香墨看看他："你是哪里来上海的？"

"安徽，考大学过来的，留下了。"王林说。

"上海好还是你老家好？"

"当然上海好。"王林奇怪地望着老陈。

"这就是原因了，你奋斗上了台阶，进了上海。我们生在上海，当然也得上升到纽约去，巴黎去，苏黎世去，到任何世界城市去，那才能和你一样获得自我心理肯定嘛。"

"上海人都想把孩子变成美国人、法国人或者其他国籍的人，我真想不通为什么。"王林引向深入。

"是不是你老婆吵着要来欧洲生孩子啊？"香墨作恍然大悟状。

"不是不是，"王林说，"我们才不稀罕。"

"狐狸吃不到葡萄，就说葡萄是酸的。"香墨嗤之以鼻。

回到巴黎里昂站，王林研究着手里的车票，上面打印着：枫丹白露到巴黎。"也许能一直用到学校吧？"

"到巴黎，我们不已经在巴黎了？别光想好事了。"老陈说。

"到闸口试试。"王林说。

香墨把车票往垃圾筒里一丢，表示和王林就是不一样。人流拥挤的车站，大家都在闸口排队，试票这种事多没面子！

他掏出一张两元五角的郊县票，送进闸机打了。王林把火车票一塞，果然也顺利过关，一直到凡尔赛，票都有效。

香墨好郁闷，自己又为"大气"买了二十五元人民币的单。摸摸腿伤，隐隐作疼，他不由自怜：和王林比，自己为什么老吃亏？

王林似乎看穿了他，在进寝室楼时，说："通过这次，我发现你老陈挺傻气的。"

香墨不发表意见，心里说："我的发现是，绝对不能和你在将来进行任何合作。"

天晓得，两人只用两天，就取消了将来的双边关系。

第二章

猫咪

春假一过，第二学期开始了。这意味着基础课程结束，教学内容更专业化，金融和投资课程唱主角的阶段来临。

教"公司金融"和"金融理论"两门课的是位五十多岁的法国教授，名叫尼古拉·马盖。他同时是法国金融市场研究会现任主席，摩根司坦利（法国）公司合伙人。来头不小。

他用一种嘲讽和幽默交织的态度授课。每节课开头，他总在黑板上写一道题，让人自告奋勇上去解答。假如没人敢上黑板或谁上了黑板又卡住了，他就说怪话："求你们了，你们可都是 MBA，别给我来这一套。"答对了，他说："要不要再来一题？"说着就真写给你，好像给女士送花一样。

而且他也不耐烦给一半以上的外行学生讲授，你问的问题有水平，问到点子上了，他会起劲解释；要问出低级问题，他就说："你是 MBA，你不用研究这种细节，让你的助手帮你干粗活好了。"

每每说完，就拍灰一样拍手，好像一切搞定，不用再纠缠。

懂的人知道他教得很实用，喜欢学金融但不太懂的人知道他教得蛮地道，不懂又不喜欢，只因为是必修课而学的人就不满意了。

几节课后，有天上课尼古拉要突击测验，大家翻开笔记对照着答题，陈香墨越答越有劲，教授用一道题把这些天教的实用知识串了起来。有道是念十遍不如动手做一遍，做了，知识就是你的，不会忘。

可是，坐在后排的夏子交了白卷，她交白卷还气势汹汹："教授，可不可以提个意见？你的课让外行无法听懂，我什么都没学到。我要求补课。"

教授耸耸肩："这里不止你一个外行，别人听懂了吗？你应该读课本。"

"那么厚一千页的书叫我怎么读？"夏子气得很。

教授抓起第一排中国学生廖顺顺的答卷，上面密密麻麻写了答案。

"小姐，你以前是什么学历和工作背景？"他问廖顺顺。

"英国语言文学专业，在猎头公司工作。"廖顺顺回答。

"你读了课本？"

"是。"

"那么长，怎么读的？"

"不睡觉，苦死了。"廖顺顺可怜巴巴地说。

"Voila（瞧见了）？"教授朝向夏子，"你也可以这样学习。你不是 MBA？"

夏子恨恨地朝廖顺顺的背影瞪了一眼，闷了。

教授转过身，在黑板上写。夏子凑到身边以色列人约拿丹耳边："那个女人以为自己还在中国餐馆洗碗呢？我可不是苦力。"

约拿丹发出一阵狂笑。

下课前，夏子又举手要求教授："能不能给我们加几节辅导课？"

"不行，小姐。我的时间不允许。再说，学校只付我十节课的讲课费，我不加课。"

教授快人快语，性格十足。

夏子直接去院长办公室告状："这种教师不配教我们，我征求学生联名罢免他。"

对同学间的这种喧喧嚷嚷，陈香墨以过来人的心态保持着距离，夏子要罢免老师，大部分人不愿联署，他也不愿意。但老陈也不愿卷入是非冲突，明显站到夏子的对立面去。

事实上，他对人有点失望，怀着交一大堆朋友的心来巴黎，但遇见的并非是他想象的人。他寂寞之中，跑去山下阿搭客超市留言板上写了个启事：

巴黎一商中国留学生，希望领养初生小猫咪一只。

如有线索，请致电或电邮通知。愿适当付费。

不久就有一个妇女打电话给他，但却是想向他出售一只十公斤重的大黑流浪雄猫，要价两百欧元。陈香墨受惊地回绝了她。

已经把这事忘了，一个电话却又燃起了他的热情。一位就住在宿易小镇上的杜韦太太的三色花母猫生下了六只小宝宝。她以一种欢快的音调在电话里问香墨："你想要一只吗？"

夫人不要钱。

陈香墨说我马上就来。刚放下电话找衣服，窗外一阵大风，春之疾雨瓢泼而下。因为约定了时间，加上满心喜悦想看看那只将走进自己家庭生活的法国猫宝宝，香墨拿起伞，卷起裤管就冲进春雨中。

季节正在变得越来越美，晶亮的雨水打湿了深深浅浅的初生绿叶。远处的山头飘浮起一缕缕雨雾，使原本朦胧的淡绿森林，增添了仙气。

陈香墨踩着泥泞的小径下山，湿润的空气润泽着他的肺腑。他逐渐被雨打湿了下身衣服，但久违的清新的喜悦，从心底流淌出来。

快走到阿搭客超市门口，雨倏然停了。伞还在往下淌水，太阳却探出雨云，洒下万丈光芒。

"巴黎的天，女人的心。"香墨忍不住说了一句法国谚语。

他大步走进超市，买了一袋幼猫猫粮和一纸盒新鲜牛奶，然后再出门拐过街角，去找杜韦夫人的门牌号。

那是一条向山坡上蜿蜒的小径，坡度很大，吃力地走到尽头，香墨看到花木葱茏中，一座天蓝色的小洋楼居静处幽。那是杜韦家，也是猫咪家。

杜韦夫人惊讶地从楼上奔下楼梯应门。"是陈先生吗？我以为下大雨您不来了。"

夫人带他走进花园，来到车库里的猫舍。

一只黑黄白三色的花母猫懒洋洋地躺在猫篮里，两只黄白花，一只灰黑虎斑，一只纯黑，一只大白，还有一只是三色母亲的翻版，一共六只小猫，眼睛才刚刚睁开，围着母猫吃奶。

"今晚我只能给小猫吃牛奶了，行吗？"陈香墨有点担心。

"今晚？你误会了，小猫还没断奶呢。今天只是让你挑一只，等过几星期，你才来拿。"杜韦夫人笑说。"哦，你连猫粮都买好了！"

"学校宿舍里能养猫吗？"夫人问。

"能，我们的管理员太太自己就有两只猫。我问过她。"陈香墨看哪只小猫更漂亮。他有心要那只小三色猫或那只虎斑。

"您为什么养猫？"夫人问。

"我太太在中国工作，我一个人很寂寞。"香墨实话实说。

"哦，那小猫就是你的新太太啦！"夫人逗趣。

"你毕业时会怎么处理猫？"夫人关心小猫的前途。

"我带它上海，回中国。"香墨深思熟虑。

"哦，那太好了，不知哪一只有福气去中国哦？"夫人高兴地抱着拳。

三星期后，陈香墨来领小猫，不是先前看好的那两只中的一个，因为那俩出生那天就已被人认领了。

今天，六只小猫已活泼地在花园里嬉戏，毛茸茸自顾自地和新世界打着交道。

陈香墨看见那双胞胎黄白花中的一只，不像其他五只那样热衷于围着母猫吸奶，颠颠摇摇地跑到远处的月季花丛中翻泥土，努力地嗅着。他逮住它，抱在掌中举到面前。小猫有着天蓝色的眼睛，它对香墨的脸很有兴趣，湿漉漉的鼻子凑上来闻香墨，同时，四只脚有力地蹬着老陈。

香墨喜欢这最有生命力的一只，跟夫人就要了它。黄猫一般都是雄的，这只也不例外。

老陈拿出给夫人的礼品，是从上海带来的高级真丝披巾，特地选了一条金绿色的，适合杜韦夫人的年纪。

"Oh‑la‑la，多漂亮的丝巾！可真的不需要这样。"夫人过意不去地说。在她，也是求人帮忙把这些负担不了的小捣蛋鬼领走。否则，她的花园洋房就没有太平岁月好过。

老陈说留个纪念，心里却说："我养的猫宝宝可得有个身价，一文不花绝对不行。以为我是王林？"

夫人坚持要开车送老陈回校，老陈为猫咪讨了块猫篮里的垫毯，上面有老猫的气味，让它可以安心在上面睡觉。

车在校门口让黑人门卫拦住，香墨忘了带学生证出门，他打招呼，把自己的名字报给门卫，请他在电脑上核对。

放行时，杜韦夫人啧嘴说："这门卫脸上没有一丝笑容，真是个悲惨的家伙。"

是啊，法国人总带着笑容说话，给别人给自己都留下美好的感觉。不笑没表情的人多少有点怪。

"因为他的生活里缺少猫咪。"香墨回答夫人。

两人笑了起来。陈香墨下车时，诚心诚意感谢夫人："谢谢，您给我送来了快乐！"

"喵呜——"小天使对新家行使警察的权力。他在每一个角落嗅个不停，小小的、跟陈香墨手般大的身体在床底、书桌底和床头柜下钻进钻出，连盥洗室里的马桶背后也不嫌脏，嗅了一遍。

陈香墨呆呆地看着它，想到有了这么个同伴，心头喜滋滋的。

他给小猫一个平常的名字：咪咪。但不会搞错，因为法国人对猫的通称是：咪努。

咪咪玩累了，蹲在香墨脚边，空气里弥漫着温馨居家的气氛。继而，小家伙居然爬到香墨温热的脚背上，躺躺舒服，抱着头开始睡觉。

香墨心里流淌着慈爱，他不敢移动，拿过市场学的笔记本，读几页，看小猫一眼。

电话响，是廖顺顺："香墨，你看了夏子发的电邮吗？要大家罢免马盖教授的那个。"

"见了。"香墨说。

"你会不会联署呵？"

"瞎搞。我觉得马盖教授上课上得挺好，干吗要赶他走？"香墨不以为然。

"是啊是啊，我也支持马盖。你不好好念书你怪谁?"她指的是夏子。

"那你准备怎么办?"她问香墨。

"怎么办? 什么也不办。我不卷到是是非非里去。"陈香墨说。

"可听说学院正在等大家的评价，我们不说话，万一夏子找到更多支持者，马盖教授就难看了。"顺顺着急地说。

"想不到你还有美人救英雄之心哦?"陈香墨开她玩笑，"那你要怎么样?"

"我也征求联署，支持马盖，要求保留好教师。"顺顺说。

"你不怕得罪那个中日混血的女人?"陈香墨问。

"什么呀! 她才看不起中国人呢! 整天我们日本国怎么怎么的。"顺顺显然讨厌夏子。

"行啊，你起草吧，我签名支持教授。"陈香墨答应了。

小猫醒了，在香墨脚上伸懒腰，不想一下子失去平衡，摔到了地上。它朝着香墨喵喵叫。

香墨猜它饿了，倒了一小盖子牛奶给它喝，小猫抢上来，喝得稀里呼噜，完了还拼命舔嘴，拿爪子一圈圈抹脸。

不敢一下子给它喝太多，香墨知道大部分电子宠物是如何死于女孩子的滥情，于是以男子汉的理智来喂养咪咪。

晚上，咪咪就暂时躺在旧垫子上睡，陈香墨把自己冬天穿的厚羊毛袜子拿出来给它当被子。

从上届毕业生那里继承的一个蓝色四边形磁盘被用作咪咪的小厕所，令陈香墨敬佩不已的是咪咪不用教的如厕天性。第一次有需要，它自己就走到磁盘边上，伸头在猫砂上闻了几下，然后站到盘子里扒拉猫砂。它仰着猫脸，长尾巴向后上方绷得直直的，一脸玩世不恭的无赖相，开始撒尿。完事，小爪子不厌其烦地扒拉猫砂，掩盖"罪证"。还闻啊闻的，直到确信味儿被盖没了为止。

夏子征求到的联署签名只有十来个，都是平时跟她在一起搂搂抱抱的男性死党，如比尔赫和约拿丹之流。

半路杀出的程咬金廖顺顺征求到二十五个签名，表示马盖教得很好，不必撤换。二十五个学生中，法国人占了十五个，金融专业出身的有十个，完全让学院管理层确信不必再理睬夏子的投诉。

夏子气歪了，知道是顺顺和她对着干，一见顺顺就拉脸，理也不理她的问好，身在法国连最起码的礼貌也不讲。

马盖教授当然由法国内线告知发生了些什么，他风度翩翩假装不知情，故意对夏子小姐表示额外的关心："日本小姐，你都听明白了？有什么问题我现在很乐意回答你。"

问一次并无不可，但每节课动不动就这样问，简直成了公开的调侃和讽刺。他一开口问夏子，大家就忍不住笑。

夏子忍无可忍，终于在一天下午，截断教授的问题，说："马盖先生，我不喜欢你叫我日本小姐！"

"噢，为什么？"马盖装糊涂。

夏子正要发飙，廖顺顺怯生生地说："教授先生，你搞错了，夏子的妈妈是广东人，因此她不是个真正的日本人。"

陈香墨愣了一下，终于看出顺顺的企图，不由笑出声来。这个女孩子，装得天真烂漫！其实，任何女人都不可轻易得罪，否则，有得苦头吃！

夏子要说的狠话噎死在喉咙口，一张扁平的大脸呛得通红，想说就是说不出。

陈香墨一下课就急着回寝室，表面上他是挂念着咪咪，但实际上他发觉自己遇到了人际沟通的难题。

他喂小黄猫吃完了午饭，自己煎了个法国酸菜肉肠，听着楼下小路上学生来回餐厅的欢声笑语，开始解剖自己的心态。

为什么自己不像大部分同学那样合群，喜欢一起进餐，一起喝咖啡，一起上钢琴酒吧，一起无论做什么事呢？

也许最大的问题还是语言障碍？大多数从大陆来的中国学生，尽管在外语上下过无数的苦功，但由于没在欧美国家长期实地生活过，对口音、习语、历史文化背景了解甚少。上课并无困难，难的是参加欧美学生间海阔天空的闲聊，常常听不明白他们幽默中确切的寓意。老陈学过英语学过法语，因此英法语的闲聊他都试过参加，但永远有局外人之感，思路总比说母语的人慢一拍。

要在中国，中国人会照顾说中文的老外，特意慢慢说，让他理解。一方面这是中国人"有朋自远方来，不亦乐乎"的传统美德；另一方面不可否认中国人对高鼻子还存在许多说不清的情结，对老外特别客气。也许受好莱坞电影的长期影响，好像有点人样的总是高鼻子。

可在欧美人之间，大家永远以自我为标尺，不会有人因为你是非母语谈话者而特意改变用语让你不掉线。尤其 MBA 学员，大家竞争的是脑子，一脑当先是大家追求的境界。你掉线？OK，是你的问题，没我的错。谁让你没机会在海外生活？照道理，缺乏类似经验者，还不能进 MBA 项目呢。

陈香墨有很活跃的思想，这可想而知，他是个有成绩的资深记者和编辑。因此，陈香墨想要表达自己，但和欧美人在一起，很难把自己表达好，不是用词不确切，就是中国式思维让欧美同学不理解。加上欧美人浓烈的文化优越感、对中国的成见，陈香墨觉得自己说话没分量，不被人当成一回事。

他过惯了受人重视的日子，同学不小心流露的轻慢对他的自尊心是种冒犯。于是，据桌论道的集体进餐对他失去了开初的吸引力，他不自觉地以拒绝出席表达自己的不满。

人际互动的模式是越参与越主动，越回避越尴尬。陈香墨躲回自己小屋和猫咪成一统，势必造成信息闭塞和人脉枯竭。到了其他场合，譬如课间闲聊、酒吧聚会，同学们很自然地因为不熟悉他，无意间把他撂在一边。陈香墨则更失落，更趋自闭。

他现在感受到的压力正来于此。

看来陈香墨一时间想不明白这道理，出不了这个怪圈。他郁闷地洗了锅子，把电热锅收好。

一转身，越来越以主人身份自居的小猫咪咪蹲在他书桌上，津津有味地舐着香墨的饭后甜食——樱桃酸奶。

"反了你了！"陈香墨大吼一声，伸手把咪咪从桌上揪下来。

咪咪舔着嘴，依依不舍地望着桌上的酸奶罐。

"我这是发的哪门子火？"香墨不由得一阵自责，他拿下酸奶，让咪咪吃。小猫把头埋进奶罐，吃得胡子上都是。

　　"你只有我，我只有你。"陈香墨落寞地说。

第三章

花开两朵

茜茜莉娅单身一人去马赛度了一个初夏的周末，住在老港临海一栋旧公寓的顶楼，打开窗就是阳光下墨绿色的海水。

她泡在浴缸里，用做成薄荷冰激凌模样的淡绿手工香皂洁体。自从到了商学院之后，还没如此放松地休息过。

公寓是一个曾邂逅过的巴黎男人借给她的。一年多前，他们俩曾躲在这里，不接电话也不看电视，一味地放纵了三天。这次给钥匙的时候，那男人的太太一个劲地打他的手机，谈他女儿的保险。他抱歉地用不拿手机的手搂住茜茜莉娅行了半个吻面礼，把钥匙和地址塞到她手里，就消失在街头，一句话也没跟她说。

茜茜莉娅泡松身心，惬意地裹上棉浴袍，坐到狭长的阳台上望风景。港湾里，开往伊夫岛参观基督山伯爵监狱的游船正在上客，游客形成一条白色的长龙。五月的太阳明朗得已有些炽热，茜茜莉娅灵机一动，进房间换上三点式泳装，搬开阳台上的小圆桌，躺在木长椅上太阳浴。

正恍恍惚惚要睡着，手机响了。茜茜莉娅拿起来一看，是徐斌的号码。她轻轻把手机放回地上，用白浴巾蒙上了头。手机响了五次，就知趣地挂了。茜茜莉娅已经有两三周没和徐斌联络，徐斌不时会有节制地试着联络她，但并不越过得体的界限。

茜茜莉娅本来无思无绪，现在倒想了想和徐斌的关系。徐明摆着想泡她，但却总绕着圈，像一只猫，嗅啊嗅，但不下口。是自己这份猫粮不够诱人吗？茜茜莉娅下意识地摸摸自己的脸，三十多岁的女人不可能太自信。

但她又隐隐约约觉得徐像的还不是猫，对了，粼粼发光的海水提醒了她：徐更像一条绕着鱼饵游的鱼，舔着饵不敢大口吞，怕尖利的鱼钩刺穿上颚，把他揪出安全的水世界。

茜茜莉娅笑了，这是个准确的比喻，但关键不在徐的态度，而在她自己有无钓这条鱼的胃口？

她现在不想细想答案。她来马赛是为了忘记巴黎，忘记累人的 MBA 世界。

今晚，她要好好玩一下，参加城里最光怪陆离的 Party。

徐斌放下手机，心里越来越痒痒。他愿意付高价，只要有人告诉他茜茜莉娅去了哪里，为什么突然对他不理不睬？

"死鬼妹！"他骂茜茜莉娅。

他不得不承认，自己征服西方女性的反十字军长征出师不利，而且失败原因是自身能力不够，魅力不足。不但茜茜莉娅是个最好例子，他来法国以后邂逅的种种女人，都证明了他的缺陷。

徐斌决定去找个酒吧，好好反思一下自己的问题。真的，他缺少的是一次成功，哪怕是侥幸的成功，都一定会挽救他，为他补给快垮掉的自信心。

从学校背后的小路下山，宿易镇上有家一百年历史的餐馆酒吧，特色是有露天大院子，种着桑树和密密的红叶爬山虎。徐斌颓丧地坐在午后阳光下的桑树阴里，点了一整瓶红色马丁尼酒，就冰块喝。

酒活了血，也渗进了脑子。徐斌揪住了自己隐藏颇深的自卑感。他把自己的心连根捧出来，放在显微镜下考察，看见自己的原型是个甩着清朝小辫、朝洋鬼子吐唾沫的老爷们儿。虽然卖弄着花拳绣腿，但心里怯着洋枪洋炮，没胆量上去比试。与其说怕输，不如说怕揭穿自己落后和原始的事实！他徐斌有什么？在北京也轮不上顶儿尖儿，在茜茜莉娅面前，活跃着那么多身世不知有多深的各国博浪子弟，能显出他来？事实上，他徐斌有的实在就一样物件：北京大老爷们儿的不服气！

不服气只是不服气，能当真本事花吗？

清朝兵丁是不服气坐着兵舰来的洋鬼子在北京城耀武扬威，上手中国人的女人。但你倒个个试试看？你连开去伦敦、巴黎的兵舰都没有，除了用唾沫星子淹死人，你报得了仇吗？把自己架在想象力的高竿上，除了摔死自己，根本奈何不了别人。

徐斌在酒精里煎熬了自己一会儿，决定回归本原，在没有英雄的年代里，他只想做一个人。

这种立场的变换使徐斌觉得解脱，好像一下子踩在了硬地上，而且不再需要飞。

作为无所预设的人，他反而有了优势：他比很多同学有钱，钱能帮人补拙！

徐斌默默计算了一下自己的财力，信心以一种不同的方式回到了他身上。

他一瓶洋酒下肚，变得成熟了。

茜茜莉娅一边自己做生菜色拉，一边打开手提电脑，上"马赛之夜"网查询舞会讯息。其实，在内心深处，茜茜莉娅知道自己为何选择马赛这座已阿拉伯化的城市来度周末。这里，有一双深不可测的棕色眼睛，曾经在迪斯科打击乐的滔天巨浪中，诱惑过她，使她在一刹那间，产生过放弃一切顾虑，牺牲一切现实，追随那无力抵挡的魅力而去的念头。当时，她身边的巴黎男人感觉到了威胁，及时地把她拖出了迪斯科舞厅，但茜茜莉娅对男伴的兴趣已荡然无存，这是两人一周的欢好计划骤然缩短为三天的唯一原因。

茜茜莉娅从台湾回来后，发现自己从生理和心理上变得水性杨花，有些固定和执著的东西消失了，她起先感到失落，随后玩味到自由。她不再害怕被诱惑，甚至觉得生命就是享受诱惑的一次脆弱的冒险。

在 MBA 初期的体力脑力双重煎熬下，她一天比一天克制不住地、有点病态地想到那一双带阿尔及利亚风味的深沉眼睛，那眼睛挑拨着茜茜莉娅的心弦，让她在疲劳过度的浅睡中，还做一次次春梦。

她找到了那家名叫"朗扎洛黛风帆"的迪斯科舞厅，舞厅在深蓝的网页上刊登今夜的主题舞会"大型渔获"的广告：男士付五十欧元的门票，女士免费。茜茜莉娅去过位于西非海域的这个"朗扎洛黛"西班牙殖民岛，那里是阳光的故乡、激情和放浪形骸都受到讴歌的化外之域。

太阳在海面安宁地挥动最后几缕金丝时，茜茜莉娅把面孔浸在一脸盆的黄瓜和油桃鲜榨混合汁里，这是台湾女人教给她的秘方，十五分钟的浸泡，可以让劳累而失神的脸焕发出五小时的鲜嫩光泽。她接着吃饱含维生素的生菜色拉，饮下两杯私窖红葡萄酒，可以整装待发了。

远在巴黎的中国小伙子徐斌，此刻还忍不住想念茜茜莉娅，同时也忙着准备参加晚上本科生举办的一个校园舞会。这是他在下午自斟自饮后，在自新的感觉里作出的一个决定。他需要采取主动，在失误中学习正确的巴黎态度和法国方式。

徐斌洗了今年第一个冷水浴，换上合身的白色休闲巴勃利波罗衫和正蓝色牛仔裤，用了点赛路迪1881的夏季香水。他喝完酒就在镇上剪了个短发，打扮起来一看，挺精神的。他打开皮夹，数出一千欧元的纸币，塞进后裤袋里。嘴角泛起个很酷的微笑，笑纹挂在刮得发青的嘴角，有点残酷杀手味道。

但如果真是个杀手，徐斌要杀的正是自己，或者更正确地说，一个让他失望的旧的自己。

他参加本科生的舞会，必须由本科女生带他进去，好在他玩桌球时认识的法国本科生弗朗索热情地让自己的女友萨拉充当徐的引见人。徐斌把一支景泰蓝玫瑰胸针送给萨拉当礼物，高兴得小姑娘到处给其他女生看。徐斌对因此而美目盼兮朝他看过来的法国女大学生，一律报以大灰狼深沉含蓄、自信满满的微笑。

茜茜莉娅款款步入舞厅，她身着一件惹火的黑色真丝吊带长裙，俏丽的身姿在人群中时隐时现。其实她的打扮和狂热的青年舞会并不相称，好像一只蝴蝶误入夜蛾堆中，夜蛾们颤动翅膀，而蝴蝶小心避开夜蛾弹出的磷粉。她选择一个俯视舞池的圆吧台，叫了一杯德国黑啤酒，点上红万宝路。

烟抽到才三分之一，一个瘦长英俊的黑衣男人走近来，说："借火，可以吗？"

茜茜莉娅微笑着，拿起打火机，为他点烟。

"谢谢，"男人斜睨了她一眼，"您一个人来的吗？"

茜茜莉娅不置可否，微微翘起一个嘴角的笑纹。

"我叫夏何乐。"男人伸出手。

"茜茜莉娅,"她回答,"火已经借给您了。"

"那当然,可以顺便请您跳舞吗?"男人笑着说。

"您很友好,但我想一个人抽支烟。"茜茜莉娅很温和地说。

"是啊,有时候我们都更想和烟单独待一会儿。回头见,美人。"夏何乐一个转身,挥挥手,消失在人群里。

茜茜莉娅低眉看着那个舞池,回味着记忆里那余烬未熄的灼人眼光。她期待着奇迹,也许,那双神秘的眼睛又会从人群中如晨星般冉冉升起,把她暗色的心照亮!

三个金发美女站上领舞台,火热的身材和狐媚的歌声吸引住全场眼球。所有年轻男女都狂热地挥舞手臂,像陷入了集体性燃烧。金发美女脱下的衣服一件件抛向人群,人群发出低沉但越来越凶猛的咆哮。

失去了神秘眼睛的舞厅如此空洞,劲舞的人群是散发出体味的庞大怪兽,茜茜莉娅流下了辛酸眼泪。上帝惯于在天生一对的男女间玩弄时间差,时间上的不吻合,像煤油灯的玻璃灯罩,使投火的飞蛾,徒劳地撞击灯罩,无法如愿与火相拥。

每个人都遵照自己的成长时间表乖乖地生活,从来不好好想一想,在这无法通融的时间框框里,我们正失去和怎样的美丽相依的可能性。

特别让徐斌兴奋的是,偌大的本科生舞会上,只他一张亚洲面孔。

巴黎一商是法国学校,尽管 MBA 项目实现了令人瞠目的国际化,本科却依然保持"铸造法兰西精英"的传统。本科是为法国社会培养栋梁之才的地方,毕业生将填充到法国政府商务部门和大批国营企业的高级管理层去。

徐斌是在试图结交未来的法国高级女商务管理人员。这个认知使他发笑。

一位高个褐发的女生特别吸引徐斌,她的肤色显得比同伴们更白,舞蹈的动作有些迟缓,但很有女人味。要知道,法国是个男女充分平等成长的国度,到了大学年龄,虽然男俊女俏,但举止谈吐都很中性,女生少有中国人习以为常的娇羞妩媚。让中国人觉得有女人味的法国女孩,一定有些特殊的地方。这不,夜幕的降临加上几杯啤酒下肚，被功课困扰已久的学生们开始随着迪斯科节奏放声长嚎，如野狼一样宣泄自己。长嚎声均匀地出自男女生之口，女生的嚎叫甚至更粗犷！

徐斌暗暗观察那高个女生，对不时走去和她吻面打招呼的法国男生心生嫉妒。萨拉过来和徐对舞一会儿，在强劲的鼓点里大声问他："开心吗？"徐斌点点头，说："我想请所有人喝一杯，我特别开心和你们在一起。"

萨拉笑了笑，走去对DJ说了。DJ是个眼光犀利的留长鬓角的大男孩。他停下音乐，就着麦克风说："哥们姐们，我今天管不住自己，看着你们就高兴，好像磕了药一样，可我并没有。所以，为了这份难得的感觉，我请每个人一瓶嘉士伯。"

"你开这种玩笑会送命的，你是出了名的吝啬鬼！"一个男生的斥责让大家大笑。

"是的，你误会了，"DJ笑说，"刚才我是在念萨拉身边那位日本先生送来的小纸条。"他伸手向徐斌一比。

法国学生的眼睛齐刷刷地投向徐。

徐斌大大方方走到DJ边上拿起话筒："我的法语不好，请原谅我说英语。今天晚上所有的饮品都由我请客，我是MBA的学生，今天是第一次来本科生的舞会，你们使我想起了我的青春期，我很快乐，谢谢你们。另外，我是中国人。"

"哇噢！"学生们鼓掌欢呼。徐斌望望那长发女生，她正看着他，和边上的人说着什么。徐斌向她微笑。

迪斯科音乐重新响起，学生们拿着饮料，纷纷过来礼貌地向徐斌道谢。徐斌这下自然地加入了舞会的圈子，和大学生们攀谈起来。

他正和一位和蔼可亲的眼镜小男生大声谈得起劲，讲巴黎游客的日益亚洲化。一个窈窕的身影站在了他们边上。白得晃眼的长发女生举着红酒杯，向徐微笑。

茜茜莉娅望穿秋水，没有等到记忆中那双明眸的主人。朝她不时张望的眼睛倒有不少，但却无法照耀茜茜莉娅广阔又荒芜的心田。

好像提醒她这里是马赛，一场殴斗毫无征兆地在舞池里上演。茜茜莉娅居高临下看到：首先有什么动作打乱了人群颤舞的正常节奏，然后突然有人倒下和闪避，使圆形的人堆出现了一个凹陷的空洞。空洞里有几双胳膊像蚂蚱蹬腿般互相捶击，空洞越来越大。人的叫嚷声盖过了音乐，很多人退回到饮料桌边，不安地观察殴斗的进展。这时，有人长距离地从舞厅外面冲进来，加入群殴。舞厅停止了音乐，一个浑厚的法国南部嗓音在重复："不要打架，不要打架，否则报警，报警!"一队身形厚壮的保安随声涌入舞池中，将还在挣扎互击的几个男子制服，拖出了舞厅。

茜茜莉娅的观感，介乎目瞪口呆与津津有味之间。

"今天的舞会主题是'大型渔获'，真太有意思了。"刚才来点烟的夏何乐悄悄又出现在她背后。

茜茜莉娅递过去打火机，头也不回。

"这次我不是来点烟的，"夏何乐说，带着甜蜜的音调，"我想带你离开这个无聊的舞会，去我的小船上看月亮。如果你喜欢的话，还可以钓夜鱼。"

茜茜莉娅从有点混沌的思绪里清醒过来，抬头打量这个夏何乐。夏何乐正冲她微笑着，脸是阿尔及利亚和法兰西混血的窄瘦类型，已不是第一代混血。假如不带任何种族主义观点，他是个相当英俊和年轻的小伙子。

"我们并不认识。"茜茜莉娅提醒夏何乐，同时淡淡微笑一下，以示礼貌。

"迪斯科本来就是让女人认识男人的地方。您并非来此找个角落，一个人安静会儿的吧?"夏何乐调侃道。

"可是，我找的是我想好要找的那种人。"

"我不属于那种，您喜欢的那种?"

"您太年轻了。二十，还是十九?"

"不要研究我们的年龄，这不是问题的关键，请问您找到您心仪的那种人了吗? 在这个争风吃醋、打斗不停的人堆里?"夏何乐认真地问。

"没有。"茜茜莉娅回答。

"那，何不接受我的建议，去老港海面上享受一下晚风? 自我介绍一下，我是雅高集团马赛依比斯旅馆的大堂副理，我的船就在港里移动，不带您走远。"

夏何乐明显想打消茜茜莉娅的顾虑。

茜茜莉娅仔细看看夏何乐的脸，他的眼神很亮，青春而又带点早熟。"港里能钓到鱼吗？"

"有些鱼，如几种鲷鱼爱在船底下逗留，我们可以逮到它们，煮来吃或烤来吃。"夏何乐高兴地说，知道茜茜莉娅有点被他说动了。

徐斌举举红酒杯，音乐声太吵，所以他伸手，稍有点生涩但还是风度翩翩地托起女孩的手，放到唇上亲了一下。事实上，这是他第一次学西方绅士吻女士手，心里突突跳。

女生很乐意他这样做，虽然在迪斯科舞厅，正式礼仪有点可笑，但可以感觉到，这个中国男人对她很有好感。刚才他投来的那些偷偷的注视，其实没有一次能逃过法国姑娘浪漫敏感的第六感觉。巴黎姑娘，就像喜欢收集蝴蝶标本一样收集追求者的炙热目光。

因为不能在音乐声中说话，徐斌采取主动，和白肤美女对舞。女生向他贴近，近得高耸又圆润的胸快贴上徐斌。她风骚地抖动蛮腰，徐斌眼前出现了令他神不守舍的波涛。他也加快摆动，两人节奏一契合，徐斌心里一荡，这太容易使他想起男女之事，他望向那法国女生，她向他眨眨眼，送来一个勾人的媚笑。

终于盼到乐声暂停，徐斌赶忙请教舞伴芳名。卡苔丽娜用手扇着汗，也回问他。两人算是认识了。卡苔丽娜学的是市场学专业。

不容多说，主持 DJ 祝贺两位男生今天同时二十岁生日，全班同学要一起送他们一个惊喜大礼。他指挥同学搬来三个大课桌，拼在一起，放到舞厅中央。立即，更骚乱的打击乐奏响了。

在大分贝的乐声中，全班同学筹款公送的礼物款款出现在舞厅门口，原来是两位专业脱衣舞娘。顿时，口哨声四起。

舞娘们向学生频频飞吻着，她们的年纪看来比学生们要大五六岁，显得成熟和风骚。一上课桌，她俩就摆出姿势，百般挑逗那些对她们目不转睛的男孩子。

徐斌想不到法国名校的大学生们敢如此离经叛道，竟然把脱衣舞娘请进了校园！再看看四周，男女学生都兴高采烈，一个个笑得乐不可支，两位寿星被恶作剧的同学抬起来，扔到"他们今夜的妞"脚下，脱衣舞娘对他们使出浑身解数，竭力诱惑，不一会儿，舞娘身上已只剩片褛；而两位男生，也让舞娘游动的纤手，脱得剩下内衣……

当然，节目只是用来增添气氛的。脱到这程度，大家也就适可而止。两位舞娘和所有男生拥抱行吻面礼后，便拿了赏银飞吻而去。也许因为徐斌是唯一的亚洲人，那舞娘中的一个，除了吻面礼，还恶作剧地在他额头上亲了一个鲜红唇印。徐斌想擦掉，卡苔丽娜不许他。

法国式的舞会是马拉松的代名词。卡苔丽娜让别的男生引走了，虽也有其他女孩子冲着徐斌额头的口红笑，徐斌却鼓不起劲儿来再去和她们胡调。

茜茜莉娅坐上夏何乐的雷诺车，朝老港驶去。晚上十点，马赛街上就已少有行人，面孔污脏、走路摇晃的流浪汉在弃物满地的街上徘徊。一点类似蓝色海岸尼斯或坎城的浪漫色彩都没有。夏何乐专心开车，两人有点陌生的沉默。

车停在一个小旅店门口，里面望去倒十分整洁。

"这是我工作的依比斯，"夏何乐请茜茜莉娅进门喝口小黑咖啡，"伙计们，生意怎么样？"

柜台后的一个黑女孩抿嘴笑："又要带美女上船？"她冲茜茜莉娅看了看，"小姐，他是这里的员工，这点我可以证明，但必须提醒您，他经常这样带陌生女人上船的。"

出门上了车，夏何乐耸耸肩："该让你知道的，都让你知道了。我们放放心心去钓鱼吧。马赛并非都是骗子和坏蛋。"

"我这样说过吗？"茜茜莉娅问他。

"你没有，但我还是提醒你，不要轻易相信人，马赛的刑事犯罪比法国其他城市多得多。"

港口到了，夏何乐停车时，茜茜莉娅在黑暗的夜色中，找到自己借寓大楼的模糊影子，她感觉心安定下来，对夜游有了一点自发的兴趣。

夏何乐的船，比她想象的要好不少。这是一艘有小小驾驶舱的钓鱼船，带深蓝色的遮阳船篷，收拾得非常整洁。夏何乐请茜茜莉娅在左舷边坐好，缓缓发动小船，朝港口外围行驶。墨绿色如胆汁的海水映着岸边建筑物的灯光，把老港景色变成了水墨画，暗淡的灯火使这幅画充满了睡意。

夏何乐把船驶到港外潮水流动的水面，下了锚。他从船舱里拿出一条洋红色土耳其羊毛披肩，给茜茜莉娅围上挡风。

一边从船篷下的储物柜里取渔具，夏何乐一边问茜茜莉娅："你是巴黎来的度假客吧？"

"你怎么知道的？"茜茜莉娅问他。

"巴黎女郎的腔调这里谁看不出来？有个故事：在马赛，候车的陌生人都在公交车站上随意交谈，从天气谈到彩票，想谈什么谈什么。边上有个打扮时尚的女人，闷声不响看车牌。车来了，所有人都上了车，她还独自站在那里。一位夫人热心招呼她上车，那女郎说：'很抱歉，我只是想问一下路，只是没找到插嘴的机会。''是啊，'那马赛夫人回答说：'我到你们巴黎去的时候，也没敢问路，因为，我以为那些等车的人都是哑巴。'"

茜茜莉娅笑起来，对她来说，马赛是一个反过来做事的城市。

"骗子和谣言作者都会幸福地在马赛找到归宿。"她说。

"冷漠和装腔作势成了巴黎人的专利。"夏何乐反唇相讥。

两人笑了。

朝港口旧市政厅的方向望，有抹淡淡的月牙儿。夏何乐起锚发动小船，驶到水草缠绕的一堆礁石旁，把五个装上青鳞鱼鱼头的铁丝筐分散开扔进海里，每个筐都有长绳系着浮标。然后他驶回潮水高的地方，重新下锚，开始在手钓竿上上鱼饵，是用刀切好的新鲜墨鱼块。

茜茜莉娅看他熟练地做着这一切，觉得这男孩的确有点与众不同，比和他同龄的法国男孩早熟得多，有哪个二十出头的法国男孩会摆出这些花花道道来取悦女人？他们让荷尔蒙摆布得连前戏是什么都不懂！

夏何乐把上好饵的钓竿递给茜茜莉娅，教她如何抛竿，他健美的年轻身体靠近她，传来一阵沁入茜茜莉娅心脾的男性气息。

夏何乐把另一根竿抛好饵插在船舷上的套口里，自己到驾驶舱里端出两杯热咖啡。右手端着自己的一杯，左手端着茜茜莉娅那杯喂她，好让她腾出两只手专心拿钓竿，因为贪嘴的鲷鱼随时会上钩。

让俊美的男人这样宠着喝咖啡，茜茜莉娅觉得身体暖洋洋的，海风带来的些许凉意不能上身。夏何乐放下喝空的杯子，右手搂着她肩，搂得又挡风又温存，船有些摇晃，茜茜莉娅有些困，喉咙发干，头靠在了夏何乐发达的胸肌上。

夏何乐的左手伸来托住了她的下巴颏，手指坚定而有力地托起她的脸。茜茜莉娅先看见那月牙儿发出亮一些的清辉，然后是俊美而多情的脸、唇……

一个吻，一个索要的、贪馋的、只属于青春期的、充满欲望和莫名其妙苦恼困顿的迷人的吻，落在茜茜莉娅唇舌间。她渐渐觉得船摇水晃，天旋地转。从钓竿上拿回一只手，抱住了夏何乐的腰。

夏何乐吻个不休，吻到了茜茜莉娅的脖颈上，他的手，温柔地抚摸着她的乳房，试图解开她的衬衣扣。

猛地，茜茜莉娅手里的钓竿往水下一沉，弯成了紧绷的半圆，手柄几乎滑手而出。茜茜莉娅一声惊叫，鱼儿上钩了。

舞会冗长而喧闹，年轻大学生的激素分泌水平估计要比徐斌高好多倍。他用眼睛寻找卡苔丽娜，她不见了。徐斌骨子里隐藏的黑色失落感像炊烟袅袅，升到心头。

他失败地走出舞厅边门，想到大树间呼吸一下新鲜空气，让自己一个人悄悄痛苦一下——那种清朝兵丁的痛苦。

他正紧闭双目，握着拳，在一棵大山毛榉下的浓浓夜色中无声饮泣，一个曼妙身材的丽人闪出舞厅，朝他的方向走来，一边回头看，一边东张西望。

"斌，你在干什么？"她在夜色中找到了徐斌。

徐斌惊诧地抬起头，卡苔丽娜如同那传说中的林中女妖，向他妩媚地伸出手。

徐斌灵光一闪，把卡苔丽娜一把搂入怀中，两双眼睛在黑暗中看见了彼此的闪光，立刻歪过头，吻在一起。

有点像梦，但口感如此真实，法国姑娘的接吻的确充满了西洋味。徐斌觉得卡苔丽娜犹如一个好色的男人一样占据着主动，手抚摸他臀部。虽然有些异样，徐斌却立刻被手里的丰满顾长的肉体迷醉了，进入了他朝思暮想的角色。每次卡苔丽娜的高鼻子被他笨拙地碰撞上，都激起他的欲望，这是他凭自身努力诱惑到的第一个西方女人，而且是如此鲜润的美女！他品尝着卡苔丽娜欧洲女人的独特体味，觉得自己心里，有一个长期因为干燥而枯萎的角落，正在幸福地湿润，湿润着复活。

卡苔丽娜从他唇舌尖上离开，轻笑一声，说："去我车上。"

这一定是条大鱼，鱼竿儿弯得好像要折断。

"放线，放线！"夏何乐被鱼儿搅了好事，有些生气，但马上指点着茜茜莉娅，把放线器打开，渔线"吱吱"地往水里窜，竿渐渐平了。

遛了一会儿，夏何乐搂着茜茜莉娅收线，茜茜莉娅觉得竿上越来越重，收线的摇柄转不动了。夏何乐示意她重新放线，一边低头吻住了她。

收了放，放了收，鱼被遛了几乎半个来小时，茜茜莉娅推开夏何乐，指指水里。

夏何乐知道茜茜莉娅识破了自己，只好拿起抄网，随着轻松收回来的线，下水一捞，茜茜莉娅欢呼起来，一条深墨绿色的大型鹦嘴鱼被兜出了水面，疯狂但徒劳地在网里弹跳不停。

夏何乐用一把漂亮的珐琅退钩器把吞得太深的鱼钩起出来，鱼收在鱼桶里。他收起另一竿，把钩上来的一条军曹鱼幼鱼丢回海里，发动船，去收水草里的铁丝筐。

随着他拿长杆木叉顺着浮标叉住长绳，把筐拎上船，茜茜莉娅才明白他放筐捕的是啥。

铁丝筐还滴着海水，筐中央的鱼头已被扯咬得皮翻肉碎，三只青色的硕大海蟹举着虚张声势的大钳子，凸出的眼球骨碌碌地转着。

五只筐，捕到十一只蟹，其中一只品种不一样，体型窄小，布满紫色斑点。

夏何乐到船尾洗剥鱼蟹，用驾驶舱里的小电磁灶台烹饪。他在船上打开一个折叠式的小圆桌，铺上洁白的餐布，摆好餐具，最后变戏法般从舱里端出一个冰桶，里面早已插着一支阿尔萨斯雷司令白葡萄酒。

他开心地做着这一切，只抱歉地说："海上有风，不能点蜡烛。"他用一盏黄晕的风灯代替了。

船舱里开始传出北非风情的音乐，夏何乐端出热腾腾的蟹黄烘鱼背，给茜茜莉娅斟上酒。

"你这一套勾引女人的花招是从哪学来的？"茜茜莉娅好奇地问他。

"我没勾引你，我爱上了你。"夏何乐说。

"我看你一吃完鱼，马上会变出睡袋来。我可不钻睡袋。"茜茜莉娅讥讽道。

"不，我从来不在船上睡觉。"夏何乐神秘地说。

徐斌昏头昏脑地被卡苔丽娜拉着，穿过散发清香的树林来到停车场上。卡苔丽娜发动她的小灰色"标致"，沿着学校的主路开向湖边去。徐斌痴迷地看着她曼妙的身姿，心头鹿撞。卡苔丽娜一脸拿着主意的镇定自若，飞快地开车。

她停车在湖尽头的花房停车场上，她一定是个偷情老手，因为花房员工一到下午五点半就准时下班，天一黑，谁也不会特意弯到校园这个断头路的僻静角落来。

卡苔丽娜停下车，拉着徐斌的手，到花房紧里端的木桥上听水声。初夏的夜，不那么寂静，时时传来水鸟的啼鸣。徐斌浑身如着了火，把卡苔丽娜压在桥扶手上热吻。卡苔丽娜动手脱徐斌的波罗衫，手在他赤裸的光背上抚摸。徐斌解开她女式衬衣，一对雪白的宝贝如糖似蜜，招蜂引蝶。

卡苔丽娜欢声笑着，捂着赤裸的胸脯，奔向自己的车。她把可移动的前座折起来，回头媚笑着把徐斌塞进车，推在后座上。她钻进车，关上门，缓缓跪倒在徐斌膝前，手抚摸着他膝盖，对他勾魂摄魄地微笑。徐斌低眉看见卡苔丽娜的翘立的白乳，几乎忘记了一切，包括茜茜莉娅，甚至自己的名字。

他正在升天。

海上的浪漫晚餐给了茜茜莉娅很久没享受的休闲感。

夏何乐动手收拾完餐具，开船向港口泊位驶来。茜茜莉娅觉得是自己关于睡袋的玩笑让他发了窘，不再施展他的魅惑手段，心里有点过意不去。

"我明天就要回巴黎。"她对夏何乐说。

"那我开车送你去车站吧。"小伙子说，声音里露出了掩饰不住的失望。

"好啊。"茜茜莉娅甜笑着说。

"我几点到哪儿去接你？哪个宾馆？"夏何乐目光深深望着她。

"我比你大十几岁呢。"茜茜莉娅自顾自说，"去找年轻姑娘吧。"她温柔的手抚着夏何乐的蓬乱的黑发。

"我喜欢你，成熟的浑身香的女人！我周围都是青柠檬。"他忧郁地说。

"那么，"茜茜莉娅抬起头，向自己借寓的大楼望了望，"你不必去找我的宾馆了，因为，今晚上，你可以和我一起住在我的公寓里。"

夏何乐咧嘴笑了，他张开强壮的双臂，把茜茜莉娅抱下船，一直放到他的雷诺车上，不一会儿，车就停在了公寓楼下。

茜茜莉娅带他进了门，自己走去阳台上，想喘一口气，想动动脑子知道自己做了什么。那弯月牙消失了，天边一片浮云把天空罩得混沌不清。

她还没来得及想，一双黝黑的有力的手从背后搂住了她的双乳。她闭上眼睛，放弃了最后的一丝犹豫。

第四章

三对夫妻

欧洲春夏季节的美妙在于春天的甜蜜和夏天的热烈均匀地搅拌在一起,春夏没太大温差,形成一个长达半年的暖季。

尽管二〇〇三年的夏天,巴黎突如其来地经受了一回五十年未遇的高温噩梦,造成两万五千名老人猝死,但在明媚翠绿的春夏之交,人们还像浸在五色鲜香的奶油水果桶里,心被生之欢乐旋绕着,身体滋生着明净和健康的欲望。

张洪平下课回宿舍,老婆东云正满屋油烟做午饭。一个东北菜地三鲜已经端上桌,锅里煮着鲜猪肝。东云正熬油,把干红辣椒扔进热油锅,再加上一把切好的青青白白胡葱。

洪平高兴地说:"老婆,你可真会做菜呵,我太有口福了。"

"还有艳福。"老婆纠正他。

两人快快乐乐坐下吃饭,东云把热猪肝切成片,和洪平蘸上滚烫的辣椒胡葱油吃,可谓人间美味。

两人正埋头吃热饭,忽然门口有人"咚咚"敲门,东云说来了来了,抹抹嘴巴打开门。王林笑嘻嘻站在门口,手里捧着棵大白菜。

"吃饭呢?真香。"王林吸着鼻子。

"来来来,加双筷子,哥俩一起吃点,我们这还有一点儿波尔多的红酒。"东云招呼他。洪平也说进来进来。

王林进门："你们吃你们的，我吃过了。昨天去巴黎，带棵菜给你们。"

"太客气了你，我有车自己买方便着呢，还有劳你大老远从中国城背回来。"洪平过意不去。

东云给王林倒了杯茶。

扯东扯西地，夫妇俩赶紧吃完了饭，陪着王林聊天。

王林告诉说法国工业巨子米其林公司最近看中了他的简历，约他面试。据说是在招聘中国区经理一职。

"行啊你，老王。看你相貌堂堂，就是个当大经理的料。"东云热情地恭维他。

王林摆摆手："只是个面试而已，我当它是锻炼机会，不值得拿来说。"

"看你多谦虚，就凭这点，你一定前途无量。"东云是东北媳妇，夸人的本事一流。

下午还有课，王林起身告辞，洪平和东云送到门口。

正要回房，王林转身说："有件事差点忘了说，我老婆周六从上海来，麻烦你开车接一下吧？帮我个忙！"

洪平愣着不开口，东云想了想，说："我们洪平学生会事实在太忙，要不你问问唐文文，她也有车？"

洪平脸红了红，说："算了，弟妹第一次来，还是我去接吧。"

看王林走远了，东云狠狠瞪了老公一眼："就你脸皮薄，又给人当冤大头了吧！我说他捧棵菜来干啥，好事轮得到你？"

"好歹他还捧了棵菜。"洪平苦笑。

"一来一回他省两百欧元，汽油还是我们奉送。一棵菜算啥。"东云抢白老公。

"何止两百欧元，我要花大半天时间呢，我的时间不值钱？"洪平说。

"那你还答应？"

"不能那么算嘛。"洪平说，"否则以后还怎么相处下去？说不定我们也有求人的时候。"

陈香墨的太太方荷终于决定在五月长假来巴黎。学校的禁令还未撤销，陈香墨却几次三番看见住在校门口 Holiday Inn 里的新加坡和中国游客三五成群地进校逛花园，学校所谓的禁入令根本无人监督执行。想想自己又花冤枉钱又难为太太去遵守这个禁令，香墨满心怨恨学校当局，不由得迈步走向戴伯先生的办公室。

在那次院长夫人主持的调停结束后。陈香墨给戴伯发过一封电子邮件，邀请他去 Holiday Inn 大堂酒吧喝一杯，以示和解。老先生来了，听了香墨的和解辞，也要求香墨谅解他，最后还强抢过香墨付了两人的啤酒账。在夕阳里告别老头，香墨心里有奇怪的滋味，好比吃了亏没消气，却再也怪不到别人头上。以后又在图书馆前的长廊里碰见过几次戴伯，两人都大老远就扮笑脸，一个劲儿地说"先生，日安，你好吗"之类的客套话，还互相欠身，握手。

他瞥见戴伯在敞开着门的办公室里，正伏在电脑上察看什么，他敲敲门，戴伯回过头来。

也许法国人的心理感应好，戴伯见是香墨，嘴里打着招呼，态度却有些狐疑。那意思用中国话说，就是："无事不登三宝殿，他来干什么？"

陈香墨也不绕弯子，告诉戴伯 Holiday Inn 客人进校的事，要求公平。

戴伯叹了口气，说："门口的旅馆不是学校的产业，我们无法要求他们不接待疫情发生国的客人，我们也无法一一核实进校人的身份。"

"那么公平何在？我为什么要遵守一个许多人不尊重、一个人也不监督的规定？"陈香墨一副受够了的样子。

"先生，"戴伯撤回到最初始的位置，"规定就是一个规定，你选择遵守或不遵守，这是你的决定。"

香墨戳到戴伯的底线，不愿再辩，就转换话题，说："那至少我可以选择离学校最近的旅店给我太太住？ Holiday Inn，如何？"

戴伯困难地咽了口唾沫，说："就那样吧，可是，您还是不能让您太太进校园。"

香墨单刀直入："那您能否以学校的名义帮我订房，房价对我来说太贵了。"

"不不不，不行。"戴伯急了，"学校和那旅舍没协议，它只是紧挨学校经营而已。"

"学校提供了那么多客源，旅舍没一点优惠折扣？"香墨明显不信，还很生气，认为戴伯太不够意思。他已经给了老头那么多面子，老头却一点不肯帮忙。

"他妈的法国佬，尽欺负外国人。"他心里骂。

"好吧，"戴伯说，"我知道那旅舍给过客人最低的优惠是七五折，但不是给学校，而是根据入住率定的，你可以早点去预订，也许能有优惠。"

香墨知道再商量不到什么了，就再假客气一下，说："非常感谢，打扰了，日安，再见。"

戴伯等他出门，长吁了一声，心想："学校如今真要靠这些外国学生吗？这个大学校不再那么法国了。"他是几十年的老员工，回想起了过去的时光。

东云睡得正香，电话铃声把她从黑甜乡里粗鲁地提溜出来。她迷迷糊糊地发出抽泣声，不愿醒。洪平接了电话。王林洪亮的嗓音在电话那头轰鸣："老张，起床啦，我煮好了早饭，给你们端过去吧！"

老张疲惫地放下电话，叹了口气。东云挣脱开梦，脱口而出："能不能不去啊？"

老张不声不响开始穿衣服，起了床说："你好好再睡，我走了。"

"不行，"东云一骨碌从被里钻出来，"我陪你去。"

"你去干什么？"老张劝她，"还给陪上两个人的时间？"

"我不去，他可得再欺负你！我非去不可。"东云说着快速下了床。

"哪能呢？"老张说，"谈不上欺负。"

"就你这傻小子，给人卖了还帮人数钱呢！"东云一指头点上老张的脑袋，"我是心疼你！"

车开出校门，老张犹豫地停在丁字路口，东云问："咋走？"

"你不认识路？"王林坐在后排，脑袋凑上来问。

"机场还没去过。"老张不太确定地选了走凡尔赛方向的路，"东云，给读下地图。"

边看地图边找路。大路是没问题，曲里拐弯的小路就不容易分辨，三个人都不懂法语，老张开着开着有点儿晕，催着东云读地图。

王林不停看手表，计算着老婆的航班就快要落地了。他越来越急，因为不舍得买充值卡，自己的手机只能接收，不能打出去。老婆也没办手机漫游，出了关找不到他会着急。他心想已经计算着打了提前量，一早起来煮了粥催老张，没想到还有不认路这一茬。

老张满头是汗，说："别急，别急，方向是对的。"

"还有十五分钟飞机就降落了。"王林憋不住说。

"大兄弟你别急，洪平从来没办砸过事，马上找对了路，给你赶过去，啊?"东云说。

"可是飞机就要到了。"王林还是憋不住。

"老张你也真是的，开个车连路也不认就胡答应人家，可不耽误事了!"东云气呼呼责怪老公，"早知道让大兄弟打个出租车，出租司机才不会跑错路呢!"

王林再浑，东云这话还是听得懂。其实他从来什么话都懂，只是觉得装糊涂能省钱的话，何乐而不为呢? 无论是开源还是节流，脸皮老一老都能帮上忙。"人言如烟，现金为王。"他就信这条。

奇了怪了，东云似乎是个有"帮夫运"的仙女，老张忽然间柳暗花明上了通天大道，放足马力开到一百三十码，果然刹那间到了戴高乐机场。一查王太太的航班，误点两个小时，此刻还在赫尔辛基上空呢。

正喘息间，东云忽然露出恐怖的表情，她一把拽住老张朝门外走，王林正伸着头颈看航班消息，也没留意。东云出了门就哭了："这下我们可被坑苦了!"老张吓坏了，一个劲地问："怎么了?"

东云指着那些出出进进戴着专业防护口罩的机场工作人员，说："我们怎么忘了非典? 机场是最危险的区域。我们就这么来了。"

老张头"轰"地一大，随即一股无名火直上脑门："我真是猪血灌脑了，把非典都忘了。王林拖我也罢，见我老婆来都不吭一声，真不把我们当回事!"

老张疼老婆是从来不露声色的，但都疼在心上。

"我把你送回去。"他拉着东云就走。

"那王林呢?"东云问。

"我们跟他说一声，让他自己等吧。"

王林在东张西望地找他们："哎，去哪里了，一转身就没了?"

"王林，你不该拉我们来机场，我俩是忘了有非典这一茬，否则不会答应你。现在我们先回去了，你打车回家吧。"老张正在气头上。

"什么？非典？别紧张，上海的航班是绝对安全的。上海只有三例非典。"王林大大咧咧地安慰他们。"我也忘了非典，否则我也不会请你来帮忙。"

见老张夫妻俩迟疑不安的样子，王林说："东云要真怕，你们就请回吧。不过，事实上你们不了解概率。班上有人刚去了加拿大，有人刚回过新加坡，还有人来了越南家属，那比上海航班危险得多。还不没事？"

"学校规定在校外隔离十天的。"东云说。

"谁贯彻执行了？"王林问，"都不理睬学校，直接回宿舍，直接进教室。"

老张和太太东云你看看我，我看看你，不吱声了。但还是站到室外，离人尽量远点。王林也出来，陪他们站着："今天还真是谢谢你们了，非典时期来接我太太，我记你们的情。"

航班终于到了，可是王太太一行旅客却迟迟不出关。

"是不是查出什么人在发烧？"东云担心地问。

王林也有些担心，因为一个人发烧，其他人都得陪着隔离。

谢天谢地，一群中国面孔的旅客开始出关了。王太太戴着大白口罩，小巧的身子裹在一件米色风衣里，拖着一个大箱子，还背个鼓鼓囊囊的双肩包，有点艰难地走出来。

"老婆，老婆。"王林挥手大叫。

王太太茜玲委屈地把行李朝王林手里一推，摘下口罩："我难受死了，十一个小时都蒙着鼻子！我边上还有个男人老是擤鼻涕，吓死我了。"

王林搂着娇妻安慰着，一时间在两人世界里忘了周围的一切。

张洪平和东云傻站在一边，不知道是扭头走远点好，还是等着打招呼好。

王林拖着太太的手，介绍说："这是我们班的老张张洪平，这是张太太。他们都特意开车来接你的。"

东平恢复了东北姑娘的热情劲，笑脸殷殷地欢迎王太太："第一次到巴黎来吧？我们大家都盼着见你呢！赶快上车，回家吃顿热饭。"

老张说："欢迎欢迎。"一边伸手帮王林拿行李。王林一撒手，把行李都给了老张，自己搂住太太的腰。

王太太矜持地看了老张夫妻一眼，淡淡地说："我以前常来巴黎。谢谢你们来接我。"

她转头和王林说起私房话来，东云被晾在一边，浑身不自在，扭头见老公两手拖着王太太的全副行李，顿时气得七窍生烟，可能是气过了头，反倒指着老公笑了起来。

老张尴尬地低下国字脸，和东云慢慢向外走。在他们前面，王林拖着太太的手，太太叽叽喳喳地向他诉着别情，好像是在上海淮海路上轧马路的一对快乐情侣。

老张吃力地把沉重的行李抱起来放到车后箱里，王太太早就钻进了车，长吁一口气靠在座背上。王林象征性地在老张身边托了托箱子。

启动了车，东云不再说话，沉默地看着老张发动汽车。"别再开错了，啊？"她小声提醒老公，怜惜地掏出手绢替他抹抹额头上的热汗。

王太太旁若无人地和老公说着家里的事，一直到凡尔赛，也没跟老张夫妻俩说什么话。突然她跟老公说了这么一句："王林，我想先去一下超市，巴黎干得很，我没带护肤品。"

"老张，在前面那个 Champion 超市停一下好吗？我太太想买点东西。"王林说。

"好。"老张答应，偷偷看了东云一眼，东云没吭气，把头转了开去。老张正换挡，手上被东云狠狠拧了一把。

两天后的傍晚，刚下课，陈香墨就匆匆忙忙往宿舍赶。他开开门，一边把昨天吃剩的红烧小排骨扒拉到猫食盘里，一边把早上喝剩下的矿泉水倒给咪咪。小猫"喵呜喵呜"地叫着，拼命挤上来，没命地啃骨头。

陈香墨到盥洗室门口蹲着给自己做晚饭，冰箱里剩四个尖椒、一点牛肉，加上中午的冷饭一炒，挺香的。开了一瓶三百五十毫升的冰镇嘉士伯啤酒，香墨担心着正在天上飞近自己的老婆，非典时期，坐飞机双重风险。

咪咪三下两下吞掉了冷肉，意犹未尽地跑过来，仰头看香墨吃饭。陈香墨心疼了，摸摸小猫脑袋，给它吃牛肉："今晚老伯伯不回家，你吃饱了给我看家好吗？"

吃饱喝足，陈香墨出门去接老婆。太太的飞机是第二天凌晨五点五十五分到，那么早没地铁，陈香墨只好今夜出发，想好先去蒙巴纳斯看电影，然后坐机场巴士去候机楼看书过夜，等到天明。机场虽然有旅馆，但几小时睡眠花六七十欧元，不但陈香墨自己不舍得，连老婆在电话里都说："你在机场将就一夜吧，或者就别来接我了！"

尽管及川敏一曾说"香墨，你太太来了我开车去接她"，但陈香墨想都没朝那方面想。他坚信：不要给人家添麻烦，这是一个人最起码的道德。何况非典时期，人家心里都对疫区来的人避之不及，怎能求人？自己苦一点，没大要紧，但欠了人情债，心不安。

踏着黄昏山野小径，穿过教堂前小路，他赶上了最近的一班郊区列车。一栋栋的法国式石头房子在车窗边掠过，陈香墨欣赏着，心想这一辈子不知能不能住上这样的一栋洋房。作为上海人，对洋房有从小养成的向往，法国人风行栽培绚丽的花木在院子里，更让老陈羡慕。在上海当一个晚报记者，这样的生活永远可望而不可及，如今毅然改弦更张，前途虽难预测，毕竟拥有了希望。

陈香墨想着正飞来的妻子，对未来充满了热切的期待，连月来那种劳累低迷的心态，忽然阴云尽散。

也就是差不多的傍晚时分，东云正在家里和从巴黎高等法律学校来访的老乡、小姐妹胡芸高兴地扯家常，洪平卷着袖子在做菜。

扯着扯着，说起了王林和王太太，东云想起托王太太从上海带的隐形眼镜清洁液还未拿到。她打电话给王林，王林满口答应马上送上来。

"洪平，咱们的人民币放哪儿了？"东云问。

"你要人民币干啥呀？"胡芸问她。

"付眼镜清洁液的钱呗。"东云说。

"人家能跟你要钱？你都接了一整天机，给人省下好几千人民币呢。能要你几十块？"胡芸白她一眼。

"还是备着吧，万一人要，多不好意思。"东云拉着抽屉，找到了一百元钱。

"把人瞧扁了你。"胡芸啐了一口。

老张正上菜呢，王林敲门了："哇，好香，你们真会过日子，我老婆啥菜也不会做。"

"可下去告诉你太太啊！人上海姑娘，心巧着呢。"东云斥他。

王林把隐形眼镜清洁液往桌上一放："这两天太忙，忘了送来，请原谅。"

"看你说的，要不是刚才急着用，还想不起来呢。多少钱？"东云问。

"呃，这个……你要没有人民币，就给我欧元好了，今天的汇率不如前几天对你划算，你就按前天的汇率算给我好了。"王林嗓音响亮地说。

胡芸睁圆了眼睛，看人妖一样看王林。东云一笑，指着桌上："大兄弟，我早给你预备下了。不，不用找，你太太特意去替我买，还贴车钱呢。这一百块不知够不够？"

"不用不用，"王林说，"只是五十四元人民币。我有人民币，给你找上。"

"不用找。"东云坚持。

王林忽然拉紧一张脸，顶真地说："亲兄弟明算账，该算的一定要算还你。"

他数出四十六元小票，放在桌上："你们赶紧吃饭吧，我下去了。"

王林才带上门，胡芸就大声嚷嚷："亲兄弟明算账，算啊算啊，来回接机当出租司机的钱怎么不算呀？世界上有这种男人，连一瓶清洁液也要算！！！"

洪平忙喝住胡芸："小芸，别瞎掺和，没你的事。吃饭。"

没想到胡芸呼地站起来："我回去了，我不想吃，你们太窝囊了！"

王林不可避免地听见了胡芸大声的讥讽，他不认识这女孩，但太明显不过了，她的话就是张洪平夫妻心里的想法。

哪怕他是开水煮不烂的，是自认不要脸的，王林脸上顿时也是一片猪肝红，头"嗡"地大了。

他加快脚步，逃一样跑回了宿舍。太太正给他下面条呢，见他神色有异，问他："王林，你怎么啦？"

"没事。"王林怕烫手一样把收来的人民币往桌上一放，坐到电脑前定定神。

"是不是不好意思跟人要钱啦？"茜玲哪壶不开提哪壶，"我说了不要跟人家算钱了，人家毕竟来接了我，欠他们人情呢。"

"你别说了好不好！"王林老羞成怒，猛地凶了茜玲一声。

"哐当"一声，茜玲把面锅子盖砸了："好你个王林，你朝我凶！我嫁了你这个吝啬鬼，过上好日子了吗？你公司查你了，烂摊子扔给我收拾；贪那几个租金，硬把我赶回娘家去住。现在让我来巴黎，还不是为了你觉得利用这段时间生孩子最划算？看看你们同学那些阴不阴阳不阳的态度，就知道你又为吝啬得罪人了。钱那么在你心上，你娶钱当老婆好了。"

"哎呀，你说些什么呢！"王林忙赔笑脸，"你是上海人，知道过日子的道理的嘛！"

"你不说上海人倒罢了，"茜玲脸色煞白，"你老拿上海人当挡箭牌，你倒说两句上海话来听听。上海过去是有小市民，但如今死绝了！在上海坏上海名声的，都是你这种冒充上海人的外地来沪人员！"

王林知道捅了马蜂窝，惹出茜玲长久积累下来的怒气了，只好乖乖鸣金收兵，说："好了，别生气了，都怪我不好，我出去走走，你也消消气吧。"

看完电影，陈香墨决定先到巴黎火车北站，在咖啡店里消磨时间，然后坐凌晨的通勤车进机场，可以不必躺机场的冷板凳。

夜色中的巴黎北站，充满了令陈香墨好奇的巴黎下层生活故事。

陈香墨先是在占地广大的车站里逛。坐夜班车到达的各国旅客匆匆忙忙地出站。

一对西方男女拦住他，用英语问他去多西怎么转车。

陈香墨知道多西是巴黎东边的一个小地方，但没去过，只好摇摇头。两男女转而去问一个三十多岁的巴黎女人。

陈香墨总觉得这两位有点不对劲的地方，又说不清楚，于是在一旁注意他们。

那男人长中等个，身穿不合时令的黄呢大衣，脸容不像附近国家的人；女人盘着一个高高的发髻，一副着色的小框眼镜遮不住她直勾勾不太礼貌的眼睛，身穿假毛皮大衣。

两人夹七夹八问路，对那巴黎女人认真的回答却不好好听。果然，那男人问："夫人，您有车吗，我们可不可以搭您的车？"

"很抱歉，"巴黎女人发现不对路，"我没车，再见。"

"夫人，"那女人挡住去路，"我们的钱包被人偷了，你能不能借点钱？这是我土耳其的身份证，我会还您的。"

"对不起，"巴黎女人耸耸肩，"您应该找警察。"

陈香墨哑然失笑，佩服自己的第六感。他走去上厕所。

深夜的车站厕所，是个看起来让人心惊肉跳的场所。

飘来的就是一股不洗澡的流浪汉身上的酸臭味，进门一看，热闹着呢。

一个膀大腰圆的家伙光着上身，趴在盥洗盆上起劲地刷牙，不用说，他的手臂上刺着两个吐舌头的魔鬼。一个站也站不稳的老流浪汉在扶自己肮脏不堪的拉杆箱，那箱子还是"啪"地摔在地上。他再扶起来，再摔下去，好像在做一件工作。两个脸色跟死人一模一样的吸毒家伙，蹲在墙角，流着鼻涕打瞌睡。

陈香墨吓得转身就走，巴黎真是迷人的大都市，污垢也够看，像电影镜头一样。

找进火车站对面一个还灯火辉煌的咖啡馆上了厕所，陈香墨就要了黑咖啡，坐在街上看夜景杀时间。

火车站渐渐暗了灯，路上行人也寂寥。大多数熬夜的咖啡客，都坐在店堂里，临街顾盼的，只有香墨一人。香墨向黑暗里呆望着，觉得长夜难熬。

从咖啡馆楼上公寓里，忽然传出一位法国夫人的叫床声，陈香墨吃一惊以为有人遇险，马上明白过来这是自然奔放不加掩饰的自由国家的歌声。连罢工罢市都是法国人民由宪法赋予的权利，政府束手无策，何况关起门来的私生活？只是这古旧的公寓隔音效果退化到零，夫人私生活的音响部分，等于在街上公开露天演奏。

这演奏深入浅出，欲灭复燃，间杂着冲浪板飞舞的节拍，果然比野猫的歌声添上灵长类动物的风月情怀。

陈香墨作为人的潮汐假如还未被这歌声激发还原，那他就已到了植物人的危险境地。好在他终于一个起身，冲进咖啡馆付了账，然后再冲出靡靡的巴黎夜曲那勾人魂魄的磁场，落荒而逃。

陈香墨接到了太太，夫妇俩都很疲倦，几乎都是整夜未睡。香墨见天色未明，第一班到蒙巴纳斯的机场巴士还要过四十分钟才到，就对太太方荷说："我们叫出租车回学校吧？"

"忘了大笔学费还等着付了？我坐这折扣飞机半夜三更到才省了七八十欧元，不够你叫出租的呢！"方荷执意等巴士。

"只好委屈你了。"香墨抱愧地说。

"见到你就行了。"方荷笑笑，拉了香墨的手。

两人历尽倒车的辛苦，到了凡尔赛才叫了辆出租车，付十二欧元回到假日旅舍，进房冲了凉，拉上窗帘倒头便睡，直到下午才醒。

诉说离情，不免缠绵。

见窗外阳光璀璨，香墨便建议去逛凡尔赛宫，再在凡尔赛市里吃法国菜。

夫妻俩小心翼翼不走校内的通道，直接从旅舍门口上大马路。陈香墨抱怨说："学校是形式主义的典型，你要有非典，就会传给我，我照样上课传染别人，有何区别？"

太太扭头望着他："我还不知道你，死要面子活受罪。别人不都不理学校吗？你又要犟，最后又乖乖就范！"

陈香墨有点尴尬，说："埋怨是我的自由，可遵守规定是我的责任。"

好在校门外农庄大片金黄油菜花吸引了他们的视线。夫妻俩手牵手在田埂上晃悠、留影，心里充满了久别重逢的喜悦。

他俩朝宿易镇上走，要搭郊区火车去凡尔赛。陈香墨眼角里看到路中间有辆车一个急刹，车里有人恍惚在向他招手。陈香墨认为自己看花了眼，继续向前走。那辆车驶到路边，一个急掉头，追上香墨夫妇俩。

原来是班上的南非白人姑娘蜜西尔，她是唐文文的好朋友，也对陈香墨很友好。

"陈，你们是去镇上吗？我带你们过去。"蜜西尔热情地说。

"好啊，谢谢你。"陈香墨觉得特别开心，不假思索，招呼太太上了车。

陈香墨介绍："这是我太太，刚从……"

说到这儿，陈香墨卡住了。天哪！把隔离的事给忘了！

车已开出了一大段，镇也马上就到了，立刻下车也没什么意义。陈香墨尴尬地说："对不起，蜜西尔，我忘了我们不该上你的车，按学校规定，从中国来要隔离十天。我太太今天刚从上海来。"

　　蜜西尔脸色一变，后悔的样子。她咕哝了一句客套话，不吭气了。陈香墨见镇子到了，说："谢谢，我们到了。"

　　赶紧下了车，香墨挥别蜜西尔，心里特别别扭，怎么忘了这件事呢？

　　太太也说："我还在奇怪，你怎么一下子拦了一辆车？"

　　"这下欠了好大一个人情。我忘了隔离的事。"香墨说。

　　"你累不累呵？老想这么多？"方荷认真地说，"事情都是自己想出来的，我发现，你始终是个心事重重的人，永远快活不起来！"

　　陈香墨琢磨着太太的话，有点神不守舍。

第五章

TCL-唐姆逊之斗

其实，在陈太太来访之前一周，整个MBA班就已打乱重新编组。学院决定学生们应该开始新的合作尝试。

陈香墨挥别了师第方、狄罗、麦克和樊尚，来到了新的小组。新小组一共四个人，法国学生夏克、莫西斯，日本学生及川敏一和中国学生陈香墨。

莫西斯身材不高，脸容却长得机智又漂亮，大大的充满思虑色彩的法国眼睛始终沉静地望着前方。夏克是瘦小个子，脸精瘦，眉毛是淡色的，在白脸上形成对比度不强的毛茸茸的景色。

陈香墨在大厅里找到他们俩，打招呼说因为学校的隔离政策，自己可能在开初的小组活动中缺席十几天，希望他们包涵。两个法国人都点头答应，说没关系。但陈香墨心里还是拴着这件事，觉得自己不该缺席，欠着大家。虽说陪太太是这十几天中最重要的，但MBA学生互相有认真的承诺，天不塌下来，不能违背。自己是借着隔离的幌子，和老婆享受假期去了，重活累活全扔给了其他三个人。

陈香墨知道生活中有时就需要做抉择，他也能在关键时刻选对头，却总为亏欠的那一头牵肠挂肚，不能释怀。太太因此奇怪他这一习性，原来世上有变态到完全不顾别人感受的人，也有陈香墨这种整天为不能对得起所有人而深深苦恼的反例，也算个变态！

陈香墨对及川却一点没心理负担，笑嘻嘻请及川到学生咖啡馆喝杯生啤酒，说要陪老婆。及川点点头，说放心，有事我会找你。

送走太太回上海，陈香墨很高兴碰上了能大大为小组出力的机会：法国电视机生产企业唐姆逊公司正谋划和中国企业战略合作，该公司首席执行官是巴黎一商的毕业生，决定在采取重大决策前，让母校的国际 MBA 学生出谋划策，拿他们公司的在华合作难点做一个特别案例。

负责协调这一课题的后勤学教授是满头银发、上课腋窝爱出虚汗的让-马克·多维萨先生，他是一个一年往中国跑十来次的中国通，也是在非典期间坚持出差北京，因此被隔离的唯一一个法国教授。

多维萨教授对陈香墨寄予厚望，他知道陈在当记者时，和中国几大电视机生产商都有来往。目前不清楚唐姆逊公司最后会选定谁当合作伙伴，陈也许能给一点实在的点子？他对陈香墨说了自己的想法，让他特别收集一下四川长虹的信息，因为，那是唐姆逊公司谈判最频繁的一家，也是中国当时电视机生产的龙头企业。

多维萨教授把学生分成八到十个人一组的大组，还要根据课题报告质量选出冠亚军，唐姆逊公司的首席执行官将亲自来听取这两组的汇报。陈香墨的组和美国人杰森的组合并成了一个大组，联合攻关。除杰森外，他组里还有加拿大华裔女生杰妮·尤、老比尔赫和那个时常翘课的陈的老组友樊尚。

第一次大组活动安排在大家充分阅读了唐姆逊公司提供的背景资料，每个人都有了一定思路后。杰森照惯例摆出美国式的领导者姿态，垄断了建议权。他建议大家首先在白纸板上写下唐姆逊公司和中国人合作的得与失，然后由此出发制定对策。见没反对意见，杰森就拿起书写笔，站到白纸板边上。

"得：唐姆逊公司可借合作进入巨大的中国市场。"莫西斯说。

"得：唐姆逊公司可利用中国廉价的劳动力。"夏克说。

"得：中国公司在中国市场已建立了成熟销售网，不用再投入。"陈香墨说。

"得：从后勤学方面来说，中国的电视机制造技术已较成熟，零件的采购运输成本不高，是个理想加工基地。"杰妮说。

"哈哈，世界工厂，全球因此大失业。"樊尚嬉皮笑脸地起哄。

"失：唐姆逊公司可能不得不向中方转让最新技术。"夏克不情不愿地说。

"失：中国人不尊重知识产权，转让技术等于白送技术，甚至会被转卖。"夏克意犹未尽。

陈香墨自尊受伤，将脸转向一边。

"对不起，香墨，"樊尚跟香墨打招呼，"我们就事论事。"

陈香墨耸耸肩："中国太大人太多，不要把中国人一概而论，请在中国人三个字前加上法语中的部分冠词。"

"失：中国合作伙伴要求借唐姆逊的全球销售网络向世界市场销售中国产电视机。"杰森说。

"你怎么知道这对唐姆逊是失不是得。难道唐姆逊不能从增加的销售中分一杯羹？"陈香墨忍不住诘难杰森。

"中国电视机售价极低，历来采取倾销战略抢占市场，所以，很可能会影响唐姆逊公司自己中高档产品的销路。具体需要专业化测算。"杰森回答。

"失：合作双方文化差异太大，文化磨合代价会很大，甚至有导致管理失败的可能。"杰森继续发挥。

"失：中国电视机生产技术不落后，中国顾客不迷信进口电视机，这从日本和荷兰原装机在中国销售有限就可看出，因此，唐姆逊这个在中国名不见经传的品牌没有市场，打新的合作品牌需要大量投入，经济上无法承受。如打中方伙伴原有品牌，就会沦为零件供应商，达不到分享中国市场成长的目的。"莫西斯的话，让老陈觉得还真有点道理。

写了三大版大白纸的得与失，及川都没吭气，大家都去餐厅吃午饭，陈香墨回家和小猫一起吃，及川回宿舍和老婆一起吃。

餐厅里，其他人边吃边讨论，夏克忽然不满地说："中国人和日本人都到哪去了？他们难道不要继续参加我们的讨论？"

"香墨和及川从不来餐厅吃午饭，他们欣赏单独行动。"杰森说。

"香墨显然不喜欢我们对中国的观点，"樊尚笑嘻嘻地说，"他要我们使用部分冠词。"

杰妮不发一言，好像什么也没听到，她从小生在加拿大，除了会一点广东话，汉语一个字都不认识。但时常有人看她的脸把她当中国学生。

下午多维萨教授来巡视项目进程，他听了大家汇报得失观，没有发表意见，而是说："你们要快快拟定一份和中方谈判的条款清单，主要是我们向中方要什么不要什么，还有我们给他们什么不给什么。"

大家又围成一圈，开始工作。不要把它想象成中国式务虚会，与会者彼此看脸色揣摩总结一致意见，然后到背后互相抱怨；这也不是纯法国式的"tout le monde en parle"（大家一起说），互相挑战攻击，最后什么结论也没；同时，也不是杰森喜欢的美国式：把所有不同意见竹筒倒豆子，分门别类摆明白，一项接一项讨价还价，设定一个坚决不让，宁愿谈判破裂的底线，然后把各种能用的谈判手段都用上，能争多少争多少，最后不管成不成配套，谈到的一杂摊兜回去记录下来就成事实，多吃多占不吃亏，像当年赶印第安人进保护区，能做多绝做多绝，过一百年忏悔不迟。

现在，中国人、日本人、法国人、美国人和加拿大人一起拿主意，大家玩法不一样，不知道会商量出个什么条款清单？

看来，法国同学特别在乎发言权，夏克和莫西斯都关心一旦成立合资企业，法方能不能占大股，至少也要在百分之五十一以上。

陈香墨则特别关心中方的国际市场开拓，他认为局限于中国市场是玩零和游戏，而开发更多的国际市场，对法中双方都是增量。他才不在乎杰森的所谓中高档受冲击歪理，只有市场才是永远正确、永远健康的。如果因为中国电视机价廉物美受欢迎，高价的其他原有品牌被挤出市场，只能说明消费者早盼着中国电视机，高价机是欺行霸市。倾销是违反世贸协定的行为，但真正的倾销有多少？倾销也是有巨大风险的，赔本大量销售，企业如同无限制任意流血，在如今的商业一体化时代，能收放自如吗？所以，美国诉中国的反倾销案，最后有几起被认定？

对欧美同学不停提出的技术转让，他倒不屑一顾。电视机产品，你唐姆逊能有多少了不起的先进技术？不说如今中国人看 DVD，欧洲人还捧着录像带，整个行业结构性滞后；就拿等离子彩电来说，中国人还不是比欧洲人早一步拥有了？技术鸿沟体现在哪儿？退一万步说，不拿你法国的技术，中国企业就死了？荷兰、日本、韩国的电子企业，哪一个不你争我夺，押宝在中国市场？他们的技术，一样不比唐姆逊落后。

老陈认定，技术、商标美誉度或企业国际排名都不是决定因素，只有未来的市场份额才决定企业生与死。中国企业拥有全球最大的快速增长市场，那就是无形的谈判力量。他隐隐约约感到，法方唐姆逊公司并无谈判优势。也许，这也是校友首席执行官先生要回母校借脑子的原因之一吧？

可老陈的思路，对人生经历完全不同的欧美同学来说，是完全不可体会的。

说来说去，杰森和夏克对有利的地方是一个也不肯拉下，全要写进条款去跟中方企业要价，但对于付出却毫无概念，犯难了半天才总结出一条：法方向中方提供其高技术含量的显像管成品，供中方在中国市场销售的高档产品使用。

瘦脸的夏克还牙疼似的皱了半天脸，加上一条附属条件：仅供中国市场销售产品使用。

及川不同意，说："中国企业会退出谈判，因为他们没得到任何要的东西。"

"他们要什么？我们的技术加强了他们高端产品的竞争力，他们会高兴的。"夏克说。

"但中国百分之九十九的顾客不需要高端产品，他们满足于看起来已经够清晰的直角平面彩电。"及川说，"没人注重这百分之一的市场。况且，索尼、东芝、松下和飞利浦电视机，早占据了高端市场。"

"你说他们要什么？"杰森问。

"你们明知故问。"香墨笑道，"谈到赴华投资，请补习中国政府明文规定的基本投资原则中一条：以技术换市场。"

"就是你最舍不得的。"及川笑着调侃夏克。

"但那样太不公平！"夏克急了，"中国企业在保护知识产权上臭名昭著，技术一交到中方手里，他们接着就会把唐姆逊踢出市场。"

陈香墨见他如此，简直牵动了侠义心肠，那些不守规矩的老鼠屎真搅坏了中国人名声那锅粥，看把人老老实实的法国哥们儿急的，都假戏真做了。他恨不得摸出手绢，递给泫然欲涕的夏克同学。

莫西斯出来打圆场，在条款里添上：在中方尊重法方知识产权的基础上，向中方转让确有必要的生产技术。

想了想，看看夏克和杰森依然狐疑不决的眼光，他又在这条上加了个问号，以示尚未有定论。

到了又一个薄暮时分，大家发觉这个艰难的下午，每个人都已喝了过量的黑咖啡，再也没精神了。

于是，每个人都按习惯，向彼此报告一下今晚自己会在哪个专题上继续努力，然后便互道晚安。陈香墨呼了口长气，说今晚奉多维萨教授之命，会在网上努力查找中方电视机企业的资料。

走出教学楼，太阳正西垂，百鸟争鸣。

及川说："香墨，轮到我请你喝啤酒了。"两人在清新润肺的森林空气中散步到学生咖啡馆，买了生啤酒，在室外的咖啡座上歇下来。发红的夕阳使他俩发灰的脸显得红润不少。及川请香墨抽日本七星淡烟。

"我发现那些欧美学生根本不想听亚洲人的意见，哪怕你再了解当地情况。"香墨诉苦地说。

"是的，这是事实。"及川同意他。

这使得香墨心里涌起一阵感激的情绪，他早就敏感地发现，同是华人的杰妮·尤在做小组讨论记录时的暧昧态度：杰森和法国同学一致的观点，她记得快，记得详细，在白纸板上占老大一块地。而凡香墨自实际见闻提出的不同看法，她就犹豫着不记，直到杰森或莫西斯表示有道理才往上记，记得又简单又模糊。

而日本同学及川，能如此清楚地表明自己和中国同学一样的立场，真太不容易了，及川至少是个很正直的人。

"我凭我全部的人生经验向你保证，像这些欧美同学，在别处我说不好，但要到中国开展业务，一定死定了。"陈香墨说。

"我在香港的六年工作经验可以支持你的看法。"及川笑了，因为香墨看来很气，动真气了。

老比尔赫这时从咖啡馆里出来，跟及川借火。这次他虽然和他们俩分在一个大组里，但却缺席了大半天，下午快三点才赶来加入，光看着两方意见交锋，没怎么吱声。

他和及川寒暄了几句，理也没理一旁的陈香墨，就走了。

陈香墨心里认定他也是个异见分子。

他忽然有感而发："有时候，你不得不分担自己的某些同胞做错事的责任，或者为你的国家政府实行的不受人欢迎的政策分担压力。"

"是啊，"及川出乎意料地说，"我们也是，尽管出生于一九六〇年代，可还得为一九三七年的中日战争背十字架。"

陈香墨想了想，说："人生，有太多自己没法选择的事了，可这 MBA 是我自己选来的，再难我也要全力以赴。"

"来，干杯。"及川举杯长饮。

没想到第二天一大早，陈香墨差点和夏克动手打了起来。

昨儿晚上陈香墨在网上像嫦娥飞到月亮上找男人那样搜寻有关长虹和其他中国电视机生产商的有用信息，试图在中国收集过任何数据的老外一定能想象他能找到什么。当他心有不甘地从网上下来，时钟已指向凌晨两点。

嫦娥只能找到自己连将就一下都不愿意的吴刚，陈香墨运气好一点，至少从这些企业的网站上知道了一些企业历史和规模的未经证实的自我介绍。

陈香墨知道杰森今晚在做 PowerPoint 的幻灯片，本想把发现的有限资料送去给他，但他房里电话没有人接。虽然 MBA 学生半夜三更送学习资料司空见惯，但一来不熟，二来心存芥蒂，香墨想不如明天早点去教室，赶在多维萨教授来听报告前交给杰森也来得及，要加入内容就几分钟的事。

睡了不足五小时，香墨就逼着自己起了床，因为他不愿意在那些欧美学生面前迟到或误事。他垂头丧气地喝了杯热茶，给同样没睡醒的咪咪喂了点当早点的幼猫猫粮，就急急忙忙赶到教学楼来。

他一个教室接一个教室找同组的人，幸好杰森已早早地坐在教室里整理电脑。陈香墨叫了声早，跑去把翻译成英文的中国生产商情况交给他。杰森冷冷地盯着电脑不放，搭理也不搭理香墨，好一会儿才斜了一眼老陈的资料，嘴里吐出一句："你一晚上就干了这点活？"

陈香墨有苦说不出，总不见得告诉他，中国就是这么个公开信息不发达、不重视统计的国家。那比羞辱他自己还难受些。他无言以对。

"我没时间看你的东西，你要给我也得是昨晚，现在都定稿了。"杰森见香墨不吭气，更得理不饶人。

老陈气苦不已，说："昨晚我打你房间电话，你不在。"

"那你为什么不来教学楼找我，大家都在一起，团队工作到凌晨三点。"杰森道出了原委。

"既然团队工作，你们为什么不通知我？"陈香墨有点上火了。

"香墨，"杰森抬起头，生气地看着陈香墨，语气稍稍缓和些，"是你应该时刻注意小组的动向，我们的电话随时开着，你可以随时打来看看大家的动向啊？"

陈香墨给他噎住了，说："昨天下午分手时，不就意思是各人分头做事吗？"

杰森无奈地摇摇头，好像香墨是个不可救药的怪物。

陈香墨最气他这种居高临下的姿态，好像比别人优秀着一大截的样子。他"咚"站起身，说："这资料是教授交代我去查的，用不用你看着办吧，反正我会向教授汇报的。"

正在此时，教授、夏克和老比尔赫他们一起来到教室门口。

陈香墨拿起信息稿，走过去对多维萨教授道早安。老先生和蔼地开玩笑："香墨，这么早已经来了，太极拳打完了吗？"

香墨尴尬地笑笑，感觉到夏克和老比尔赫的目光都不太友好。

他递过信息稿，说："教授，我在网上找了好几个小时，只有这点有用的信息。"

其他，陈香墨痛苦地知道，都是这些企业出钱雇人写的吹捧文章，连篇累牍，一宿读不完。

教授还没回答，低头正看材料，夏克再也忍不住，鼻腔里发出一声冷笑。

聪明且善解人意的多维萨先生抬头，笑着对大家说："我有同样的失望，中国是信息化不足的国家，网上的确找不到什么。这些放进你们的报告了吗？"

陈香墨不语，杰森一扭腰肢站起身，说："今天早晨才拿来，还没加。"

"加进去，"教授板板脸，"是非常重要的信息，我交代香墨去找的。"

杰森乖乖接了过去。

教授出去买咖啡，才走开，夏克爆发式地冲老陈来了一句："你别以为能糊弄过教授，就能糊弄过我们！懒惰的家伙！"

陈香墨受到侮辱，血往头上冲。定定神，他保持一点风度说："你凭什么说我懒惰，这不是事实。"

"昨天晚上你没来参加小组工作，我们工作到凌晨，你却逍遥！"夏克是个钉子一样锥人的少见的法国人。

"去你的，你见我逍遥了？你爱怎么说怎么说吧！"陈香墨一字一板地说，说完，拂袖而去。

半小时后，所有同学都到大教室听各组的初步汇报。陈香墨迎向姗姗来迟的及川："昨晚你来小组工作了？"

"没有啊，没人通知过我。"及川莫名其妙地说。

陈香墨脑子里隐隐约约想到些让他激动的事，但一晃而过，报告开始了。

其他几个组先讲，大都泛泛而论。教授不置可否。

代表本大组上去讲幻灯片的是杰森，他们几个明显花了无数的精力在benchmark（他山之石）上，查阅了电视机行业历史上在各个国家合资或收购的案例，试图从中找出在中国投资可以套用的方案；最后提供中方参考的条款中，依旧把技术转让那条给剪了，反而加注：要注意在中国合作生产的知识产权风险。

陈香墨冷笑，中国不缺外资，你爱来不来。他知道分析案例不能放进个人感情因素，但这次和欧美学生的合作让他反胃。一群从未去过中国的人、一群将来也不会有兴趣去中国的人、一群只想在巴黎和纽约总部找位置的人，凭什么奢谈中国市场战略？

没想到的是，杰森还未讲完，就被多维萨教授"粗鲁"地打断了，教授走上讲台，说："我担心的就是这种丢人的合作方案，除了毫无参考价值的benchmark，有哪一点考虑了我们中国朋友的利益？没人要和一个一点不肯给予的吝啬鬼合作。我肯定你们没问过组里的中国同学他们的企业要不要这种合作条款。香墨呢？你在哪里？"

香墨吃惊地举起手臂："我在。"

"这个方案在中国会被接受吗?"教授严肃地问。

香墨觉得不好借题发挥,但又不太甘心放过机会,就尽量用平和的口吻说:"也许吧? 也许他们在中国运气好的话,会碰上白痴。"

有些学生笑了,杰森几个可板着脸。

"听到吗?"多维萨先生一点没开玩笑的意思,"不要低估别人,否则只会羞辱自己。如果你们今晚没更严肃的方案提出来,明天下午唐姆逊公司的首席执行官就不必来了。"

大家心存不悦地又坐在一起,陈香墨不理杰森和夏克,杰妮知道小组合作出了问题,不安地站在白纸板前,一手拿着笔,一手伸在面前,咬指甲。

莫西斯息事宁人地摆出一个和气的笑容,聪明的眼睛望向陈香墨和及川:"我们犯了错,应该听听陈先生和有中国经验的及川怎么想。说说吧!"

夏克低着头,玩书本,一声不响。杰森死盯着电脑屏幕,发电邮。

人家把梯子都搬到了面前,还能不给面子? 赶紧下来吧? 陈香墨不是小气鬼,只是还有点矜持。他推推及川,让他先讲讲。

不料,及川和香墨的看法几乎不谋而合,他建议唐姆逊放下世界五百强的身段,让出眼前利益和中国公司赶快合资。因为时间和未来大势都已东西转向,识时务者为俊杰,转折时期还有聪明人的机会,等大家都看清了大势之所趋,再找中方伙伴就难了。

陈香墨补充了几家在中国有实力的企业名字,说从中选伙伴更安全稳妥,尤其是上广电,是上海市市政府直属企业,又对外资有需求。

莫西斯主持着,把幻灯片大改了一番。

中午回到宿舍,陈香墨一口恶气憋得胸闷。打开 Intranet,就给夏克写最后通牒,抄送同组的莫西斯和及川。

他写道:

夏克，

　　鉴于你今天上午在公开场合毫无根据地指责我懒惰，败坏我名誉，我在小组范围内要求你公开向我道歉，否则，从现在起，我们不必再有任何交往。我不愿意再和你一起进行小组工作。

陈香墨

一个小时后，夏克也在小组范围内回邮给他：

香墨，

　　你可以不再和我来往，但请你明白，你应该感激我，而不是反过来。你永远有各种各样的借口不分担小组的工作，就算在一起讨论，也常常是不发一言，对小组没有贡献。这两个多月来，让我算算我们帮你完成了多少作业吧：

　　后勤学船期计算实例

　　后勤学路易·拉杜案例

　　后勤学铁航沙华案例

　　管理会计学橡木桶题

　　市场学宝洁案例

　　你在这些作业上的名字都是我们好心帮你填上去的，拿到学分的时候，请别忘了好好想一想。

夏克

　　陈香墨气得发昏，那些列举的功课几乎全是他陪伴太太那些天里落下的，他是没理由申辩，但这能怪他吗？他能忍心把太太扔在旅馆里孤孤单单过那十几天吗？

　　至于发言少，也有具体原因，这两个法国人老说着说着就讲起市井俚语式的巴黎土话来，陈香墨和及川常常堕入云里雾里。再加上陈香墨记者出身，对有些专业科目的确不太懂，你说如何贡献意见？

陈香墨无心做事，正好廖顺顺打电话来闲聊，陈香墨把一肚子苦水全倒了出来。顺顺厉声为他撑腰："老陈，你不要理这个怪物，他在以前的小组名声就坏！还骂过新加坡同学，说人家讲的英语听不懂，其实是他自己没有国际精神，是个法国土包子！别理他就是了！"

香墨哈哈大笑。

傍晚时分，陈香墨又给夏克回了电邮：

夏克，

  谢谢你的邮件，至少我了解了你为什么对我如此反感。

  我不会因为你的误解而责备自己。首先，大多数你列举的功课，都是我为了大家的健康被迫隔离时落下的。平时，我知道自己起早贪黑地用功，我不是你说的懒鬼。我承认以我过去的专业背景，有些功课我不懂，但我想，MBA 项目就是要各种背景的人在一起互相合作，互相找到解决方案的。并不是专业课。

  昨天晚上，我没有参加小组工作，因为没人通知我。我怎么可能参加一个我不知道的活动？你们是不是故意不通知我和及川，以免我们反对你的想法？

  我倒想借此机会提醒你，我听说你在前一个小组就辱骂过不同文化背景的同学。假如你如此没有容忍差异的肚量，恐怕是你不适应这个项目，而不是我们。即便你，我也时刻准备着向你学习你的优点。希望你能醒悟到：我们不是来学习攻击的，而是来学习和解、融合和合作的。

香墨

五分钟之后，夏克回邮说：

  我很抱歉，香墨。

  就此打住吧。

但是，两人并没有和解，只是不再互相攻击。莫西斯和及川，自始至终不发表任何评论，静静地当着观众。当莫西斯当面见到香墨时，他笑笑说："你在小组留言栏里疯狂地写了不少东西，很有意思。"

陈香墨浅笑为答，见了夏克，两人都互相视而不见。

颇让陈香墨得意的是，采纳了他和及川的建议后，他们的组被评为冠军组，向唐姆逊公司首席执行官作了报告。这位年轻的校友向他们透露一个秘密：他们已决定以技术转让和全集团合并的方式和中国 TCL 集团合为一家，并由中方占股百分之五十一。这在中国企业和世界五百强的合作史上，真是史无前例的一个突破。

第六章

网

踏着松枝，王林夫妇在晚饭后散步。

茜玲刚和老公生过气，因为他不肯把单人宿舍换成廖顺顺那样的双人公寓。两个人住十二平方米的房间虽然挤，但还可以将就，不能将就的是那单人行军床，并排只躺得下一个半人，怎么过日子？

刚来几天时，一方面小别胜新婚，床的附加功能才是睡觉，矛盾并不突出。时间一长，茜玲两次被王林睡梦中蹬下了床。宿舍又有规定，单人房不能住两个人，茜玲出门做事，老有躲躲闪闪的窘迫感。

王林原先在越洋长途里告诉过她，正在排队申请双人公寓，如今却改口说："住不了几个月，挤挤算了，每月可省下两千多人民币呢！"茜玲想想也是，两个人都不工作，节省蛮要紧，就每天委屈着挤着过那八小时吧。

没想到王林又搬出他永远不消停的人生计划，要求茜玲发挥这一段陪读岁月的时间效益：生孩子。

生孩子，怎么生？这床太折磨人了。什么都可以将就将就，难道那事也要先考虑能省多少钱？茜玲是喜欢花钱的上海小姐，家里也花得起钱。偏偏老公是个能赚恨用的怪物，结婚以来，为这一节闹过多少次不愉快？最后都是茜玲让步。

说是为投资生财，未来得益，好处是一家人均沾的。但茜玲觉得心里不那么踏实，看过《欧也妮·葛朗台》之后，她害怕自己的命运不要也是"好好替我看着，到天堂里向我交代"。巴尔扎克对天下守财奴真太了解了。

前天，茜玲对半夜毛手毛脚的王林宣布：不住进双人公寓，别的好说，床上这一节就省了。不要好好的闪了腰。

王林咕哝着说，当和尚没事，那孩子还生不生。爹妈打电话来老施加压力。

不提王林乡下的爹妈还好，一提茜玲气就不打一处来："我是你家的生育机器吗？是机器也得上上油呢！在这床上有的孩子，恐怕天生有'狭窄空间综合征'！"

王林理亏，就照例以退为进，请太太下山到镇上"鸿运楼"吃了两人套餐，给太太做了拿手的小葱烙饼，今晚，还特地拉她出来呼吸初夏森林的香味。

"茜玲，学制时间快过一半了，我该提早些找工作了，你好好配合我一下吧。"

王林握着太太的手，温柔地请求。

"我哪里不配合你啦？"茜玲还想着小床的事。

"你别想岔了，我是要展开行动找工作，在欧洲，这是费力、费时又费钱的事，我有你帮忙，就比别人大大有优势了。"王林说。

"说，要我做什么？"茜玲问。

"这是个宏大的计划，我慢慢跟你说。"王林指手画脚，两人在森林小路上走远了。

就在不远处的 B3 宿舍楼下，徐斌正焦急地在踱步。和卡苔丽娜度过销魂之夜后，十多天了，他还没见过她第二次。卡苔丽娜没留电话，没留地址，好像在告诉他，他们两人只是一夜情，不要多纠缠。

徐斌没法忘记或冷却那一夜的激情，今天，他从萨拉那里问到卡苔丽娜的手机，打给她，求她见一面。卡苔丽娜答应了，还蛮开心的样子，说好晚上在她宿舍楼下见。

比约定时间多等了半小时，一个俏丽的身影犹犹豫豫地走了出来。

"卡苔丽娜！"徐斌的声音有点哽住了。

"你好，请原谅我迟到了，我男友在我宿舍里。"卡苔丽娜大大方方地说。

"啊，是这样。"徐斌的头好像被浇了桶冷水，"卡苔丽娜，有时间走走吗？"

"不了，徐。"卡苔丽娜坚决地说，"谢谢那美丽的晚上，我们都记得你潇洒的模样。"

她突然温柔起来，拉住徐斌的手："你是个了不起的中国情人，女生们都还时常提起你呢！别糟蹋我们共同拥有的那个美丽的夜晚。"

徐斌刹那间摆脱了低潮，他柔情地握住卡苔丽娜的手，说："你是我第一个西方女孩子，我永远会记得初夏夜晚的清风，记住你的清香味。谢谢，我走了。"

他转身，停留了五秒钟，深吸一口气，大踏步地走向自己的宿舍楼，这下，轮到卡苔丽娜心里一阵感动，她喜欢这样的分手时刻，有素质的男人会让这一刻充满令人怀念的色彩，从而在双方的记忆中保留下来，好像施加了某种防腐剂一样。

王林第二天早晨翘课，他认为"后勤学"自己看看讲义就可以了，以前在大学的老本吃不完。今天，有更重要的事，他想训练一下茜玲，让她可以在平时他上课时，为他做些找工作的必要准备。

王林看不起很多同学在职业寻求方面的无知，他们没有经验，意识不到那是个艰巨复杂的过程。因此，在王林眼里，他们完全是在等待天上掉大饼。他王林可不能这样，他要像黑寡妇蜘蛛那样纺织一张密密的网，还要主动把网撒出去，好像鲁迅说过的那样："放出眼光，自己来拿！"

茜玲为他做好了早饭，又洗了碗，坐下来听他讲工作。她对老公的事业能力从来百分百地佩服，对他这方面的指示从来照做，不会有错。

王林首先在电脑上粘粘贴贴，做了一个名单，打印出来交给茜玲："这是全球几个大的招聘网站域名。你把我的简历贴上去，做个搜索引擎，从今天起，每天看看有些什么机会。有点名堂的，就交给我跟踪。"

他又从墙角堆积的书本资料里抽出学校"十字路口"招聘会的公司名录，说："这里的几百家大公司都和我们学校关系不错，你看看有没有适合我背景的。"

他又抽出本旧的校友录，那是他不舍得花七十五欧元入校友会拿新版，从一位阿根廷毕业生那里五欧元买的旧版。"查到合适的公司，就到这上面找出在那家公司工作的校友的名字和联系方法，交给我。"

"暑假里我们不去旅游了，前一个月，我准备在巴黎争取一些面试，后一个月，我们回上海面试。你的优先任务是帮我把机会找出来，联系好面试。"王林一副胸中有丘壑的样子。

"我们不是说好暑假去北欧吗？"茜玲无望地反弹说。

"老婆，事有轻重缓急，找到了工作，我先陪你全世界周游一个月，再去上班好不好？眼下去玩，心里不踏实。"王林耸耸肩。

茜玲哑了。

"暑假回来后，"原来王林还没说完，"学校会组织很多公司来开职业介绍会，你和我分工查资料，有备而去。同时，你假如不生孩子的话，把自己的简历也润色一下，利用这机会也找找。说不定有公司觉得你合适。"

"你们MBA生的招聘会，我去合适吗？别人会说话吧？"茜玲有点不自在。

"你在乎那些陌生人？爱说说去。我们可不能不利用资源，老婆，花了很多钱才读得起这贵族学校的。"王林苦口婆心。

徐斌正在苦痛中沉浮，连课也不上，一个人关在宿舍里。

他一会儿回味着卡苔丽娜热情奔放的风情，春心荡漾；一会儿又意识到一切只是酒精和脱衣舞刺激造成的一夜放纵，未等体会拥有，已成恍惚旧事，焚心如火。这样一惊一乍，他感觉口干舌燥，开始发烧了。

他抱着被子躺在床上，无心无绪之际，电话铃忽然响了，他跳起身，虽然不相信，却希望那是卡苔丽娜回心转意的电话。

电话是茜茜莉娅打来的。

茜茜莉娅在马赛的公寓里醒来，吃了自己一惊。那年轻的夏何乐还沉沉枕着她赤裸的胸脯熟睡。一股慌乱和后悔的感觉涌上脑际，茜茜莉娅每次和不认识的人做爱后，都会涌上这种不安的感觉。身体得到了它需要的，大脑和心却沉入黑暗的海底。

回到学校，茜茜莉娅竭力忘记马赛的风流，她嘲笑自己：巴黎的压力把自己赶到马赛去，马赛又把她驱赶回来。自己为什么总和自己过不去？

她想到徐斌，他已经十多天没再打来电话，课上也见不到他人影。她甩甩头，不去想他。可思绪又不请自来，她意识到自己挂念着他。

今天，课堂里还是没有徐斌的影子，咖啡时间，茜茜莉娅就跑跑远，在 Holiday Inn 门外打手机到斌寝室。

斌似乎在热切地等着她的电话，从他一刹那间的声调里能听出激动；但他似乎又不在等她电话，因为他马上情绪低落下去。

他说自己病了，并且马上挂断了电话。

茜茜莉娅责备自己，斌首先是个好朋友，不该冷落他。

自己那样冷落斌，是不是有点奇怪？

千万不要再和亚洲男人有事。茜茜莉娅告诫自己，台湾的伤痛已说明了亚洲文化是如何对女人进行虐待的。亚洲男人会为了无数原因，牺牲女人，牺牲爱情。

但茜茜莉娅还是要去看望一下生病的斌，他是好朋友。

徐斌像是溺水的人，绝望中舞动着手臂。茜茜莉娅是一块漂过的木片，让他紧紧抱住，不再沉入恐怖的深渊。

茜茜莉娅敲开他门，摸摸他滚烫的额头，小伙子眼窝发黑，又钻回了被窝。茜茜莉娅坐在床沿上，把斌的头扶在自己肩头，喂他吃消炎药和镇上中餐馆买来的酸辣汤。

其实，徐斌的病是绝望的心发出的呻吟，在茜茜莉娅真情流露的照料中，他的心敏感地体会到一道强烈的光明。

对西方姑娘，徐斌的内心是"性，我所欲也，心，亦我所欲也。两者不可得兼，舍性而取心"。

他觉得和茜茜莉娅在一起，他做不到引她到床上去的那一步。但她的内心对他敞开着，因为她的台湾经验，她能接受他的文化，他的价值观。

他很快康复起来，和茜茜莉娅的友谊更进了一步。

王林织的网，网住了东西。

茜玲是个聪明的女人，有着所有上海小姐的精细和乖巧。她及时的联络和得体的电话对答，为王林争取到几个巴黎公司的面试机会，也为暑假里回上海找事定下了几个再联络的线索。

星期五，王林不去上课，戴上领带，穿好黑色套装，悄悄下山去巴黎面试。这次约的都是他的老本行——法国的除尘器械公司。他们对他的简历十分有兴趣，中国市场对这些企业充满了吸引力。

几个公司都是销售总监亲自面试他，他的工作背景加上他巴黎元一商学院的学历，不容轻慢。他们欣赏王林自信的音调，称赞他以往的业绩。对王林第一次见面就毫不犹豫开出的一百万人民币的年薪要求也没知难而退的意思。人才嘛，怎能又要马儿好，又要马儿不吃草？

王林志满意得回学校，每家公司都许诺下次由首席执行官亲自面试他。对于旗开得胜，他感谢茜玲的帮助。第二天一早，就拉着茜玲手，去宿舍管理员那里申请双人公寓。

"老婆，你放放心心在这里生个 baby，我赚钱让你在家享福。"王林许诺。

走廊里碰见郎里郎当的白帆，王林眼朝天看，爱理不理。白帆大惊小怪说："王林，你一副范进中举的嘴脸，干吗呢？"

"去去去，别没大没小。"王林怒斥他。

受奚落的白帆，恨不能摇身一变，变成胡屠夫，扇这贼女婿一巴掌，好让他醒醒，知道自己姓啥名谁。

"这人为啥呢？"白帆心里纳闷。

可是，过了几乎一个月，眼看暑假就在眼前，期中考试都快考完了，也没一家公司有下文。王林心里有点嘀咕，悄悄背着茜玲用公用电话打去那几家公司问进展。不是秘书挡驾，就是见过面的总监客气虚伪得要命，说请耐心等待，公司职位暂时没空出来。王林觉得不对，死缠硬磨要个说法，一个女总监磨不过他，只好暗示说："在法国，一般大家招聘高层管理人员，都要到他服务的前公司调查核实简历。王先生没写错前公司名字吧？"

王林像当场被拆穿的骗子，无地自容地挂了电话。自己在上海干的好事在法国报应了，这他万万没想到。他的蜘蛛网，上面有很多粘不住猎物的假丝。

第七章

孔雀

法国人有句描述语：Il est vaniteux comme un paon.

意思是说某人那高傲不凡的样子啊，真像一只孤芳自赏、开起屏来谁也瞧不起的花孔雀。

在不爱用恶毒语言攻击谩骂人的法兰西文化里，这样的评语已经够意思了。

在暑假前，学生们必须选定假期后的自选专业，并得到专业领头人教授的批准。这下，学生们可见识到了法国的孔雀。

为期四个月的自选专业有市场学、永续经营学、创业学和个人自选项目四个选择。

每个选择都有名额限制，由教授面试录取学生。

其中的大热门是尼古拉·古跶教授领头的创业学，大部分同学都梦想有一天自己可以自立门户，干一番事业。

在六月头上，学校安排尼古拉·古跶教授来 MBA 学院做过一次课程介绍。古跶教授留着斯大林式的上髭，淡黄色头发，精瘦精瘦。他穿牛仔裤和夹克，在整天西装革履的其他教授间，立刻显出创业人士的桀骜不驯来。

尼古拉·古跶是法国创业学界的有名人物，担任着法国创业者协会的主席，光芒照人。在他指导下学习创业，是本届 MBA 项目附加值最高的课程之一。

学生们趋之若鹜，纷纷填写报名表，然后把面试时间在各式各样的日程表上标示出来，生怕忘记。古跶教授每周四面试一批申请人，每人十五分钟。怎样利用好这十五分钟，让古跶教授发现自己的创业者素质？这难题让大家抓头皮。

王林是第一个周四去面试的人，据说古跶教授从一开始就用狐疑的眼睛看着他，使刚经受求职创伤的王林做了一次最干巴巴没水分的自我介绍。

等他五分钟的介绍做完，古跶教授跷起二郎腿，背往椅子上一靠，问道："请帮我出出主意。你们这些中国学生、日本学生或韩国学生都有明显的语言障碍问题，不是说你们听不懂课，而是说你们没法自由随意地表达自己、跟上大家交流的节奏。在我的课上，快速有效的交流是必须的，我不喜欢哑巴学生。"

王林立刻鼓起斗志，自信地用流利的美国口语说了一大串，不外乎自己的学历和工作经历等，暗示交流不在话下。

古跶教授点点头，说："法语和美语都是我的母语，以我看来，您的语言障碍还蛮大的，请回去好好考虑我的建议吧。我的建议就是您另选一门课程。谢谢。"

王林气得发昏，回到学院直接去院长办公室投诉尼古拉·古跶教授，院长秘书耸耸肩，说："古跶教授不是本校常任教授，是交流学者，我们无权要求他改变自己的风格。很遗憾，先生。"

接二连三，又传来各国学生纷纷被古跶教授下逐客令的消息。据说，古跶教授表示，学生越少，能学到他精髓的程度越高，他乐意教精选出来的好材料。

期中考试迫在眉睫，半路从文科出家的陈香墨相当紧张，几乎每时每刻都捧着书本和讲义猛抠。他再次回到了蓬头垢面、埋头不问窗外事的状态。顺便说一句，据说中国古代学子都是这么读书的，陈香墨继承了传统。

他也报名尼古拉·古跶教授的创业学，心想将来中国媒体一旦开放，这能派上用场。同时，一厢情愿认为，教授不会拒绝学生选课，好比餐厅宁愿加桌也要留客，面试只是走过场。

复习迎考正忙，陈香墨在随身携带的一学期总时间表上注明了面试时间，就搁下了，没留意平常自己主要看寝室书桌上用彩色标示的每周时间表。星期五晚上，香墨被钢琴酒吧的迪斯科喧声从几砖厚的金融课本里唤醒，忽然想起自己把尼古拉·古跶教授的周四面试忘得一干二净。

陈香墨经一事长一智，如今也懂得在法国，面上功夫绝不能马虎。让大教授空等而没任何解释，显得自己太没素质了。

他立刻给古趿教授发电邮致歉：

亲爱的古趿教授，晚上好！

　　首先请接受我真诚的歉意。您知道，我因为一个愚蠢的计时错误，忘记了您给予我的面试机会。

　　我此刻翻阅随身带的总记事本，才发现没把面试时间记录到每周日程表上，这是我失约的原因。

　　我非常自责，觉得自己很没礼貌，希望得到您的原谅，并且不要因此收回给我的面试机会。

MBA 学生　陈香墨
致意

香墨觉得自己给足了古趿教授面子，教授一定会宽宏大量，甚至对他心生好感。

教授倒勤勉，几乎应声回了电邮：

先生，

　　我们都是商业人士，知道游戏规则。假如误了飞机航班，没有人会把飞机开回来。

　　你去联络我的助教阿莱克斯·谢沃，看看他可以为你做点什么。

尼古拉

香墨心里嘀咕：教授架子还蛮大的呢！难道你不靠我们学生吃饭？讲游戏规则？我出了大钱上你的课，你就得给点面子，这不是游戏规则？

周一上午，香墨给阿莱克斯·谢沃打电话，阿莱克斯懒洋洋地说："你今天下午七点来见我吧，我在主楼 117 教室等你。"

陈香墨不敢怠慢，下午放课后，回家喂了小猫，就朝主楼跑，提早十分钟到了117教室，教室空无一人。他忐忑不安地坐等到七点十分，那个阿莱克斯还是没出现。香墨不想第二次犯同样的错误，就直接奔跑到教授办公楼找阿莱克斯的办公室，可走廊名牌上没有阿莱克斯·谢沃这个名字，连问了几位下班的教授，都不知道这个人。陈香墨没办法，只好再奔到大厅公用电话去，拨打阿莱克斯的办公室电话，没人接听。此时已过了七点半。他又奔到117教室，终于绝望地意识到，和阿莱克斯又错过了。

陈香墨几乎要发狂，一个劲地对自己说：不是我的错，我尽力了。也许阿莱克斯根本没来。

他满腹心事地走回教授办公楼，想在尼古拉·古趵或阿莱克斯·谢沃的门上留个条，却见鬼一样搜遍大楼也找不到两人的名牌，终于有位慈眉善目的老教授告诉他：因为这两位都不是学校的常聘教授，所以没有固定的办公室。有事可以留条给办公楼总秘书处。香墨给他看阿莱克斯的电话，老教授说那就是总秘书处的电话。

陈香墨情绪低落，知道那阿莱克斯根本没出现过，但自己却无法申辩。总不见得指控阿莱克斯爽约吧？即便他是，自己也是爽约在先。

感觉好像让古趵教授以牙还牙地戏弄了一番。香墨觉得不能再选他的课。

第二天是金融课考试，陈香墨竟然考得挺顺利的，出来大家对答案，死读书的陈香墨比那些工程师们答对还多。他趁自己高兴，去学院办公室找管课程的芳勒夫人，把自己和古趵教授间发生的事说了说，要求另选市场学。

芳勒夫人息事宁人地说："古趵教授每年都和学生在选课上有冲突，算了，不上他的课也没啥大不了的，现在创业失败的MBA学生数是成功者的五百倍。何苦呢？"

陈香墨苦笑笑，接过芳勒夫人递来的新申请表格，当场仔细填好，请夫人急转市场学领头人教授，据说是哈佛商学院毕业的于连·法冬莫，才三十八岁，年轻有为。

一等就是一星期，杳无音信，考试就剩下一门组织行为学，暑假的气息都已闻得到。不少同班学生在校际网上吆喝着卖家电用品，准备暑假后搬到巴黎市区去，开车上学。毕竟，住在校区，好比在上海住嘉定，在北京住密云，不能算真在巴黎。

陈香墨等得心焦，问芳勒夫人，夫人说那天傍晚就特地把他的表格急送法冬莫教授办公室去了。

陈香墨忙给法冬莫教授发出电邮，请他尽快给予回音。

还是连着两天没回音。

老陈心火再也按捺不住，整个自选专业申请过程就像乞丐求爱，隔着一道虚空。

这些法国教授凭什么如此高傲？难道他们的收入不是来自学生昂贵的学费？三万欧元等于三十万人民币，中国人不是那么容易能拿出这么多钱的。况且，陈香墨是堂堂正正通过国际标准考试和招生委员会的遴选中榜的，为什么要受这些鸟气？他拉开架势，给法冬莫教授一封新的电邮：

尊敬的法冬莫教授：

我于八天前给您送来专业课申请表，至今没得到您任何回音，学期就要结束了，我对下学期的课程还心中无数。

我觉得，我是和其他人一样，支付昂贵的学费来此就读的，应该得到和任何人一样及时周到的服务。希望能得到您尽快的答复。

谢谢。

MBA 学生　陈香墨

可怜他又捅了马蜂窝，当即得到法冬莫教授的回邮：

亲爱的香墨，

我非常震惊地收到你的邮件，你那种横加指责的态度让我迷惑，你到底遇上了什么事？

我于八天前才收到你的申请表，一点不夸张地说，这是我全部录取工作结束后才收到的唯一一份申请。以前你干什么去了？上星期我整周在出差，没有时间清理我学校的邮箱，所以今天我正在研究你的简历。老实说，你并没有市场营销的基础。我特别要请问的是，你所谓我付了钱就得马上替我服务的态度，是你真实的想法吗？

法冬莫教授

陈香墨一阵发窘，回邮说：

亲爱的法冬莫教授，

我理解您生气是有原因的，换了我，看到这样一封电邮也会生气。

但最近半个月来，我为了申请古趷教授的专业，受够了他的高傲，老实说，我是无法进入创业学专业，才第二志愿选您的专业，所以时间迟了。

我因为快十天都得不到您的回音，以为您也是和古趷教授那样故意摆架子，所以才会发给您抱怨的邮件。现在看到您的解释，我希望您原谅我的鲁莽。

MBA 学生　陈香墨

法冬莫教授回邮说：

OK，与我无关的事我不介入，也不予置评。

我接受你的致歉，请明天下午一点来我办公室接受面试。

于连

于连·法冬莫教授给明了办公室地址。香墨看到他的作派，心里颇有好感起来，觉得毕竟年龄相近，容易沟通。

第二天，他提早五分钟来到法冬莫教授办公室门外，见一位高大的青年人正伏案疾书，陈香墨特意走到走廊尽头，等正点时分才敲响于连的门。

"请进来，香墨。"于连头也不抬地说；片刻，才抬头审视香墨。

香墨乖乖笑一笑，伸手送上一把苏州描金折扇："多有冒犯，请您原谅。"

于连打开折扇，皱眉看了看，说："我收下，不算你贿赂。"

"给我说说都怎么一回事？"

香墨把经过说了一说。

于连说："好吧，我知道了。你就改到市场学专业来吧，我保证你不会后悔。"他顿了顿，又给了香墨刚才写的一张参考书单，说："有个条件，请你在暑假里把这些书都预习一遍，你以前没工作经验。"

香墨称谢。于连说："祝你过个愉快的暑假，高高兴兴回来。"

香墨说："你也一样。教授。"

告辞出来，陈香墨心境一下子快乐起来，你看，漫山遍野的野花，空气甜蜜而沁人心脾。最后一门考试明天就完，回上海的机票就订在两天后。

一转眼，喜怒交织，苦甜酸辣，最折磨人的前一半 MBA 课程结束了。他虽是外行，凭着拼命努力，也顺利闯了过来。

香墨仰头看着高高的树冠，顶层的绿叶生机勃勃沐浴阳光，舒展地生长。他觉得心情跟那树叶一样，被艳阳照得透明。

他为小猫找好了寄养人，廖顺顺暑假留在巴黎，她愿意在整个暑期中收留咪咪。

第八章

酷热假期

最后一门组织行为学的考试平淡无奇，让大家完试后的轻松里添上强烈刺激的是美国人杰森的"叛逃"。

杰森仍然参加了组织行为学考试，但他已向学院当局提交了辍学申请。

杰森细小的身材形同标点符号，以前他是一个充满质疑的问号，今天却成了一个挺拔的惊叹号。

没有人鼓噪，因为杰森走得不像个失败者，而是走得好像留下的人才是失败者。

他从凡尔赛宫搬到枫丹白露宫去了，投靠了那个本学院当局讳莫如深的强大对手——欧洲商学院。他宁愿耽误半年进秋季班，也要重起炉灶。

在一系列与学院当局的对抗失败之后，杰森用这种方式挽回了自己的美国面子。院长夫人不是说来去自由吗？OK，我被国际排名更靠前的学院录取了，应该是个正当理由吧？

杰森不事张狂，在远离校园的塞纳河畔邀请全班同学举行告别晚会。天气有些反常，夏夜又闷又热。应邀而来的部分同学喝醉了之后，把细小的但子弹一样执拗的杰森抬起来扔进了塞纳河。在同学们事后的记忆中，杰森就是浑身湿漉漉，在塞纳河不太湍急的水流中四脚扑腾着，游出了大家的生活。

陈香墨考完试，把小猫送到廖顺顺房间，当夜整理了一下行装，第二天破晓时分就去了戴高乐机场。

出浦东机场坐上出租车，一股上海特有的气息扑面而来，香墨忘情地猛吸了几口，久违的乡愁涌上心头。MBA学生都标榜自己是国际人，甘愿飘泊不定，四海为家，乡愁都被裁剪得像手帕一样，偶尔从胸口袋里掏出来，捂在鼻子上深吸一口，好比远行的小猫闻到了老猫体味，安定一下惊惶的游子心。

粉红色夹竹桃花盛开在高速公路两侧，上海好比一个兴旺的热带雨林，几个月不见就变得陌生。印象中没有的高楼大厦横空出世，浦江两岸到处是房地产广告。楼价正有力地攀升。

香墨回家和父母妻子享了一周天伦之乐，就急着要探探上海脉搏。他打电话给报社的老同事，约了几位一起吃饭。

胡箭是香墨下四国大战的老搭档，单位里的死党。两人在吃饭前一小时先喝茶。

"老狐狸，上海有啥新鲜事？"香墨问胡箭。

"GDP不断上升，股市不断下跌。新楼不断开盘，买不起房的不断增加。餐馆持续火爆，下岗就是不少。外来人口持续入沪，本地居民持续移民。记者照常拿红包，宣传部照样枪毙敏感报道。K姐时兴出台，报纸发行量下跌。"胡箭一口气说了一大段。

"乱七八糟，不过真有意思。"香墨笑道，"感觉又回到了报社，如同梦游。"

晚餐桌上，老同事们把报社陈芝麻烂谷子的事给香墨摆了个详细，让他拼凑出个辞职后的三国演义图。简言之，在报社扎根的同事对自己的现状很不满，尽管工资收入事实上是增加的，但大家对未来有很重危机感。

香墨给大家劝酒布菜，知道自己就是为了这种危机感而离开的，但如今好似浪尖上一叶扁舟，什么新大陆都没在视野里出现。摆脱一种危机的方法是首先接受另一种危机？他还没答案，因此只能在旧同僚的温情中，和大家彼此劝慰着，共谋一醉。

香墨决定去拜访一下相识中的成功者，他们能告诉他一个更真实的上海。

金总金天赐是一个房地产经理人，今年大红特红。

陈香墨年方二十三刚当记者时认识的金天赐，当时金刚从中专教师的职位上辞职，到港资纺织公司当经理助理。

两人当年的交往仅限于吃饭、采访和写稿。

在陈香墨辞职不当记者的前两年，金天赐投身房地产，为一个浙江商人设计一个以白领为潜在顾客的联体别墅小区，取名"天下名器"别墅。

为摸准白领们的居住喜好，年过半百的金总颇下了一番功夫，其中一项就是和小陈经常喝茶聊居室理念，小陈当年常常出洋考察采访，带回不少新鲜观念。

金总曾拍过小陈肩膀，说你出了这么多金点子，一定留一套特价别墅给你。

等到别墅落成，正是上海房地产走出低谷恢复元气的二〇〇一年，白领纷纷看好"天下名器"，小陈正闹辞职，要去法国念书。

金总派司机接小陈来别墅参观，不再提"特价别墅"的事。

倏忽间两年过去，这次回来，金总电话里告诉如今的老陈，"天下名器"连第二期五十栋都已售罄。

去访问住在"天下名器"二期别墅里的金总，是金总派司机上香墨家来接的。原来的本田雅阁车如今换了奔驰。驶入别墅区，中国式的亭台楼阁和小溪假山把金总的美学观反映到了现实中。

金总客气地握住香墨的手："海归派来了，请到会所里坐。"

香墨被让进小区会所的雪茄烟室，金总以一贯温和迟缓的语调说："抽支雪茄吧？我现在不抽纸烟了。"

他拿雪茄刀切雪茄，递给老陈，老陈笨笨地放在唇间，照香烟那样点火，吸得雪茄头上都是口水。金总斜睨了他一眼。

"雪茄不用像香烟那样吞到肚里去。"金总教香墨。

他熟练地抽着他那支，像《子夜》里的资本家那样咬在牙齿间。

"这是古巴卡斯特罗最喜欢的牌子。"金总轻描淡写地说。

香墨请教金总一些创业的设想，譬如新旅游概念的开发，或高消费体育项目的组织，金总完全没有激情地提示他："想得到的都有人想到过了，内行人没做出来的，我们外行可以不必去瞎试。"听得老陈一片失落。

抽完烟，金总又请老陈在室内游泳馆里游了泳，冲好凉，他拿起电话让司机备车，然后跟老陈抱歉说："有个约好的会，不陪你了，再约时间见面。我最近也许也会去巴黎。"

老陈看着金总上车，慢慢在花园般的别墅区里踱出去，忽然想："当初不去念MBA，也许会在这里买一栋住？当着记者，和金总也永远是有题目讲的朋友。"转念又自己笑起来，"不可能的，人生只有一次，我怎能放弃机会？"

可他又忍不住质疑自己：读MBA真是追求理想的方式吗？是不是将人生拼搏的答案推后的自我欺骗？

金天赐的成功使他充满了看清人生是一场豪赌的沮丧。

再怎样给自己充电，始终还是轮盘赌盘上的一个筹码。MBA生好比押在大数字36上的赌注，实际上不比1或0拥有更多运气。

巴黎人已经习惯了清凉多雨的夏季，很少有人安装空调。冬天大家都用热水汀取暖，夏天则没必要降温。

可是，二〇〇三年的这个夏季，天气透着乖戾。七月始终很热，而且不下雨。渐渐，留在巴黎元一商学院过暑假的学生觉得有些体力透支，心情烦躁起来。

八月一日，周五。法国国家气象局向新闻界通报，一股新的热浪正从南方向西南欧洲袭来，将笼罩法国全境。

听到收音机广播的及川敏一吓了一跳，向窗外望去。由于连日炎热少雨，校园里的大栗树树叶发了黄，已飘落了一层不合时令的枯叶。榛树刚结的青果"噗噗"地掉了一地。及川回过头，他的小狗吐着舌头，呼呼喘气。宿舍楼蒸腾着一股热气，人稍微动一动，就汗如雨下。

太太由佳开车去凡勒喜商业中心买电风扇去了，及川打开电视机，午间新闻充斥着对炎热和干旱的报道。法国中部地区已达到旱灾程度，法国农民们无奈地向记者诉苦，手指的方向，果园和菜地枯焦一片，土壤成了干粉。

校园里只剩下极少数外国学生，显出被抛弃般的寂静。寂静浸泡在三十八摄氏度的气温里，听得见汗珠从毛孔往外冒的声音。及川觉得害怕。尤其是，除他们夫妻俩外，所有的日本人全离开了校园，他孤单难耐。

夫妻俩在电风扇的努力呵护下，熬过了两天。

八月四日，气温升到了罕见的四十摄氏度，巴黎城里的人，涌向街头的喷泉，浇湿自己喘气。晚间新闻十分不祥：不少间巴黎医院送进了许多老年病人，全是热坏的。八月六日，巴黎有医生向公共卫生部门报警：前一天，三名年轻工人在工作间中暑，抢救无效，死亡。

政府开始紧张起来，医学专家报告天气异常将导致死亡率升高。

及川敏一发动汽车，带着太太由佳和小狗，逃往比利时山谷避难。

法国每年平均录得五十三万人口死亡，大约每周过世一万一千人。这个数字，被新闻界搬上了报章，要求政府加强监控。

八月八日，高温持续不退。医院传出老年病人的死讯，同时，巴黎救火会被越来越多的求救电话搞得手忙脚乱，他们架起云梯，从一幢幢公寓里往外抬热昏过去的老人，绝大多数是独居的空巢世代。

八月九日，老人们突然成批死亡。"酷热杀人"成了巴黎报章头条。从这天起，一直到八月十四日，高温不曾稍退。法国成了老人的屠场，每天死亡数字戏剧性直线上升，消防员们从窗户里往外抬的不再是病人，而是尸体。

两千，五千，一万，一万八，两万……死亡人数就这样增加。在短短十来天里，一天接着一天。

法国人愤怒的手指指向政府，公共卫生部门为何如此麻木不仁？巴黎市政厅眼看老人在高温中无力自救，却毫无应急措施？内政部长尼古拉·萨库西，这位法国政坛冉冉上升的明星坐不住了，铁青着脸四处巡视，猛力抨击官僚主义。

总算在比利时的青山绿谷中找到一丝清凉的及川敏一，在MSN上和远在上海的陈香墨笔谈起来：

"香墨，巴黎热成了地狱，上海天气好吗？"

"也很热，但我们有上千万空调机在转。听说巴黎死了很多老人？"

"死亡数字已上升到二万二千，全是老人家。像一场瘟疫。"

"西方文明的悲哀，中国绝对不可能出这种事。我们孝顺父母，绝不会扔下老人不管。看到吗？《费加罗报》报道巴黎有六百老人死在医院，没家属认领！"

"日本老人都有家庭照看，也不会孤立无援。"

"你在学校住吗？学校怎样？我房间里的仙人掌一定也遭了毒手。"

"我和太太到了比利时，这里不热，你的咪咪和廖顺顺搬到巴黎拉丁区住。"

"它一定也热坏了，我真担心顺顺忘记给它水喝，它喝水没个够。"

"别担心，顺顺很关心你的猫咪，一定没问题。上海工作好找吗？"

"职场和巴黎一样——炎热干旱。"

"我即将回东京一趟，猎头公司给我约了几个面试。"

"祝你好运，再见。"

王林和太太茜玲就在高温中扛着。

暂时还不能离开巴黎，因为热归热，有几家公司的面试还没结束。

虽然曾受到有些公司的打击，但王林自我修复能力天下第一，没有能让他知难而退的人或事，只要，那里有可观的利益。

有谁说过，世上富翁富婆都有一个共性：鼻子闻到钱，就像猫咪闻到鱼腥，不吃到嘴，简直是受酷刑，比死还难受。

酷热，相比就算不了什么。

今天，王林收到了唐娜·范（范淑仪）同学从美国东岸发来的电邮。

唐娜背起背包走天下，她把学校宿舍给退了，所有没卖掉的东西，除了随身带的，全打包在两个大行李箱内。本想寄放在王林宿舍，但王太太一到，唐娜自觉不太方便，就去和别人商量。谁愿意在窄小的宿舍收留她的大箱子呢？最后，还是中国人亲，廖顺顺让她把箱子搁在了自己阳台上，虽然日晒雨淋，毕竟有了寄存。

唐娜准备在美国东西岸一个城市接一个城市去找理想的职位。和流浪的季节工人唯一的区别是，她走出走进的是当地最昂贵的办公楼，申请的工作，一人的薪酬可以养活一百个蓝领工人。

她目前逗留在费城，目标是 BAIN & COMPANY。

事事要强的唐娜却悲叹说："美国大公司如同一片荒漠，找一个职位太难了。人人都把你当成抢饭碗的恶人。"

唐娜在纽约耗费了半个月，想尽一切办法，用尽一切关系，甚至在公用电话亭冒充某某公司 CEO 的亲戚，最终也没能得到像样的面试，绕不开铁板一块的人事部。

她告诉王林："法国学校的牌子在美国根本吃不开，除非你学时装设计。美国工商界只认美国名校，几乎没有例外。"

唐娜不是爱打退堂鼓的人，她抱怨归抱怨，仍要把革命进行到底。费城之后，她将去洛杉矶、旧金山和西雅图。

"至少，让每个公司都告诉我他们不需要我，那样我才会死心。"她电邮的结束语就是如此。

王林有兔死狐悲的悲凉，他回邮鼓励唐娜："天生我材必有用，船到桥头自然直。你的运气肯定就在下一站！坚持，别沮丧！"

鼓励唐娜别沮丧，王林自己却有点消沉。

"老婆，我们订机票回一次上海吧。"他转头对郁郁寡欢了好多天的茜玲说。

内心深处，王林正在对毕业后留在欧洲的可能性失去信心。而中国正蓬勃发展，充满职业机会。听朋友说上海房价升得厉害，王林嗅到了浓浓钱味。该回去看看了，也许把久想投资的别墅买下来？

有一个人却在发奋学习法语，努力了解法国文化，意图融入法国社会。他是受了大刺激的"败兵"——徐斌。

大热天不休不眠，徐斌进了语言学校法语强化班。除了每周一次和茜茜莉娅见面，他就像个自我惩罚的怪人，在学校里咿呀学语，长时间做语法练习。他底子厚，清华大学的高才生学什么像什么，进境自然是快的。没多久茜茜莉娅已刮目相看，称赞鼓励了他好几次。

徐斌心思大变，半年来频遭打击，觉得自己败得完全没抵抗。但他是绝对不能败的北京男人，活得窝囊不如死个壮烈。他要弄出个样子，让看不上他的人眼珠掉出眼眶，这当中包括茜茜莉娅。尽管他俩是朋友，但徐斌认定不愿委身于他的女人都小瞧了他。

他祭出理论联系实际的成功术，到密特朗图书馆找资料，研究一个关键课题：法国女性心理与价值观。徐斌希望以此为自己铸造一把打开征服之门的金钥匙。

他研究《包法利夫人》《情感教育》《红与黑》，甚至《危险的关系》等古典名著，也如饥似渴地观看学校音像室能借到的现代生活片。他将心寄托在那些法国美娇娘心房里，揣摩她们芳心的每一个悸动，试图用洋女人的眼睛看自己，看那些自己看不到的东西。

徐斌做这功课到了痴迷程度，但他越来越觉得接近了大彻大悟。他脑子里仿佛出现了法国女人的内心世界。他如同凑近一个法国美人的瞳孔，心"咚咚"跳着，偷看那瞳孔里自己的倒影。

他看见的自己并不令他乐观：一个东方国家来的留学生，没显赫身世，说蹩脚法语，和巴黎上层社会没有关系，甚至和任何当地人都没瓜葛，拿的是一年有效的签证，随时可能失去在法国逗留的资格。

哪个正正经经的法国女人会在这样一个人身上浪费时间？正常人连花时间了解他都嫌多事。好个令人泄气的现实！！！

可徐斌不是张三李四，不是糊涂虫。他知道自己也有价值，只要放下身段，还有机会。他是个英武挺拔的蒙古人种后裔，至少，对容易迷醉在异国情调中的法国女人，还有生理上的吸引力。他，可以争取当她们生活中偶然艳遇的男主角儿！

至于为何要作践自己到利用身体勾引妇女，堂堂正正的名校MBA生徐斌不愿多想，但也不是没答案。他为自己辩解说："只有身体才是这国际不平等体系中唯一平等的东西。一个黄种身体分享白种女人，是对白种身体单方面分享黄种女人的伟大反击。"

在实践中学习，在大海里学游泳。徐斌离开学校宿舍，搬到昂贵的香榭丽舍大街公寓里。公寓对面就是一个年轻人的迪斯科夜总会，他每夜读法语到十一点，然后便像那些拥挤在夜总会门口的法国学生一样，换上黑色紧身衬衣，朝见钱眼开的门卫手里塞上二十欧元小费，他就必定被放进男女比例一比一的人数控制线内。理论上也必有一个女伴等待着他。

过了这道门槛，徐斌无师自通。正如那句莫名其妙震撼过他的名言所说：阻挡你实现梦想的只有一样东西，你自己的思维定式。

从街头烘烤人的热浪中挤进人潮汹涌的迪斯科舞厅，巴黎年轻男女的荷尔蒙如一条疯癫怪龙，上蹿下跳，撩拨着每个人。巴黎是人种的熔炉，徐斌在衣着和简单语言上和他人混同了，他的欲望也渐渐上升到正常程度。和数不清的巴黎女郎对舞，互相使用身体语言勾引彼此。他自然地忘记了自己是来自北京的根深蒂固的民族主义者，像从来就住在这条世界闻名的销金大道旁，享用着巴黎的自由、平等和博爱。

从夜阑人静的大道上穿过，把环肥燕瘦、不问姓名的巴黎女郎带回公寓尽情做爱，然后在天亮后疲惫不堪地亲一下双颊告别——徐斌像刚学会潜水、享受到乐趣的人一样，唯一不想做的就是上岸。

对洋女郎的被长久压抑的欲望正得到持续满足，但还远没过够瘾。

茜茜莉娅对他的荒淫放纵并不知情，但惊奇地发现徐斌一天比一天巴黎化，语言、表情、衣着和越来越黑的眼圈，都急速修改着这个东方人的存在方式。她内心有一种悸动的不安，却不能成型，不能用语言描述出来。她另一个发现是徐斌如一只巴黎人经常不经意放着的硬邦邦的墨绿色鳄梨，偶然拿在手里发现软熟了，性感得让手发抖。徐的声线出现一种若有若无的磁性，这声音生理性地钻进茜茜莉娅的耳膜，让她受到勾引。但徐斌却对此茫然不觉。

茜茜莉娅变得有些盼望每周和徐固定的相会，她的友情像一枚被人熟视无睹的鸡蛋，如今竭力破壳而出的，却是一只陌生鸟。她渴望观察徐的飞快的变化，这变化吸引了她在炎热炙烤下变得有些过敏的注意力。

可是，徐斌忘记了这周的约会，茜茜莉娅在卢森堡公园树阴里等到正午时分，说好十点见面的徐还是没露面，电话也打不通。茜茜莉娅想的是回家，但却把车停在了徐斌公寓的地下停车场里。

徐的公寓门没关死，推开门，依旧宿醉未醒的徐和拉丁女伴横陈床榻，很显然激情贯穿了长夜。拉丁姑娘的长腿蹬掉了电话听筒。

茜茜莉娅帮徐关严了门，穿过凯旋门去，无目的地漫步，在这一刹那，她感到嫉妒和受背叛。她摸出红万宝路，点燃，深深吸进胸腔。

周围炎热的空气也深深吸了进去，茜茜莉娅感到自己像个被点燃的火球，憋闷得透不过气来。

第九章

选谁去北美

九月，巴黎怀着颗惊恐未定的心，在稳定下降的气温中后怕。政客们借大众传媒互相攻击指责；此时此刻，还有数百位老年人冰镇于停尸房，无人认领。

巴黎元一商学院里的森林失去了水灵灵的生气，一些体质差的板栗树被连续的高温干旱活活烘烤死了，枯黄大树叶掉了一地，死掉的树干难看地僵在半空中。连地上的草本植物也一片枯黄，凄厉地向返校的学生诉说暑假里的恐怖生活。

只有三分之二的学生回到了校园，许多人还在为自己的事奔忙。学生们对职业前景的信心正逐步崩溃，暑假充满令人沮丧的求职故事。

生活展现毫无理想的本来面目，像恶作剧的气流把坐上热气球准备饱览城市风光的游客带到贫民窟上空。上学期蓬勃伸展的锐气从同学们身上蜕落，大家都有些冷漠和厌烦的神色。

在这时候离开巴黎，去宽广明媚的北美交流学习四个月，不再是那么让人患得患失的抉择。

巴黎元一商学院作为欧洲名校，和诸多美国名校有交换学生的制度。首席合作伙伴是二〇〇三年高居世界著名 MBA 项目榜首的沃顿商学院。其他诸如哈佛商学院、芝加哥商学院、哥伦比亚大学商学院、纽约大学斯特恩商学院或杜克大学商学院等，今年都有一到两个交流名额。对于两百多名本届学员来说，总共二十四个到北美的交流名额不多也不少——不少是因为决定相当程度上放弃欧洲机会的学生，也就占百分之十上下；不多是因为这二十多个人，往往竞争同一所名校，而使国际排名稍排后些的学校缺少候选人。

学院照例一本正经成立了交流学生遴选委员会，由大司泰利教授和学生服务处的一个美国雇员邦迪一起面试应征者。这一组合使绝大多数参加面试的人惴惴不安，因为大司泰利是上学期学生普遍评分较低的教授，他那强烈的面相表情很难让学生相信他不会对此耿耿于怀；而邦迪，一个平常自以为是、爱批评美国以外所有国家的教工，首先他凭什么资历面试 MBA 学员？其次他能避免偏见吗？

在久别重逢的午餐桌上，同学们互叙别情并讲述暑假故事之后，话题就集中在交流机会上。尤其暑假中顶着学校名头在欧洲和美国本土找工作受挫的人，更觉得北美学校名声含金量高，考虑要不要光为镀金就跨过大西洋去。初步感觉，跃跃欲试的人数比上学期预计的只多不少。

如此，早就铁定心思要去北美的铁杆候选人急了，生怕自己的长远计划和利益被心血来潮的人破坏。

大家都是聪明人，一个人在校际网上站出来，协调大家的利益：唐娜。

亲爱的同学们，非常高兴又回到你们中间。

这份高兴是弥足珍贵的，在刚刚过去的暑假中，我走遍了美国东西岸的大城市，争取一个又一个面试机会，遗憾的是所有的门都拒绝为我打开。在深深的失望和挫折感中，我回来了巴黎。了解到许多人和我有同样经历，我们同病相怜。

但我们不会知难而退，而是彼此鼓励、知难而进，这是 MBA 的精神，不是吗？

我渴望着去美国商学院交流，相信很多同学也有此打算。

众所周知，个别学校的交流名额有限，为更好利用这一资源，我们彼此进行必要的协调，以有利于共同利益。大司泰利教授也希望我们不要挤在个别学校的大门口，而是明智地利用好自己的第一志愿优势，确保顺利成行。

我建议大家在我设计的这份公开统计表上，分别填上自己的第一、第二和第三志愿，让大家都知己知彼，然后尽量协商和平衡。这样我们也将比较容易过大司泰利教授的审核关。

祝大家都各遂所愿！

真诚的唐娜

唐娜的建议是中性的，增加了交流学生遴选工作的透明度，也提供大家理性竞争的信息平台。大家纷纷响应。三天工夫，统计结果就出来了。

大热门是纽约的哥伦比亚大学商学院和世界第一商校沃顿，分别有八个和七个候选人，而杜克大学却无人问津。

"真诚的唐娜"又发出公开信：

亲爱的同学们，

感谢大家的支持和合作，我们的意向已呈现在每一个人眼前。

我们需要解决问题，因为意愿和机会并不对应和均衡。不是每个人的第一志愿都能满足，这是现实，与其让大司泰利来决定我们，不如我们先表现出灵活性。因为我们是能自我管理的MBA！

请看，历史悠久的杜克大学没候选人是令人费解的，也许我们对它并不了解。建议大家上一下杜克大学的网站，也许这是非常适合你的机会！

让我们讨论，让我们沟通，让我们各归其所。三天内请填上你的第二次选择，我将把大家的最终志愿表交给遴选委员会。

谢谢，日安。

同学的回应基本是正面和平顺的，因为大家别无良策。

洪平和太太在暑假里玩了个痛快，人家在忍受招聘单位的冷淡，人家在酷暑中加紧补习功课，他俩自自在在游了凉快的北欧。他选择哥伦比亚大学商学院，学生会主席难道还不能代表学校？

可第一次填唐娜的表后，洪平有点惊讶地在家里接到夏子的电话。

"我亲爱的主席，"夏子的撒娇令人猝不及防，"你最近混得怎么样？"

"我混得不错。"洪平的稳重措词是他惯常的防身武器。

"听说你要作为我们巴黎一商的形象大使去哥伦比亚大学商学院交流?"夏子的嗓子发出一阵控制不住的嘎嘎音。

"我倒是头一次听说什么形象大使?"洪平精密地回答。

"哦,我非常赞成你代表我们班,得到这唯一的名额。"夏子飞快地说,"你知道,约拿丹的以色列未婚妻在纽约上大学,他们就盼着在纽约相会一阵子呢!可我觉得这是另一件事,不能混为一谈,对吧?"

洪平恍然大悟,夏子是为死党出面,暗示他让开呢!

"我同意你,这不能混为一谈。"他将计就计。

夏子语塞,胡扯了几句,就挂了机。

洪平觉得胸口有点憋气,夏子的行为不但不可爱,甚至有点让人恶心。他预感到不愉快的事有可能会发生。

三天很快就过去了,唐娜公布了大家第二次选择的结果。很好,人们表现了灵活性,更均衡地散开到各大学校的志愿栏里。哥伦比亚大学栏下,现在只剩下约拿丹、张洪平和夏克三个候选人。杜克大学有新人候选:茜茜莉娅独自一人争取到美国内陆交流。

两天后的下午,MBA 大楼大堂里。

大司泰利教授打扮得整整齐齐,金黄色的硬朗头发配着精心修剪过的深金色络腮胡子,深蓝色条纹西服三件套加正蓝色登喜路领带,一双犹疑不定的大蓝眼睛瞧着每个经过的学生。他正等他的年轻同胞邦迪给他收拾好面试的小教室。

洪平提早十分钟到了教学楼,他远远避开大司泰利,磨蹭到准点,才轻轻敲开面试室的门。

道过午安,张洪平发现自己面对教授和邦迪不太自然地坐着。谁也不说话,好像都在等别人先开口。

大司泰利定了定神,问:"洪平,说说你选择哥伦比亚的理由?你可以为哥伦比亚大学商学院创造何种价值?"

"教授先生,"洪平好像牙疼一样抽着气说,"我没特别理由,因为每个人都有理由,我的也差不多。至于价值,我只考虑过哥伦比亚商学院对我的价值,反过来，我恐怕只是一个普通学生，尽管我是本届学生会主席，如果这意味着某种价值的话。"

教授难以琢磨地点点头，和故作中性姿态的邦迪对看了一眼。他费力地想了想，说："那么，如您愿意考虑的那样，哥伦比亚大学对您的价值是什么呢？"

"哥大有很好的教育传统和校友网络。"洪平露出一丝笑意，"我也很想参观一下世贸大厦双子塔的遗址。"

大司泰利的眉毛跳了一下，邦迪抢着说："请允许我只谈交流的主题，您知道，哥伦比亚大学是美国名校。我们当然希望派出能代表巴黎一商形象的强有力的学生去纽约。您觉得自己是我们需要的交流大使吗？"

洪平面有难色："先生，我怎么知道自己是否是您需要的人？您能告诉我巴黎一商在美国人眼里是什么形象吗？我要代表的又是什么形象？"

两个美国人互相又看了一眼，大司泰利岔开话题："在过去的八个月里，您在巴黎一商学到些什么有价值的东西？"

"我学到文化的差异和如何处理这些差异。"张洪平还好预料到这个有可能会问的问题，早打好了腹稿，就从大司泰利的文化差异课程捧起，"对同样的命题，不同文化的人有迥然不同的解答。在跨国公司环境中，最重要的、最值得我们在巴黎一商这样国际化的环境中学习的，就是理解并且驾驭差异性。变冲突为合作，变能量消耗为能量互济……"一口气，他谀辞如潮，把教授的课堂笔记内容都背出来了。

大司泰利笑眯眯地瞧着他，吉凶难辨。

邦迪不知其中奥妙，点头说："面试结束了，您有问题问吗？没有就轮到下一个候选人。"

张洪平没问题要问，就和他们握手，告辞出门。夏克已趾高气扬地等在门外，穿了身挺括的灰色西服。洪平和他点了点头。

面试一个接一个，大司泰利出来喝了两次长咖啡，又接着干，干劲十足。邦迪有点累坏了，还有些生气，因为有些学生摆出"你是谁"的架势。

夕阳西下，彤云密布时分，唐娜拎着电脑包，打扮得平平常常就来面试。

大司泰利盯着她的小鼻子小眼睛看了看，说："你想获得唯一的沃顿名额?!说说为什么我们要选择你去这个大热门?"

　　"很简单，教授，因为只有我才能让骄傲的沃顿商学院不敢瞧不起我们巴黎一商，其他学生不可能有我这么优秀。"唐娜不慌不忙说。

　　"噢，女士，您的话太让我们吃惊了，您有论据吗?"大司泰利禁不住放肆起来，和生气得不行的邦迪相视而笑。

　　"教授，我是加拿大人，但我是华裔。中国人有句老话说得好：知己知彼。我来面试前，了解过你们两位的情况，教授您通常只对漂亮的女人有耐心，这是校园闻名的，您太太也清楚这点，不是吗? 而您，校工先生，您对女人根本就没兴趣，这从您的举止中就能判断出来。"

　　唐娜的话僵住了两位面试官。他们可能从来没遇见这样的事。

　　她还没有完："我不是漂亮的女人，教授，不奢望您有耐心，但您从职业化的角度出发，至少应该知道是谁在项目一开始，就脱颖而出赢得了 Negosim 宝座，为学校长了脸；又是谁科科拿 A，是这里成绩最优秀的学员。假如您没花功夫调查，那我可以免费告诉您，这明星就是我。我不去沃顿，谁敢去?"

　　唐娜挑衅地轮流扫视两个面试官。

　　"我很遗憾，没有更好了解您，女士。"大司泰利觉得有点久违的感动，很久没有人这样揪住他狠揍一顿般同他对话了。寂寞啊，人和人之间横亘着坚硬麻木如树皮的隔阂。唐娜虽然犀利和不礼貌，毕竟是一位姿色平庸女士对他如泣如诉的申告。因为他只爱美女嘛，哈哈!

　　邦迪更无话可说，因为危险，他的同性恋倾向可能会让唐娜有理由投诉他性别歧视。

　　"教授，您现在就可以作出决定，去沃顿的最佳人选就是我。我不会让您后悔的。"唐娜激昂慷慨。

　　面试几乎无法正常进行下去了，大司泰利摸摸络腮胡子，无奈地说："女士，有五个候选人竞争沃顿，至少我们要和每个人完成面试，才能作出决定，我保证会对你的情况进行仔细了解，重点考虑，好吗?"

　　"好。"唐娜这时倒通情达理，把一张自制简历放在教授面前，"谢谢教授，我同样保证会进行无休止的投诉，只要我的名字没在沃顿名单上。"她微笑，告辞。

一周之后，交流学生正式名单放榜。

首先，除一人外，人人有份去美国和少数欧洲国家交流。

去哥伦比亚商学院的是约拿丹。张洪平因为拒绝调剂到别的商学院，所以留在巴黎。

唐娜代表大家去沃顿交流。

茜茜莉娅去杜克大学。

选拔胜利完成，一切复归平静。

将要远行的学生大多数卖家具退宿舍，闹得不亦乐乎。而加入了专业课程，决意在巴黎待下去的大多数人还是收摄着驿动的心，照常用功。陈香墨就是心如止水的典型，和小猫咪分食三餐，努力学习市场学专业课。

徐斌受到学院的口头警告，因为他无故旷课的次数达到了不可忍受的程度。徐乖乖回学校认了错，重新出现在教室里。

他见不到茜茜莉娅，因为她切断了和他的联系，换了手机。

他从张洪平嘴里，知道茜茜莉娅突然选择了去美国交流。

他意识到，自己丢失了一样珍贵的东西，但他随即像法国人那样耸耸肩，宽慰自己说："C'est la vie！（生活就是如此！）"

人无时无刻不面对抉择。

得到必定失去。失去也能得到。

第三部

回坠

第一章

五女一男

陈香墨自从被于连·法冬莫教授纳于衣钵之下，大有认真学艺的决心。

说实在的，香墨这人也就是爱读书，每次他自以为破釜沉舟，要吃苦受难完成什么学业，事实上只是书呆子本性发作，像他的小猫定期要啃猫草一样，是自然的生理需要。

其实，学不学到知识并不像他以为的那样重要，但不摆开架式学，他这种从小靠考试伸展起来的人，便会迷路。

香墨当然没意识到这些，于是他很认真地读完了于连给的参考书单上列的教科书，居然发现法冬莫教授的思路和书接近，很有脉络感，一学就懂了。

于连和学生年龄相近，又是哈佛商学院毕业，就比较爱卖弄美国式的潇洒随意。他让大家自由组合五六人的学习小组，没具体条件，自己愿意就好。

这下又碰到香墨的痛处，半年多来，香墨在商学院适应了很多新环境，唯独主动争取加入别人这一项，他勉为其难。

他文科出身，商务专业能力不强，又当惯了上海滩朝南坐的记者，自尊心强到变态的程度。只要搭学习小组时没人主动邀请他，他怎么也开不了口问"我可不可以加入？"怕别人勉强，更怕别人有被他拖累的腹诽。

目前这个市场学专业班，陈香墨熟悉的人少，大家互相挥手挤眼找同伴时，陈香墨望穿秋水，也实在开不了金口。他幻想于连最后总会发现有一组人特少，那时，他顺理成章就加入好了。

下课回家对着小猫咪咪傻坐一会儿，陈香墨对自己的优势心理惯性既无奈又敝帚自珍。无奈的是在法国，没人认为他有什么缺不得，再清高下去，恐怕自己越来越边缘化；敝帚自珍的是，毕竟自己习惯让人捧着、奉承着过日子，无论如何还是比那些从没人疼的老外学生娇贵着点，尽管他不敢用高贵这个词。

　　该怎么办？他还是没有好答案，走一步看一步喽。

　　事情自然地演进，情况没他希望的那么好。于连压根儿没想到世界上还有陈香墨这样的活宝，有他这种西方人做梦都梦不见的奇异心结。他一心加强市场课上和学生的互动，不让任何一个学生沉默。

　　只是偶然，在一节课后，他想起来提醒学生："大家的学习小组都分好了吧，马上我要给你们一个实战课题，为一家公司做新产品设计。"顿了顿，完全是顺口溜，他说："有问题的话，现在可以提出来。"

　　香墨着急地环顾四周，大家都一脸尘埃落定的放松表情，他绝望地想，课后看来要豁出去找人商量了，自己好比是过了农历八月十五的月饼，送给别人，还要欠人情。

　　忽然有一个柔和的女中音说："于连，我们组五个都是女生，希望哪个组借个男生给我们？"

　　教室里响起一阵轻笑。

　　于连在讲台上做着鬼脸："谁身体这么好？"

　　轻笑变怪笑。

　　就在这时，第一排举起一只勇敢的手，香墨好像一只正努力从老壳里脱身的招潮蟹，红着脸："教授，我还没有加入小组，"他转过头，对柔和女中音的主人、委内瑞拉女生谢拉说，"我可以加入女生组吗？"

　　大家瞧着老陈，一阵暴笑。于连摇晃着脑袋："香墨，你永远是迟到的那一个，为什么你还没小组？"

　　谢拉有一次听壳牌公司招聘会，下了会和大家围着那人事部总监想问问题。早来的香墨一直谦让别人先问，直到最后来的谢拉问完，才开口。谢拉对香墨有好感，她告诉四个女伴这中国人人挺好，于是大家点点头，算通过。

　　谢拉举手，说："于连，我们五个欢迎香墨加入。"

等了等，人散了大半，陈香墨上去和谢拉打招呼，谢拉团团给他介绍组友，香墨眼前一阵耀眼，原来个个是本班美女：美国学生吕蓓卡、荷兰学生茵格丽、菲律宾学生莫尼卡和德国学生玛格蕊。一个赛一个漂亮。

香墨说幸会，姑娘们说欢迎。香墨没想到搭救自己的是这么一批美娇娘，别有一番风光在心头。

小组并没有立刻开始运转，等着于连的课题项目。

这天，于连迟到，按他自己的规定，一分钟罚一欧元，教授学生老少无欺。大家数到八欧元时，于连气喘吁吁进门来，没带教案，一手挥舞着一个铁锅。

他舞动铁锅，做出摇摆舞的姿势。说："八欧元我一分不罚了，我为你们找到了这个项目。"

嘘声中，于连说："你们将为法国最大的烹饪用品制造商设计新产品，这是本专业课最重要的实践课，该公司的经理层和设计师将在学期末当我们的评委，评出三项设计奖。设计是为了打开市场，你们是市场学的强手，看你们的了！"

于连不忘约法三章："有几点游戏规则：一、我们承诺不能泄露该公司的任何商业信息，这是我们得到他们支持的首要前提；二、万一我们的设计被该公司看好并投入生产，除奖品外，我们放弃任何相关经济权益，这是合作的条件；三、希望你们理解教学立场，学生不要直接和公司进行接触，任何联系都必须通过教授。这是对方公司的提议。如果大家能在课后签名保证遵守这些规则，那么祝贺你们顺利进入了今年的实践项目。"

"和五个女人一起设计锅子？"陈香墨自嘲地摇摇头，这 MBA 越读越有趣了。

五朵金花对于连的锅子课题十分捧场，香墨肩头被人拍了拍，是个五大三粗的南美同学为谢拉递条子，上面写着：香墨，下课别走，我们小组碰头。

香墨转头朝谢拉做个 OK 的表情，心里纳闷：这于连也太小儿科了吧？网络时代，万象更新，设计锅子？难道不算落伍？但看各国同学，比他陈香墨新潮、时髦的人多了去了，也没人质疑，他就老实采取中国式态度：随大流。不中听的疑问就让它烂在肚子里。

下课后，香墨乖乖跟着五朵金花找空房间，竭力摆出绅士态度，抢着拖桌子、搬椅子。女生们都客气说:"香墨,你真好。谢谢。"

菲律宾女生莫尼卡高高苗条的个子,嘴唇厚嘟嘟的,眼睛特别明亮。她一团和气地说:"锅子,姑娘们,设计锅子。我们当中谁有下厨房的经验?"

香墨听到自己成了姑娘们的一员,先是自我认知有紊乱感,马上却高兴起来,大有打进敌人内部的间谍感。从来被太太斥为"对女人一窍不通",也许这是个了解女人的好机会,他不由嘴角泛起微笑。

"我有一个从毕业生那里买来的铁锅,实在不方便时,就拿它热热冷披萨。"小巧玲珑的西裔美国姑娘吕蓓卡说。

长着一张聪明面孔的高个荷兰姑娘茵格丽说:"我的一个好朋友,她自己做饭吃。"

竟然,这一群二十六七岁的洋妞,没一个会做菜,对锅子一点没经验!陈香墨绝对没预料到这点,他瞪着牛眼,觉得新奇透顶。

"你呢,香墨?"吕蓓卡发现他神情有异。

香墨说:"我有三级厨师证书,中国的。"他业余上过烹饪课。

"太好了。"吕蓓卡朝茵格丽挤挤眼睛,因为茵格丽刚蹬掉来巴黎后的第三个男友,借口是他在吃上头太粗糙。

德国女生玛格蕊不知道她们的腹语,认真地问:"我们要设计什么概念的锅子?"

茵格丽说:"一个不用洗的锅。"

香墨忍俊不禁,咧开嘴笑了。

但姑娘们的反应出乎他想象,她们热烈赞同:"自己做饭最大的心理障碍就是洗餐具,不用洗的锅子,这概念太伟大了。"

谢拉另有所思:"要是一个锅子自己知道什么食物煮多少分钟,该多好?"

"对极了,"玛格蕊激动地说,"电脑化煮菜锅,把菜谱输入电脑,一选就行。"

陈香墨简直厌倒,这帮商界女强人在美食上简直无知到可笑的程度,竟然想得出"不用洗的锅子"和"自己会煮菜的智能锅"这种荒唐点子。

他决意要发挥专家意见:"锅子是烹饪的工具,所以它的唯一功能就是使菜肴更鲜美，其他都不是锅子本身的特点。我们要研究出一种使菜肴更可口的锅子。这应该是我们设计的方向。"

姑娘们勉强点点头，明显，陈香墨的高论对她们没有说服力。

香墨意犹未尽，说："综观欧洲生产的锅子煎锅，全是金属材料制造，对提高菜肴的口味没有帮助。但法国民间善用陶锅及黏土锅，烹煮美味食谱；中国历来使用砂锅煮汤，使食物原汁原味，食客齿颊留芳。不如我们设计一组提高菜肴味道的非金属材料锅？"

玛格蕊礼貌地附和说："香墨懂得烹调，我们有了一个 niche（待开发市场）。"

精明强干的茵格丽建议大家围绕"不洗锅""智能厨师锅"和"非金属材料锅"组织支持材料，明天中午再议。

告别回宿舍，香墨惊奇地看见这些姑娘们互相"恋恋不舍"的模样：她们用温柔的语调说无休止的体己话，互相吻脸，深情注视……好像从此天各一方，不再见面一样。

香墨知道她们都不是同性恋，因此更加讶异：女人真是天生的外交家，又像蚂蚁，见面分手都互伸身体的触角，彼此按摩。男人，大都仅限于语言的交流或交锋。

他采战略防守的体姿，当心姑娘们也来和他法国式吻脸告别。但事实证明他自作多情，姑娘们和他摆摆手，柔声说"明天见"，便放过了他。

要把砂锅像模像样介绍给这些从没见过砂锅、更没福尝过杭州张生记老鸭汤的洋妞们，真是个难题。众所周知，欧美互联网络发达，资料统计网上毕备，很容易下载做成引证丰富的课题材料。但中国是资料穷国，网上可资利用的砂锅资料实在少得可怜。

吸取了 TCL-唐姆逊之斗教训的陈香墨不想再被误解，他动脑筋想做一个漂亮的介绍材料夹。从中文网站下载了部分图片后，他决定去镇上中餐馆求救。他跟唐文文借了数码相机，下山朝鸿运楼而去。

鸿运楼的老板是一对浙江青田乡下出来的年轻夫妇，到法国开中餐馆谋生已经十年。生意不好不坏，但必须亲力亲为。唯一的"副业"是生了一女一子，都在餐厅楼上起居室里打闹。

那老板对中国学生很友善，经常送些点心小食给就餐的学生。香墨对劳动人民天然没有架子，很自然成了老板夫妻俩闲来聊天的对象。

老板娘白白胖胖，话很多，说得也急。她出语不凡："上海的房价现在是多少？我们打算去上海买房子。火车站边上不知什么价钱了？上次跟我爸去上海，赵启正带我们逛街，哎呀，上海的变化真大！不认识了！你们出来读书不容易，开销挺大的吧？毕业工作好找吗？法语说得怎样？在巴黎找工作，法语说不好可不行。哎，我这几年生孩子生耽搁了，你们巴黎一商的教授们来吃饭，都问我什么时候来读 MBA 呀？我也盘算着，俩小孩大了，我是该读个学位了。"

中国学生老被她说得一惊一乍，云里雾里，哭笑不得。看看在老婆旁边老老实实赔笑、屁不敢放一个的小老板，大家都笑一笑，不接茬，低头吃饭。

听老婆高高兴兴说完话，青田小老板一定转身去厨房，亲自端个馄饨之类的点心，送给听讲的学生吃。

香墨属于最随和的顾客，每次都被老板娘兴高采烈地逮住，问上海的情况。好像香墨人在巴黎上学，耳目还寄存在上海父母家，挂在新式里弄弄堂里晾衣杆上，当电子眼和窃听器。

香墨倒不以为忤，笑嘻嘻还问："几时有空来读 MBA 呀？你有创业背景，很可能录取的。"

老板娘拍拍悄然潜至的胖儿子："去去，回楼上去。"叹一声，"录取倒不担心，就这俩孩子烦人。"

于是，鸿运楼对香墨的礼遇上升，每次他经过店门去阿搭客超市，老板都推门招呼他："小陈，来喝杯咖啡。"一次香墨特意下来吃早午饭上海馄饨，老板不肯收钱，非要请客。说来让香墨觉得还是很有中国式人情味。

没想到这样和善的老板夫妻，今天却很不合作。

看香墨要进厨房拍照，青田小老板头摇得像拨浪鼓。"不要啦，不要啦，厨房很挤！"

香墨不知他葫芦里卖什么药，也不方便问，就说："那我可不可以带我的外国同学来请教一下用锅子的方法？我们在为法国公司设计新产品。"

"可以可以，只要避开就餐高峰。"小老板如释重负，快快答应了。

香墨觉得没有收获，索性踱到邮局后面的法国小餐馆去，问老板可不可以参观厨师用锅子，没想到老是长长地拉着脸的法国老板爽气地答应了。说只要提前通知一下。

第二天中午，女生们不吃饭，接着上午的课开讲锅子话题。

一脸成就感的荷兰姑娘茵格丽摆弄她的康柏克电脑，向大家展示她的初步狂想曲：一个有着奇异流线型的时髦感很强的不洗锅。

陈香墨在女孩子们的鼓掌叫好声中，凑上去看看是啥宝贝。原来茵格丽用下载的设计软件把脑子里的图形画了下来。这不洗锅是 Swatch 手表的一个奇怪变种，就像花哨的表伸出当胳膊的表带，打一个哈欠。由于锅边太浅，恐怕不能煮也不能煎，只能热热剩菜。所谓不用洗，是在锅底锅边设计一层类似锡纸的薄膜，用完揭下锡纸。

陈香墨一看就不行，且不说薄膜材料的适用性、成本，以及对烹饪效果的影响，只说那油可是溅射性的，爱干净的人一定不能忍受很快会无处不在的油腻。但他没笨到当场打击才女们的热情，只是狐疑地瞧着事情的进展。

吕蓓卡忽然笑着说："香墨的表情很怀疑！"

"没有没有，我只是没开过眼界，"香墨掩饰说，"茵格丽，你愿意和我去镇上两个餐馆实地考察一番吗？也许有些实用的细节？"

"好。"荷兰美女爽快地答应了。

下一天上午，茵格丽没课，过了午饭时间，她直接从巴黎开车到学校接香墨，然后一起下山。

茵格丽的车是辆二手雷诺，后座需要从前门翻起前座钻进去的那种。其实，到了巴黎才明白，上海或北京街上，好车的比例远比巴黎高。巴黎人不讲排场，都开些便宜实用的小车，尤其年轻人，更不讲究。

车后座扔满了杂物，有杂志、饼干桶、网球拍子、脏衣服，还有电脑包。茵格丽抱歉地打个招呼，就发动了汽车。不一会儿，车停在鸿运楼门口。

青田老板夫妇，工工整整站在账台后面，客人去得差不多了，账台上一排放着几个大铁锅，洗刷得干干净净。

茵格丽和香墨仔细问一些锅子使用功能上的问题，夫妻俩尽力解释。香墨问起砂锅，老板娘用家乡话急喊后头厨房送一个出来。茵格丽还是第一次见这蠢头蠢脑的家什，猛然皱了眉头。

道谢出门，茵格丽调皮地说："香墨，你的中国朋友把守着厨房的门，不欢迎我们进去，你知道为什么？"

陈香墨一直在纳闷，见茵格丽卖关子的样子，说："你告诉我。"

茵格丽莞尔一笑，说："大家都说，中国菜好吃，但千万莫进厨房。"

香墨恍然大悟，此话不假，西方人对油烟味不接受，那青田夫妻俩一定知道这一点，怕厨房曝光吓走客人。

"进了中国厨房，你才知道什么叫脏。"茵格丽竟然意犹未尽。

"不进中国厨房，进了你的车也行。"香墨回击说。

"哈哈哈……"茵格丽愣了愣，放声大笑，"香墨，你抓住我小辫子了。"

那法国餐厅虽小，厨房却又大又干净。大厨长得矮小，反应迟钝。他一个接一个介绍他的几十个洗净高挂的锅子。

"这是专门为后腰肉准备的，这是烹调小羊肉的……"粗糙有烫伤的手抚摸着铜底锅盘，"煎鱼就用那种锅，传热可以慢一些。"

茵格丽脸上布满奇怪的表情，她只问了一个问题："能不能在锅底铺锡纸？"

"不行，"法国厨子快捷地说，"热量传递起来不一样。为啥要锡纸？怪念头，怪念头。"

道谢告辞出来，茵格丽发动汽车，先送陈香墨回校园："难道你没看出来：那讨厌的家伙喝得路也走不稳吗？"她看看陈香墨，"哦，可怜的家伙，可悲的厨子，一个醉鬼！"

香墨没闻到酒味，猜想那厨子只是脑子迟钝，加上手脚笨拙，可能是常年围着锅台转的结果。但茵格丽不喜欢他，那他也一起不喜欢好了，反正无妨。厨子对阵美女，又没利益损失，香墨选站美女一边。

莫尼卡自告奋勇，把三个不同方案罗列在一份报告里交给于连。其他组也纷纷上呈了自己的金点子。

于连返回报告，要求说："要成功，首先学会放弃。大部分组上交了不止一个设计，分散精力是做不好课题的，请各自精简到一个。从一而终。"

五朵金花和一片孤独的叶子坐下来商量。识相的上海人陈香墨首先发言放弃砂锅方案，全力支持姑娘们的设想。

谢拉的电脑菜谱不太实际，大家建议改为电脑提醒，如"需加水""需加大减弱火力""烹饪完毕"等简单实用的功能。于是，大家一致通过茵格丽的"不洗锅"方案，今后一个多月，就将全力以赴把设想变现实。

好像把五朵非洲红扶郎插进了同一个花瓶，"不洗锅"计划诞生之后，五个勤奋的女学生就形影不离了。陈香墨像扶郎挺直光溜的花柄上基因突变的一片怪叶，怎么看怎么别扭地存在着。高年级的一伙法国男生见到这个学习小组发笑，当着陈香墨面问这组是怎样形成的。从女生回答中，香墨感到她们的温厚：没人一丁点流露香墨是个自荐上门的孤儿，而是说："于连安排的。他思路独特。"

只是有一点，香墨有苦说不出，这些职业妇女对课业的投入到了疯狂的程度。小组除了上课，几乎从日出到凌晨待在一起，她们习惯于一起动脑筋、一起动手、一起喝提神的黑咖啡、一起三餐啃冻三明治；就是完完全全连体女婴。

香墨没热食落肚，竟然是为设计炒菜锅？太搞笑了。牢记以前的教训，香墨拼命克制，和小组保持一致。除了请假回去十几分钟喂小猫，以及理直气壮去男厕所之外，他始终和小组共呼吸同存亡。

这样强制和五个美人粘成一团，岂不让自制的陈香墨内分泌失调？香墨也有这份担忧，但事实上多虑了。

陈香墨全新地体验到：女强人没有体味。她们身上最强烈的性信息就是中性。真的，每天坐这么近，香墨真的体会到中性不但是抽象理论，也是化学现实。在脑子高速加热旋转的工作中，美女们的口气、体味、身体动作和表情，完完全全都和陈香墨类同。

工作、超强度的脑力劳动抑制了人的性感，在这个过程中，大脑如同高速快艇，绝难停下来跳一曲浪漫的慢四或挑逗的探戈。六个人，是工作的奴隶，齐心协力赶造金字塔。

慢慢地，香墨软塌下来了。

他每天用力吹气球，让自己在女生组中坚持下去，一为了避免出力少，被人看成靠女人提携混过关；二为了证明自己的工作能力，在小组中能生存。

但有些因素实在难倒了他，使他变成越来越边缘化的组员。

陈香墨非常受打击地意识到，自己和母语英语或法英双语的五朵金花有语言障碍，而且，障碍大到妨碍他的工作。

尽管他 TOEFL 成绩六百三十分，GMAT 成绩六百六十分，能完全听懂教授的英语授课，但还是听不懂姑娘们说的一些生活语言和俚语。没有理由要求别人始终用工作性的刻板英语交流，陈香墨只能竭力揣摩听不明白的语句。太累了，全局感变得模糊不清。

先是迷路，然后因没人注意，自己不好意思求助，香墨感到漂浮到了小组的向心力之外，懵懵懂懂地不知道自己做到了哪儿，别人又在朝哪里走。

茵格丽一心想把锅子设计成时尚物件，奇巧、奇巧、再奇巧些，是她的宗旨。在这点上，香墨也完全帮不上忙，他甚至还觉得茵格丽在玩幼稚园的过家家游戏，女人就其缺乏实用观念这一点来说，完全不可救药。

陈香墨愈来愈紧张，因为每次不经意地发言或评论，大家都听出他不喜欢小组正努力设计的产品。要么闭嘴，否则马上会树敌、过多树敌。既然姑娘们意见统一，何苦多嘴。本来就说得少的香墨，演变成锯了嘴的葫芦。

姑娘们各自分工做自己擅长或有创意的工作，而陈香墨除了些边角料的辅助工作，无事可干。

星期六早晨醒来，初秋的清凉空气从窗外涌入，香墨想起今天小组又要为锅子加班一整天，为的是周一拿出视觉图。大家都是生手，要凑在一起边讨论边摸索着干。

他无精打采，对工作感到厌烦。自己事实上发挥不了作用，从创意到操作，都是茵格丽的禁脔。他是坐在女人堆中凑数，心里不但自贬，而且开始害臊。

他的生活也压缩到没生活的程度，好多天都是和女生们一起吃食堂，啃冷三明治，胃口都倒了。看看越来越缠人的咪咪，香墨连猫都没时间照看，除了三顿猫粮，小猫都是独自在宿舍里关禁闭。

不行！香墨觉得不行了！一定要改变一下。

他决心今天缺席，而且不能再继续以"小组合作精神"为借口，无视自己碌碌无为的无奈现状。

他打开手提电脑，给五朵金花发电邮：

亲爱的女士们，早上好！

很抱歉今天我不来参加小组工作。

事实上，在目前的工作中，我发挥不了什么作用，对大家没什么贡献。因此，我决定转换一下角色。

我愿意为小组做些辅助性工作，例如在因特网上查找资料和图片，走访调查顾客，或任何能为主创人员分忧解难的小事。这应该对小组帮助更大。

你们有任何需要，都可以给我电邮或电话，我尽快尽量提供后勤支持。

诚意的香墨

发出电邮，陈香墨放松了，洗漱毕，抱起乖乖的咪咪，下山到湖边看湖光山色。

水光潋滟晴方好。校园森林虽经暑热摧残，经过一段时间将息，已重新焕发了生机和美。

树叶正缓缓透出秋的色彩，大型的鹭鸟沉重迟缓地上下扇动翅膀，在湖面和巨树间出没。咪咪"喵喵"叫着，在绿草间匍匐前进，眼盯假想敌。

虽然才起床，陈香墨沐着凉风暖阳，躺在河边草坡上，不一会儿，又睡着了。

中午时分，香墨才和小黄猫追赶着回到寝室。五朵金花有三朵分别给他回邮：

亲爱的香墨：

不用多说，我们都是MBA。项目需要每个人全力以赴，没有谁可以退缩做所谓辅助性工作。希望你尽快回到小组，回到小组工作。

莫尼卡

香墨：

    在这个项目上，我们大家都是从零开始，大家努力的过程，是互相学习的过程，任何退堂鼓都是违反小组合作原则的，你不应该离开。

吕蓓卡

亲爱的香墨：

    我们都是成人，所以简单说：你的决定不妥当，请不要太自私！

玛格蕊

    陈香墨完全没料到姑娘们如此反感他的决定，委屈地想："硬拖着我浪费时间干啥呢？我又插不进你们的体系。"

    但怨妇心态归怨妇心态，他还是马上草草吃了点蛋炒饭，赶去教室加入小组。

    女孩们都还没吃午饭，高兴地和香墨打招呼，像什么也没发生过。香墨问："我们做到哪里了？"茵格丽向他展示了初步的视觉图。

    锅子已显示出专业化的色彩，详细的注释和数据围绕在锅边。香墨由衷地赞叹了一句："太好了，你们怎么做到这么专业的程度？"

    茵格丽听到赞扬，露出由衷的骄傲的笑。

    吕蓓卡满面倦容，叹息一声："真是奴隶一般的工作。"

    香墨感到愧疚，但找不到当奴隶工作者的正确途径，纵然想分担压力，也是枉然。

    莫尼卡明亮的眼睛回避着香墨，但还够体贴地给他解围："香墨，我们组下一课就要做第一次新产品介绍，我们需要一些厨房主题的照片，你能找一下吗？"

    "好的。"香墨答应得爽快，其实心里在想："去哪里找呢？"

    莫尼卡好像猜到香墨的心，递给他一个写好的网址：www.corbis.com，说："这个网站上可能有些选择。"

    明显，今天姑娘们的英语讲得很清晰、很专业，像努力要让香墨听懂，叫他参与进来。香墨感谢这份女性的细腻，也不再顾及面子，努力问清自己这一段时间来遗漏的信息，竭力跟上设计进度。

整个晚上，他都在网上搜寻合宜的照片，发给正负责做 PowerPoint 的谢拉。

下一次市场课上，小组推选"总工程师"茵格丽上讲台介绍她的宝贝。老陈看着自己找来的图片被用在报告的许多章节，心里也有那么一点惭愧的满意。

毕竟，他做了中国记者生涯里从没遇到过的事情。尽管在爱批评的人看来，他是在倒退，但一心要进入商业的他，正感到自己的前进，越是艰难，越是感触良多。

好比一个律师，决心关起嘴巴，做一个电脑工程师。当他开始学会最起码的文件压缩时，他有那种令人哭笑不得的喜悦。

第二章

寻寻觅觅

最后一学期已展开，大部分学生把找工作当成了第一大事。

世界经济不景气，带累全球上两届 MBA 毕业生难找到中意的工作。难看的就业统计数字返回到学校，在校生明显产生恐慌心理。

找工作是耗费精力和时间的大工程。心理预期高居不下的名校 MBA 学生，对许多旁人听了已流鼻血的好位置也不屑一顾。事实上，他们放弃的那些位置，又何尝不让人做梦也想？

尽管就业市场跌入低谷，但巴黎一商 MBA 毕业生离校六个月平均工资福利额只是从每年九万欧元下降到八万二千。按当前欧元对人民币一比十左右的汇率，每年收入约八十多万人民币。

参照这个平均标准，每个学生都尝试投资回报最大化，换言之，就是掌握尽可能多的招聘信息，参加尽可能多的面试，得到尽可能多的录用通知，让尽可能多的著名跨国公司、发达国家世界级大都市向他或她伸出橄榄枝。这样，MBA 们就能在一大堆钻石中选择那颗"月亮皇后"，冲击离校平均报酬最高纪录。目前的最高纪录出自一位法国学生，年收入三十万欧元，在全球著名的那家善于到处出手的咨询公司当合伙人。

职业办公室的黛比已经几次在就业辅导课上提醒大家，找工作是件耗费时日的事，平均投入周期在六个月以上。希望大家不要临时抱佛脚，要未雨绸缪。

每年学校都要组织一场名叫"十字路口"的职业介绍会，作为学生找工作的"热身赛"。这名字对非法语国家的学生有点误导，因为这也是"家乐福"连锁超市的名字。事实上，如果直译的话，这家超市应该叫做"十字路口超市"。至少，法国人都是这样理解的。不过，"家乐福"，中国老百姓听着顺心，尽管毫无诗意；要叫"十字路口"，中国人会联想到"马路天使"，意思就偏了。

不过"十字路口"职业介绍会有一点还是像"家乐福"超市，就是摆满了小摊。

每家小摊都代表一个大公司，按字母顺序排列。这些公司今年都在巴黎一商图书馆大厅占下一席之地，大有招兵买马之势。

学生在职介会十天前就准备起来，大多数人是悄悄精练自己的简历，准备可能的对答，目的很明确：争取拿到面试通知或实习机会。有些学生还争取去特定公司摊位上帮忙，可以有更多表现机会，让自己心仪的雇主能看到。

可惜职介会开幕当天雨下得很大，雇主代表和应聘学生都穿着深色西服或女装，有点狼狈地躲着雨点去会场。

说起来是没有人在意，但中国学生在会场里总有一点显眼，不是指亚洲人种在学校里只占百分之十五，而是看中国学生的着装。

他们的西服都是在国内各地置办的，虽然不会有商标留在袖口不拿下来的笑话，但那种独特的剪裁和硬邦邦的衬里还是让以衣取人的势利人物心里发笑。请问势利眼最多的行业在哪里？当然是商界。因此，你知道你必须在别的方面显出超强优势，雇主们才会对你这个第三世界学生刮目相看，否则，你自始至终只是个参观者和局外人。这点，说得够清楚了吧？

王林不知道为什么穿了件淡色西装，显得别出一格。他不讲行业，也不挑公司大小，一个个队排过来，拿资料，问问题。好像事后要做个 survey（市场调查）。

学生会主席张洪平走过来拍拍王林："找什么行业的？"

"不论行业，都行。"王林说。

"总得有个讲究吧？"洪平说。

"谁给钱多，就给谁干。"王林大声宣布。

老张不由得笑了。

徐斌是唯一一个服饰考究的中国学生，他理了个干净寸头，一身乔治亚·阿玛尼的黑条纹西服，什么资料也不要，在摊位间悠然自得地闲逛；偶尔排个队，送一下简历，问对方要个名片。注意！他排的都是由美女或美妇人当接待人员的公司摊位。

公司代表几乎千篇一律地对待每个学生，接受他们的简历，说我们带回去研究，请等待我们的通知，但我们不承诺任何东西，然后，简单回答学生的各种问题。

最友善的应该是联合利华公司，他们带来一个大冰柜，每个学生都可以免费吃他们的各色冰激凌；还给送简历的学生每人发一个礼品袋，里面是公司品牌的肥皂和牙膏。老外同学兴高采烈地排队拿冰激凌，队排得比送简历的长多了。因为该公司名声在外，报酬给得低，很多学生敬而远之。

也许是一个特例，有一个学生没去参加这一年一度的盛会。陈香墨经过思想斗争，决定静下心来，全力对付目前的学业。他觉得自己从文科半路出家，应该先心无旁骛地学习专业知识，找工作稍后再说。他在宿舍里啃着金融课本，揣摩那些公式之间的转换。小猫咪咪趴在靠窗的书桌沿上，专心致志地看乌鸫鸟在雨丝中跳跃。

但老陈花了七十五欧元年费，参加了校友会。

他的打算是参加校友会组织的媒体俱乐部活动。据介绍，在这俱乐部中，能够遇到法国各大媒体的老板和首席执行官，一起以平等的校友身份喝酒吃饭。陈香墨的媒体背景也许能引起这些重要人物的注意？假如他们想要开拓中国将要开放的出版和媒体市场，老陈就会是个理想的市场拓展人选。

果不食言，媒体俱乐部不久就发给香墨一个通知。校友暨欧洲伊麦出版集团的首席执行官德·芒代史先生将和俱乐部成员一起在巴黎普豪高浦（Le Procope）餐馆共进早餐。

普豪高浦餐馆位于拉丁区古喜剧院街 13 号，它名扬巴黎历史。这是巴黎历史记载的第一家餐馆和咖啡馆，由一个名叫弗朗西斯哥·普豪高浦·德·高勒德里的人创办于一六八六年。一六八九年巴黎古戏剧院在餐厅对面开张，使餐厅成为上下幕之间的剧院咖啡馆。伏尔泰、卢梭和狄德罗曾经是该餐厅的忠实常客。而在法国大革命期间，丹东、马拉、罗伯斯庇尔等又常常在此聚会。后来，本杰明·富兰克林在此润色了他起草的第一部美利坚合众国宪法。

在这拥有光辉历史的餐馆和一位卓有成就的校友共进早餐，对陈香墨来说，既是一份光荣，表示他初步踏进了这个社交小圈子，同时何尝不是一个事业机会呢？

参加这次聚会，陈香墨要额外支付三十欧元餐费，以支票方式预先寄到校友会秘书处去。同时，他必须在那个早晨起个大早，坐两小时车进巴黎市区。陈香墨查了查课表，还好，是组织行为学课，学业损失不大。当一个 MBA 生，每天都要做很多计算，在成本和收益间作出选择。香墨现在也和商业出身的同窗们一样牢记：一节课不上，就是损失五十美元学费。加上生活费用和不上班的机会成本，损失就超过一百美元。所以，去和德·芒代史先生吃早饭，对香墨是个投资，不该没回报就回来。

香墨抱起小猫，和他顶顶头，说上海话："老伯伯去巴黎寻工作，寻到了大家有饭吃，寻不到侬格猫粮就要降等级到一欧元二角的那种。所以，在屋里厢乖乖向上帝祈祷吧。"

小咪咪"喵呜"了一声，抖抖毛，跳到窗沿上继续它每天的瞭望。

早晨天还没亮，苏维埃红军的大军用闹钟就大吵大闹起来。陈香墨睁不开眼，觉得浑身软得像一摊泥，捏也捏不拢。还是小咪咪懂事，像在前一天听懂了香墨的话，竟然努力几次，跳上了香墨的单人床，在他胸脯上伏下来，"喵呜喵呜"叫。

陈香墨特意穿上出门见人的西装，选了条在意大利罗马买的绿色斜条纹领带，蹬上新买不久、为面试备用的八十多欧元的瑞士黑皮鞋，披上外套下山去。料到山路会因露水而潮湿，细心的香墨在新鞋上套好了从上海带来的塑料鞋套，手里带一张一次性塑料台布，那是为翻越潮湿的围墙而准备的。山下进出的小门，除了周末关闭，周中也要到上午八点才开。

几乎十分顺利地到了巴黎，找到古戏剧院街上的普豪高浦餐馆，比约定的八点半还早了二十五分钟。香墨先到街对面，观赏一番这古老的餐馆。它紧闭着木门，古色古香的街灯点缀着门面。假如不因为它的历史，行人也许不会特别加以瞩目，毕竟巴黎漂亮的餐厅咖啡馆多如牛毛。

有些内急，香墨便推开餐馆门，一位穿着宫廷侍者服的男侍应生笑容可掬地向他道早安。香墨报了俱乐部的事由，侍应生客气地带他到一楼的可容七十位客人的本杰明·富兰克林厅。香墨不忙进厅，打听厕所在哪里，侍应生指了指，就在楼梯旁。香墨推开单间的厕所门，放水。

出来正找盥洗台洗手，另一位年轻的侍者笑嘻嘻指着厕所对香墨说："先生，你刚才去的是女厕所。"香墨吃一惊，抬头看，原来两间小厕所是画了两个不同的人头在上面区分。那女头不仔细看，和法国男人惯常留的乱发也无太大区别。但香墨还是有些沮丧，他是上海人，觉得在巴黎出了洋相，如同上海小市民爱嘲弄的乡下人，进城出了丑。

带着这一丝不悦进到富兰克林厅，里面一位三十七八岁的夫人和一位四十多岁的男士正忙着往墙边的长桌上放伊麦出版集团发行的各种各样的杂志。

"早上好，夫人。我是巴黎一商 MBA 项目的学生。"陈香墨自我介绍。

夫人矜持地朝他点头说早安，转而介绍那位先生就是媒体俱乐部的主席。

香墨恭恭敬敬送上名片，主席给回了名片，和他寒暄几句，就把他扔在一旁。香墨只好浏览那些杂志。

好在杂志非常有趣和丰富，吸引了陈香墨。伊麦媒体集团以出版休闲时尚类的杂志为主，除了女士杂志和男性杂志外，比较有意思的有游艇杂志、打猎杂志、河钓海钓杂志、工具杂志、各类收藏品杂志、高尔夫杂志和马术杂志等。所有杂志的专业化程度都很高，令看惯东拉西扯中国杂志的陈香墨耳目一新。他一下子觉得这就是中国杂志业未来发展的方向。

自己能否成为为此努力的业内人士呢？他的心热起来。

人渐渐来得多了，巴黎人真的和上海人有点像，只和自己认识的人打招呼说话。像陈香墨这样被冷落在边上的也有几位，都是无足轻重的人，但都是法国人，大概陈香墨是这里唯一的外国客。

有位四十多岁落单的老校友主动问陈香墨是哪里来的，然后很亲切地和香墨谈论巴黎的媒体行业。香墨送了名片给他，他亦有回赠，但上面就只有私人电话。他解释说目前并无担任公职，在家赋闲。

陈香墨满腹狐疑，料定这也是个来找机会的主，不由得倒了谈话的胃口，心里又暗暗吃惊自己也如此这般势利起来了，不比巴黎人的势利来得清淡。

终于主角驾到，德·芒代史先生在一片鼓掌声中走进富兰克林厅。他只有三十八岁，戴红棕色边框眼镜，高瘦，略微有些驼背，显出萨特式法国知识分子气质。他落座，大家也跟着对准自己名牌坐下，关紧嘴巴，表示自己的礼貌态度。

媒体俱乐部主席先生作开场介绍，同时把第一桌上的贵宾也引见了一番。媒体人士们只是互相颔首致意，绝不喧哗表现，这恐怕是看多了世间百态的媒体人下意识的群体行为方式。

德·芒代史先生站起来，向同行业的校友们演讲，主题是伊麦集团在法国的成功扩张。伊麦集团总部在英国伦敦，法国业务由德·芒代史先生全权主导，过去两年间，德·芒代史取得了一系列市场开拓的成果，把多种杂志的发行量提高到盈利点以上。

"法国市场是一个成熟的读者市场，发展的潜力和基础是大批富裕并时刻准备行动的中产阶级男性。这些读者在有益身心的户外生活和运动领域的追求，决定我们的杂志成为生活必需品。我们正是在此提供及时信息和先进知识的服务商，获得相对称的利润。"德·芒代史先生务实并谦逊地评价自己取得的不凡成就。

接下来德·芒代史先生接受大家的提问，认识他的校友轻松地开他的玩笑，使对答有一种不正式的家庭式气氛，在小圈子里又形成一个凭亲密度组成的更小的圈子。不认识德·芒代史的年轻校友们噤若寒蝉，他们呷着橙汁和咖啡，只有听讲的份。

陈香墨一心希望和德·芒代史先生结识，引起他的注意，但也怕莽撞会使自己显得不懂法国人的潜规则。他小声问身旁的一位法国记者："法国媒体是很讲级别观念的吗？我作为学生问个问题是否会不得体？"

那年轻记者不安地扭动着身体，想了又想，说："很难说，未必会不得体，但说不清，要看情况。"

他等于没回答，陈香墨估摸着早餐会快近尾声了，自己的投资面临血本无归。他鼓起勇气，举手要提问。

那组织会议的女士显然吃了一惊，她犹疑地望了香墨一眼，又转开视线。但陈香墨很坚决地伸直手，眼睛看着俱乐部主席。

主席先生请他提问，香墨站起来，确信自己今天衣履一新，胡子刮得发青，样子不会差。他以酝酿多时的法语句子，不慌不忙地问："德·芒代史先生，您好。我是从中国上海来的资深记者，在学校读 MBA。"

他注意到，德·芒代史先生鼓励地向他点头微笑，不由心情大好。

"我想知道您是否对庞大的中国市场感兴趣？鉴于 ELLE 杂志在中国市场的成功，伊麦集团是否也会尝试进入中国？"

德·芒代史先生很高兴第一次遇到来自中国媒体行业的校友，他问大家："这是否意味着巴黎一商正在成为世界级的大学校？"

大家报以掌声。

"对您的提问，我的回答是：事实上，我刚从上海考察市场回来，我十几年前去过上海，这次我看到了巨大的变化。"

陈香墨心"咚咚"跳，越来越热。

"然而，"德·芒代史先生话锋一转，"中国出版市场是个十分陌生的市场，不但有市场风险，还充满政策风险。我们需要一个长时期的观察，来进一步作出商业判断。先生，我回答好了您的问题吗？"他面向香墨。

"谢谢。"香墨致谢，但意犹未尽，只是不适合多问，毕竟不是记者招待会。

散了会，陈香墨慢慢走上去和德·芒代史先生认识一下，许多人围着德·芒代史，和他交谈。但德·芒代史先生很互动地特意转向香墨："非常有幸和您认识，您的问题好极了。"

他们交换了名片，陈香墨乖巧地送上自己特意写的一份《中国杂志市场的外国投资》，说："请您指教。"

和德·芒代史先生握手告别时，陈香墨注意到好几双眼睛盯着他，有俱乐部主席，还有校友会秘书长。他记起有位法国同学说过："校友会事实上有点讨厌在校生参加校友活动，因为在校生只有一个目的——找工作。而很多官居高位的校友，有不胜其扰之感。"

他们的眼光中，一定有这层含义，香墨确信。但今天是他的机会，管不了这么多。

为庆祝自己勇敢出击，而且发挥得宜，陈香墨搭地铁回校时，允许自己奢侈一下，买下了那本犹豫了好久没买的法文书《新闻界的小兵》。这是法国新闻第一院校"里尔新闻专科学校"的一个年轻毕业生写的，披露了不少行业内幕。

陈香墨有点辛酸地意识到，自己虽然离开了新闻行业，但心里还不无留恋：毕竟那是自己青春所系的事业。

王林这段时间比较沉默寡言，像一个正全力踩脚蹬的法国国际自行车拉力赛车手。依靠自己设立的功能强大的搜索引擎，几乎每周他都为自己找到一个面试机会。但却屡战屡败，好像邪魔附体。

太太却带给他一份惊喜：怀孕了。

暑假里，他俩回到上海，跃动的房价曲线使王林不能不下决心，他申请到商业贷款，买下了松江佘山脚下一栋独立别墅。二百一十万元的成交价，已上涨过百分之二十五。但王林认为至少还会上涨一倍。

压力，随着这些生活内容而来。

应对压力，王林自有一套。他坚持每天清晨下山跑步。跳跃和迈腿，永远带给他对抗逆境的冲动。马上就要当父亲了，王林感到格外肩负使命，需要和困难搏斗。

鼓足勇气和魄力买下别墅，的确对他的经济能力是个严峻考验，此时此刻，他比任何时候都需要能稳定带来可观收入的工作。他不在乎为谁打工，在何处打工，只要来钱。他为钱打工。

秋意让欧洲爬山虎焕发亮丽的火红色，张洪平在秋季班毕业前最后一次召集中国同学到湖边烧烤。

校园如同一个稚嫩的姑娘于岁月蹉跎间忽然成了美艳妇人。秋色老梧桐，彩叶旋秋风，大家如同置身于风景画中，举杯看白天鹅在湖面游弋，伸展优雅的翅膀，梳理羽毛。

王林和陈香墨很久没有来往，王林可以感到香墨对自己的腹诽。但面对湖光山色，众人皆醉之时，我又何必独醒？大家正絮絮于洪平的即将离去，怅然之下，王陈两人，忽然又打开了话匣子。

陈香墨对洪平不找工作、准备考美国经济学博士的决定颇为感佩。他觉得洪平个性方隆，不随环境变迁而移动。他自己情随事迁，多烦恼顾虑，洪平的好他是学不来的。

王林不以为然，他认定洪平是没胆量迎接改变，上去了就下不来。大丈夫能屈能伸，何必在意从头再来？MBA的本意就是"明知山有虎，偏往虎山行"，张洪平枉做一届学生会主席，不乘胜在法国谋一个位子，反龟缩在象牙塔内，是件十分没看点的事。

老陈觉得王林虽然是商人重利，但思想有深度这点，从认识至今，都还有目共睹。于是，他建议王林一起拿一块刚烤好的羊排，端上红酒去湖堤上坐坐。

"老王呵，太太有了身孕，你的心态大有改变吧？"香墨问。

"没本质性改变，"王林笑谈，"孩子不是知难而退的借口。"

"好，"香墨赞叹，"人生，不搏不精彩。"

"我们大家的处境都有些危难，"王林说，"就业市场萎缩得厉害，我现在哪里都可以去，只要待遇水平保住。"

"我跟你想的不一样，"香墨摇头说，"我瞄准国际传媒集团，这是我的初衷，改了，一切就偏离方向了。"

"我不同意你，"王林直截了当，"我们向往的一切事业的基础是什么？是钱，是经济实力。老陈，我要是你，就不会书呆子气。你去了传媒集团又怎么样？轮到你做想做的大事吗？相反，一旦先赚到了钱，想干什么就干什么，事业才由你选择！有了实力再谈理想不丢脸，没实力奢谈理想让人鄙夷。"

陈香墨被王林说愣了，王林抱歉说："就事论事，不是打击你。"

"你说得好。"香墨被打中软肋。嚼羊肉，不吭声了。

"我们大家同学一场，是缘分。"王林说，"虽然互相之间有时有些不友好，我还是宽容的。老陈，你是有远大理想的人，这点我看出来了，但你未必有魄力做事，以后记得我的话，该下狠心就得下狠心。"

他说着站起来，去换酒。留下香墨咀嚼他的话。

湖边的野餐热热闹闹举行着，远在巴黎市中心先贤祠旁一个意大利餐厅里，才去美国又飞回来会亲戚的唐娜正和香港来的三叔，进出口商人唐翔新吃饭。

"三叔，我倒有个人选。我们有个上海来的男生，很有生意头脑。"唐娜的小眯眼有点笑意地弯着，给三叔出主意。

唐三叔是香港常年来专做大陆和美国间纺织品交易的中间商。他生意做得不错，人面也广。这次到法国玩同时看看侄女，是想说服她毕业后来给自己当帮手，一起拓展代理生意。现在中国日益成为世界工厂，这中美抑或中欧间的代理生意很旺。最近有个美国老客户，改行经营起整体厨房来，问唐三叔可有中国大陆的货源。

唐娜推荐王林给三叔。理由有三：

第一，王林足够精明，是个生意人的料。靠他，不会打理不善；

第二，王林是大陆人，对大陆商界有了解，有经验；

第三，王林不是泡大公司的职业虫，只要有实利，他肯放弃虚名。

三叔听唐娜讲了几个有关王林的精明故事，不由得笑了，说："这小子有料，但要防他捣鬼。"

"你是用人专家。"唐娜笑对三叔。

唐家伸向王林的橄榄枝大方而认真。

王林夫妇都被唐三叔邀请到凡尔赛市的中餐馆"吉庆楼"。席间，唐三叔介绍了自己生意的规模和悠久历史，也说明了自己和唐娜商谈的商业计划。唐三叔没唐突地邀请王林加盟，而是婉转地表示自己在厨房设备领域人头不熟，也不再是从头来起的年龄。言外之意，王林夫妻这等聪明人不会不明白。

回到家，王林显然在热切回味这件事，这当中蕴含的利润率有多高，潜力有多大？但茜玲泼了他一头冷水。

"你真没志气！有啥好想的？那香港婆明显看不起你，竟要你给她家里人打工？大家一样是这学校的学生，谁比谁差？她自己为什么不去？"

"哎，你乱说啥？"王林喝止老婆，"生意就是生意，有利苦三更，无利不起早。其他没啥看得起看不起的。"

他一瞪眼，茜玲也就不闹了。

唐娜回去美国之前，问王林考虑得怎样？

王林说："正在认真考虑，认真考虑。"门没关死。时间还在他这一面。

转眼，唐三叔在欧洲兜了一大圈，考察完市场，满揣生意经回到巴黎过境。

王林被三叔邀请去参加一个私人俱乐部的晚宴，三叔关照他穿上最好的正装，由一辆加长的林肯车到学校来接他。

华洋混杂的商界人士在左岸的一家私人会馆会餐，觥筹交错之间，王林发现唐三叔在他的生意圈里很有影响力。大家都不经意间流露出对他的敬重和瞩目。也许，这也是三叔要展示给他王林看看的一面。

众人簇拥道别出来，唐三叔招呼王林和另两个香港老友一起上林肯车，到一家门禁森严的高级俱乐部喝酒。

四个身材曼妙的法国女郎落座在他们身边，王林的那个亲了他一下，又一下……

王林明白过来，什么是他可以得到的生活方式，假如他喜欢，加入唐三叔，就有份。

这是他那么多面试后得到的第一份暗示式的 Offer（聘任工资福利书）。

第三章

富人区绮梦

徐斌驾着一辆全新宝马，从香榭丽舍公寓赶来上项目管理课。

他打扮得很时髦，很巴黎，一身黑。嘴角衔着一支西班牙手卷烟。

上课的时候，他总微笑着，扫视班里几个新来乍到的交流女学生。那女生中的一个美国人，也斜睨他几眼，露出微笑。

下课后，徐斌和王林聊了几句，知道一下学校的现状，就神气地坐上新车，准备回家。

他瞥见那美国女生背着包出来，就探出头："喂，要不要顺便带你到镇上，或者巴黎？"

不料那女孩骄傲地摇摇头，朝他笑着摆摆手，走开了。

徐斌依然自信满满地吹了声口哨，一踩油门，绝尘而去。

他今天不急着回巴黎，想试试新车，也想在宿易地区到处逛逛，你看，秋色正好，一树树黄黄褐褐的秋叶。

车行逶迤，一路风光旖旎。来到"Petit Jouy de Loge"火车站附近，他驾车往山上开。不料山上竟一马平川，是个大大的人工平原。一幢幢美丽阔绰的洋房，被一个个足球场大的花园围绕着。原来是个不显山不露水的富人区！

徐斌睁大眼睛，看着这不可置信的天地，每一家都有几幢洋房，大的花园有几个足球场大，园丁们正为盛开的繁花修枝剪叶。太有钱了，按巴黎的房地产价格，这里每户都是上亿欧元的富翁阔佬！他注意到一个报警指示牌的细节，地区警察局竟然设在地下车库层，富人家的报警系统直接连到警察办公室，一有风吹草动，警察就从地下层冲出来。哇塞，真好比家养猛犬！

徐斌把车停在一个免费停车场上，下来步行参观一番。高大的欧洲树种彼此呼应着伸展到几十米高空，带来原始森林的感觉。各家各户精心栽培的绝色花木在秋阳里尽情绽放，蜜蜂和蛱蝶热热闹闹在花枝上穿行。两个调皮促狭的富家小女孩儿，窃笑着抢过园丁手里的浇花水枪，瞄准院墙外探头探脑的徐斌浇来。徐斌还好早注意危险，一跳躲过了。

他慢慢逛到树木深处的一幢农庄式洋房前，这房子洋溢着的古典风情吸引了他。徐斌凑近石园墙去看，正陶醉间，一个声音叫醒了他："日安，先生，有什么可以帮你的吗？"

一个四十多岁的法国夫人微笑着从一棵侧柏后面走过来，她真美，高挑的身材，瘦削的脸颊，一双让人丢魂落魄的俏目。

"您好，我……我想问问这里有没有房间出租？"不知不觉，徐斌脱口而出这么一句话。刚说完，就觉得害臊，有谁到亿万富翁家租房？

"租房？"夫人含笑上下打量着他，"您是日本房产代理人吧？"

"不是的，我只是巴黎一商的学生，想在这里租个美丽清静的地方，写论文。"徐斌瞎扯。

"那，进来看看吧。"夫人一转身，回头对徐斌一笑，那万种风情，让花丛里的小蜜蜂徐斌从头酥到脚。他完全没意料到他会被请进门。

夫人引他走到草坪上的一张茶桌旁："请坐。"

她正在用下午茶，英国果茶边上，放着几盏精致的小点心。

"尊敬的夫人，这是我的学生证。"徐斌送上证件。

"哦，徐先生，您不是日本人？"夫人边说边为他沏茶。

"我是中国人，北京人。"徐斌说。

"我是富瓦拉赫夫人，你可以叫我的名字薇薇安娜。"夫人优雅地架起长腿，喝了一口茶。

"夫人，请允许我吻您一下。"徐斌说。

"嗯？"

"哦，只是表达我的敬意。"徐斌不由分说，恭敬地站起身，伏下脸，轻轻捧起夫人的手，在手背上亲了一下。

"先生，您用了一个错误的吻字。"夫人忍俊不禁，因为徐的意思是要接吻。

她也许不知道，这是徐斌新近发明的一个进攻女人的小花招。

"至于租房么，您请随我来看。"夫人款款站起身，有点花花地定睛看了徐斌一眼，至少徐斌这样感到。

她没有去那漂亮的洋房，而是带他穿过葱茏草木，来到一幢幽静池塘后的两层石头房。她取钥匙打开房门，一间舒适的起居室布置着旧式家具，对徐斌来说，充满了诗情画意。

楼上是个宽敞的卧室，一张古色古香大雕花床，垂着精致的绣边蚊帐。窗对着池塘，好像莫奈的花园。

"假如您满意的话，月租两千欧元。"夫人凝视着他说。

"好，我租了。"徐斌摸出皮夹，当场拿出四千欧元现钞。

"不再考虑一下，这么着急吗？"富瓦拉赫夫人风致楚楚，调侃地说。

"美丽的房舍，迷人的女房东，我不能再犹豫了。"两人独处卧室，徐斌就大胆地说。

夫人暧昧地发出浅笑，转身带他下楼。

收了房租，夫人说："欢迎随时入住。"她请他在茶座再坐一下，去分了一串门钥匙给他。令徐斌心头鹿撞的是，夫人竟把主楼的大门钥匙也给了他一把。

"我可以今晚就入住吗？"徐斌站起身，问。

夫人抿嘴一笑："您不用收拾行李吗？不过，随您方便，今晚您可以自由进出，家里除了仆人，我们都出门了。我会关照仆人留门的。"

徐斌心头揣着疑问，不知夫人所说的我们都是谁，应该是她的亿万富翁丈夫？他不好意思再问，只是勇敢地想试试运气，这富贵美妇使那些廉价的巴黎女郎黯然失色。

住进富瓦拉赫夫人宅第的第一个周末，夫人穿一身白色银条休闲西服，挽着她的丈夫富瓦拉赫先生到院子里散步。

富瓦拉赫先生是个和蔼的白发老人，精力不太旺盛，但眼睛仍然很亮。他对出来闲逛的徐斌点点头，显然知道有这么一个学生房客。夫人对徐斌招招手，隐约使个若有若无的眼色，说："徐先生，明晚可以请您和我们共进晚餐吗？"

徐斌喜出望外地答应了，他心头感到些说不清的烦躁，往往在女人方面取得进展前，他都是如此。他心虚地瞥了老迈的富瓦拉赫富翁一眼，不料老头正定定地看着他，他慌忙挪开眼睛，但有一种奇怪的感觉反射他心头：富瓦拉赫老头的眼光有着看透他心底的威势。

夫人大大方方地告诉徐斌："徐先生，您有我们房间起居室的钥匙，您可以自己进门用早点，这些仆人都会安排好。或者，您也可以用底层的图书室，我们的藏书您可以自由取阅。"

富瓦拉赫先生点点头，好像为夫人背书。徐斌道谢，为自己由钥匙而起的联想嘲笑自己。

第二天上午，徐斌惦记着为富瓦拉赫夫人选一件礼物。这礼物颇伤脑筋，第一要讨夫人喜欢，拉近彼此距离；第二要符合赴晚宴携带礼品的大致范畴。

他由此不去巴黎的奢华商店，驾车去蒙马特高地的一些情调小店。

这些店坐落在向上蜿蜒的缓坡上，店面都很小，是老式楼房底层改的，从街面的玻璃橱窗里，可以观赏有代表性的商品。珠宝、小家饰、灯具、烛台，或者旧书、油画、画片和假古董。

徐斌把宝马停在高地下的街沿，漫步走上去看店。起先他想买狂人画家萨勒瓦多·达利的一幅复制品，因为画面上喷薄的火烧云下，一朵紫云英上站着一个赤裸妇人，她的心被一支金箭刺穿了，身周环飞妖艳蝴蝶。

犹如是对富瓦拉赫夫人的隐喻，徐斌特别喜欢这个场景，但他决定把这幅画挂在自己卧室里。

送人的礼物在一家斯里兰卡人开的东方古董店里找到，徐斌觉得印度情调的这尊花梨木欢喜佛最适合当着老朽的富瓦拉赫先生的面送给他风姿绰约的夫人。不仅是对老毛子的一次修饰过的讽刺，更是他东方雄性复兴的征服欲的宣示，而早就露出骚态的富瓦拉赫夫人一定会品出其中调情的味道。

秋色愈益浓重，空气透着一股清凉人脊背的说不清的气息，使人心头懊悔该做没做的事，赶着在自然的禁忌冬天来临前，去完成昏乱的激动人心的春夏里成熟起来的欲望。

徐斌准时在晚上八点按响了富瓦拉赫家洋房的大门，他打扮得像一匹刚剪过鬃毛的蒙古小公马，似乎不耐烦地朝四周喷着听不见的响鼻。

富瓦拉赫夫人打开门："晚上好，徐先生。"她美得像一只削掉了嫩黄皮的生梨，性感得只剩一口咬上去的份。徐斌来不及领会夫人为何如此美艳，夫人却已小鸟般附上了身，在他两颊各亲了一口。徐斌浑身荷尔蒙像节日礼花般四溅，高昂地踏进了富瓦拉赫府第。

富瓦拉赫先生有些疲惫地和他握握手，他穿着精致的法兰绒便装，示意徐斌可以拿掉领带，随意些。徐斌这才有机会定睛打量夫人。夫人一袭白色袒胸秋裙，半露的饱满酥胸，令她看上去和平日不同，完全显出了法国贵妇人本色。

富瓦拉赫先生阴郁地观察着徐斌，这小伙子太直露地把注意力集中在女主人身上，显得十分没教养。事实上，富瓦拉赫先生似乎正努力吃着夫人的醋。

"请问徐先生，中国字的'安'为什么是用家里有个女人来象形呢？"他气呼呼地问。

徐斌看看富瓦拉赫夫人，她正示意女佣送上餐前酒。一道凝脂般的乳沟让他一阵燥热。他也搞不清老祖宗象形文字的寓意，只是突然想到"不安于室"的成语，就说："中国人把女人分成两种，一种就是'安'的女人，在家里相夫教子，很平淡无奇地过日子；另一种女人天生浪漫，不甘淡泊，需要不时有新的刺激，所以就被形容为'不安于室'，传统观念认为她们是个麻烦。"

富瓦拉赫夫人典雅地微笑说："徐先生希望自己的太太是平淡守旧的呢，还是多情惹火的？"

"你们可以叫我的名字'斌'。"徐斌觉得谈到这个话题，和夫人的关系可以跳脱陌生的距离了，然后他坚决地说："我宁愿她充满魅力和危险性，不要让我忘记自己是个男人。"

富瓦拉赫夫人一激灵，感动地瞧着徐斌；富瓦拉赫先生也跟着点了点头，但随即又不安地看了太太一眼，然后眼光落在徐斌脸上，搜索着什么似的。

女仆送上头道菜，是希腊风味的腌花椰菜，主用料是西洋花椰菜、小洋葱、朝鲜蓟、胡萝卜、节瓜和异香的胡荽拌在一起，用柠檬汁、白葡萄酒、橄榄油调和，撒上盐和胡椒以及少许香叶芹。

"斌，你的法语说得不错，是在哪里学的?"富瓦拉赫夫人问。

"您过奖了，事实上我法语基础很差，几乎是在巴黎街头学的粗糙语言，一直盼望能找到老师，教我上流社会的法语。"徐斌说。

"要是你愿意的话，我可以当你的法语老师。"富瓦拉赫先生脸上露出一丝光芒。

"是吗，那简直太好了。"徐斌忽然对老头产生了一点兴趣，他的确盼望能说体面的法语，这对他的计划太重要了。

"斌，你以前是做什么工作的?"富瓦拉赫夫人在轻柔地吞下一瓣朝鲜蓟后，好奇地问。

徐斌把自己的股市传奇生涯添油加醋地吹嘘了一遍。富瓦拉赫夫人和富瓦拉赫先生交换了一下眼神，夫人开玩笑说："那么你是个 nouveau riche（暴发户）了?"

第一道主菜是普罗旺斯风味的清焖小金枪鱼，以黑橄榄、绿橄榄、番茄、茴香、柠檬汁加上欧芹和鱼共煮，清淡而细腻。徐斌以中国美食家的口吻，赞不绝口。

"斌，你在法国有亲戚朋友吗?"夫人关心他。

"除了同学，别无亲朋。"徐斌有些落寞。

富瓦拉赫夫妇暗暗对视一眼，表情有些奇怪。

"富瓦拉赫先生，您是从事什么行业的呢?"徐斌问。

"你可以叫我的名字昂席，"富瓦拉赫先生说，"我已经退休了，我以前在化工行业做管理工作。"

"你也可以叫我的名字薇薇安娜。"夫人微笑说。

"夫人您在哪个行业呢?"徐斌转头问。

"我们家在巴黎有几家颜料店，已经几百年了，我再管几年就交给我的儿子。他在美国上大学。"薇薇安娜笑吟吟说。

佣人送上第二道主菜鹅油煮鹌鹑。夫人介绍说，这道菜要把煮好的鹌鹑在鹅油中浸上一整夜，那鹅油还必须是和咸肉一起煮过；上桌前，添加了百里香、月桂、核桃油和迷迭香等香料，让人鼻翼微动。

最后的甜点是夫人亲自做的葡萄干布丁。用完后，送上了咖啡。

昂席觉得有些困倦，问徐斌何时愿意开始他的法语课，他也有中文要请教，所以大家扯平，不用谈酬金。徐斌说只要老先生有空，他随意，都可以。

昂席就告退，说请夫人继续招待斌，晚安。

徐斌没想到今夜还有和夫人独处的机会，喜出望外。望着微笑不语的薇薇安娜，看似鲜润的一块奶油蛋糕，他魂飞天外，觉得自己经历过的女人，没一个及得上夫人的一半。

薇薇安娜婷婷地站起身，说："斌，我们出去散散步？"

出了小洋楼，一股树叶和草地的清香扑面而来，薇薇安娜示意徐斌可以挽着她的胳膊，斌觉得这十分的贵族气，自惭底气不足，深吸一口气，撑住自己来适应。

"斌，你在后院的楼房里住得惯吗？假如你要带你的女友回家的话，请自便，我们并不介意。"薇薇安娜的口气很体贴。

"夫人，"徐斌停下脚步，转身面对着薇薇安娜："您知道，我完完全全是为了您的缘故才租这房子！我心里有了您，再没有任何女人的空间！"

他的声音因为激动而颤抖，仿佛充满了激情。只是徐斌知道自己有一半在演戏，他主要是为了自己终于能直截了当发起进攻而自爱得发抖。

薇薇安娜深深地凝视着他，周围突然显得寂静，月色如银练泄在他们身上。不知何时，薇薇安娜握住了徐斌的手。

"斌，你太年轻了，太无视现实的约束，我，一个有夫之妇，没有理由接受你的感情。"她开口说出徐斌料想不到的端庄的话。

一时间气氛有些尴尬，难道薇薇安娜给徐斌留下的风骚印象全是错觉？他一时间失了主张，呆呆望着夫人脸庞。月色下，俏容似雪，眼波依旧充满了勾引人的媚劲。

徐斌如醍醐灌顶，一线灵机蹿入脑门，他一把把丰盈的夫人抱在怀中，俯视着她，如一只雄鹰俯视爪下的母兔。薇薇安娜那带有一点儿希腊味的脸庞微扬着，眼波荡漾，温暖的身体软软地、顺从地贴在他身上，迷人的体味飘进徐斌鼻腔，他失去了最后一点自制，吻住了夫人的红唇。

他感觉夫人的嘴唇无抵制地接受了他的唇舌，但香艳的吻一如树叶间秋风，在他未及品味时，薇薇安娜已轻轻推开他，侧身躲到一棵栗子树后面。

徐斌被巨大的征服欲支配着，追到薇薇安娜身边，薇薇安娜低着头，像个不知所措的小姑娘那样背过身去。徐手指摸到口袋里硬硬的木盒，把礼物掏了出来。

"夫人，我忘了给你我的礼物。"他总算找到了一句合适的话。

薇薇安娜被动地接过，还是没说话没看他。

"你不打开看看吗？"徐斌追着。

薇薇安娜细心地揭开淡绿的包装纸，打开盒盖。明亮的月光下，欢喜佛那诡异而性欲的表情显得比白天光线下更质感。薇薇安娜愣了愣，对徐斌斜睨了一眼，嘲笑说："你崇拜这个肉体的神？"

徐斌拉起她的手，摩挲着说："夫人，我崇拜你，你不会拒绝青春的恭维吧？"他的声音，低沉而动情。

"我该回去了，"薇薇安娜巧笑嫣然，"让你的神伴着我。"她轻盈地一扭臀，快步走向她的小洋房。

徐斌愣了愣，像一只年轻的鹿一样矫健地追上去，在夫人门廊里截住了她："夫人，请你怜悯我，我的心已熊熊燃烧，没有你的似水柔情，今晚我将变成焦炭。"他情真意切，把这段从法国小说里背下的台词，念得起伏有致。

薇薇安娜俏目含情，玉手又被徐斌紧紧捏在双手里，她如同酒醉那样缓缓地缓缓地合上眼帘，让徐斌深深吻了一次。

"进来。"她回眸一望，俊俏的中国人散发着青春魅力。

客厅留着晕黄灯火，仆人早就不知去向，富瓦拉赫先生在楼上的房间里毫无声息，薇薇安娜轻轻挡开徐斌热烈的拥抱，把他按在沙发上。她轻盈地走去酒柜，拿来一瓶深红的马爹利，倒了一杯递给徐斌。

"斌，对你这样的男人来说，爱情是什么？"她脸上泛着红晕，眼睛流着明亮的波，优雅地将修长的腿歪搁在沙发沿上。

"我，"徐斌沉吟了一下，感受着的样子，"爱情是火，把一切烧得透亮。这火一点不可怕，是全部人生的高潮。我一生都等待着火焰，为这些片刻活着。夫人，你见过飞蛾吗？它们疯了似的扑向灯火，在灯焰上烧焦了翅膀。你认为它们傻吗？我觉得爱情就是飞蛾扑火，让自己死在火焰里，难道不是人生最美的归宿吗？我不向往拄着拐杖平静地老死，我愿在最年轻的时刻，在您迷人的怀抱里被您的热情烧死。"

徐斌让自己的话感动了，快乐和幸福的泪水充盈眼眶，无限深情地凝视薇薇安娜，仰头将马爹利一饮而尽。

薇薇安娜抿了一口酒，"啪"地点上一支美国烟"维吉尼亚斯利姆"，烟雾缭绕着她，细长的烟闪着红火光，法国女人优雅时尚的气质如花朵上的露珠。她的美目和徐斌的丹凤眼交织着电光，时间都被忘记了。

马爹利流进了血管，抚平了距离，使一切显得美且具有诱惑。

徐斌站起身，走近薇薇安娜，她调情地躲避他的热吻，手指在他脖子上轻轻滑动。徐斌一把抱起薇薇安娜："床！"

薇薇安娜浑身颤抖着，指了指二楼，徐斌低声说："那，昂席？"

"忘记他，他不存在，"薇薇安娜坚定地说，"上去。"

徐斌抱着薇薇安娜走上楼梯，薇薇安娜搂着他脖颈，令他窒息地亲吻他，舌头散发着女人的深色。

她指引的房门打开了，里面是一张绛红色床帏的大床，四周和房顶都镶嵌高档的玻璃镜面，显出淫靡格调。"这里，难道她能和老朽的昂席一起享用吗？"徐斌疑惑地想。

不容迟疑，薇薇安娜的唇舌已游动到他颈上，手指解着他的衬衣扣，雪白的胸脯饱满地顶在他身上，使他在骨髓深处升起的火焰中溶化成一连串动作，思绪消失无踪。

酒意消褪下去的时候，徐斌发现自己趴在一个雪白丰满的女人身上，他还没结束，身体还在有力和有节奏地进攻，赤裸裸的女人披散着亚麻色头发，撩人地呻吟着，她的艳丽的乳房晃着波浪，性感的温润的手掌在他的臀部上抚摸。薇薇安娜比其他任何女人都勾引徐斌的感官，他心里弥漫着性和爱交融的狂喜，一次又一次和薇薇安娜融成一体。

薇薇安娜来到了徐斌上面，变成一个赤裸骑士。徐斌痴迷地盯着她的红唇看，忽然间，一种奇怪的感觉使他浑身起了层鸡皮疙瘩，他感觉有两只愤怒的眼睛从四面八方瞪着他，使他感到害怕。这种感觉不但不像风一样过去，而且越来越强烈，如一群顽固和凶猛的黑蚊子缠绕住他，叮咬他。

薇薇安娜感到了他身体的变化，低头问："斌，你怎么了？"

"我有种奇怪的感觉，好像有旁人看着我们。"徐斌说。

"是的，那是昂席，"夫人把脸伏到他脸上，"昂席在玻璃的那面，可以观看一切，难道你在乎他吗？"

徐斌恍然大悟，感到一阵不适，那种阴暗感觉无法用言语形容，他怔怔地抱着夫人，脑子里一片空白。

然后他被夫人挑逗的舌尖舔醒了，薇薇安娜依旧容纳着他，试着让他习惯这新的状态。

徐斌感到更强烈的性感如巨浪罩面而来，夫人的乳房正在他面前波动。"昂席愿意看他的妻子和年轻男人狂欢对吗？那就让他看个够好了！"

徐斌一挺而起，命令夫人跪在床榻上，挺身以征服者的典型姿势从后进攻。夫人狂声呻吟，他抓住她赤裸裸的纤腰，不依不饶地冲击着，冲击着，如骑在马上的勇士，凶猛的眼神却瞪视着玻璃……

他从北京的胡同里走来，一路坎坎坷坷，如今终于实现了他骨子里头的梦想。

睡不着的老朽的昂席瞪红了眼珠，也达到了自己可怜而可悲的目的。

他并不受到伤害，毕加索的晚年不也这样需要别人的帮助吗？这个孤身一人的中国学生，是他们能找到的最理想的人。他不足以令他们的名誉受到损伤，他是个过客，一个局外人！

第四章

公司诡局

及川敏一应陈香墨之约，到校园里拍秋景。

秋是欧洲丘陵的油画大师，十一月里，已是一片金叶红叶，湖里栖息的候鸟，一群群在树梢上翻飞，准备启程。

高大的四株三十米高的法国梧桐正在落叶，落叶漂浮湖面，斑斓多色。陈香墨查阅了学校图书馆的树木图鉴才知道：家乡的上海人把上海的梧桐叫做法国梧桐，原是以讹传讹，经年累月地错了。简单说，法国梧桐学名叫三球悬铃木。上海的梧桐，虽是当年法租界的遗老，学名却是二球悬铃木，俗称英国梧桐。其实是一球悬铃木（美国梧桐）和三球悬铃木（法国梧桐）的园艺杂交品种。

"最近有门精彩的选修课'公司诡局'，你选了吗？"及川问陈香墨。

陈香墨正想谈谈这门奇异的课，他对授课的法国教授让-皮埃尔·本迪很好奇。

让-皮埃尔年过半百，满脸银白色的短须毛茸茸的，一副酒瓶底厚的眼镜使他的眼光躲在深邃的宇宙黑洞里。他在课堂上完全是个颤抖的诗人，在质感的情绪中吐露真理。

"公司是什么？你们来自于它，又会回到它的巢穴。"让-皮埃尔充满怜悯地俯视课堂里的芸芸众生。

"公司是一个个精密的怪物，吞吐着人类精英的宝贵元气，把你们的人生变成它们的利润。"让-皮埃尔吐露一个秘密，期望教室里会有几双敏感智慧的眼睛，闪烁心有灵犀的光芒。但他失望了，学生们狐疑不决地望着他，人人冥顽不灵。

"公司已经成为人性的终结者，它是一个规章制度扭结成的无情机构，统治着公司的雇员们。你们所推崇的职业化是公司把雇员去人性化，或者说是机器人化的手段。你们有血有肉，有情有欲，但公司漠然于你们活的一面，却要求你们稳定、同化、中性，并且有团队精神。谁能告诉我，一个称职的经理，应该做到什么？"让-皮埃尔虎视眈眈望着不知所措的学生。

"他应该是有商业敏感和公司文化的。"摩洛哥人亚辛是底下最有感应力的学生。

"Voila! 你说对了。"让-皮埃尔从口袋里掏出一个脑子波纹的核桃，扔给亚辛做奖励。"商业敏感和企业文化是谋杀人性的两个恶棍。"

学生们开始听出点道道，发出哄笑。

"今天第一课，讲讲公司是个什么东西。"让-皮埃尔一副大开杀戒的样子。

"公司是一个有纪律的组织，由具有控制力的人掌管，通过一套有效率程序，赚钱。"让-皮埃尔浅显地解释，"公司唯一的存在目的和理由都是赚钱，因此，任何公司行为都有且只有一个动机，就是钱。"

"事实上，你们这些公司奴隶的额头上都打着等级烙印！譬如，女士，你是什么部门出身？"教授指着班里那个美貌风骚的俄国姑娘问道。

"销售部门。"俄国美人抛出一个媚眼。

"高等级奴隶，因为你们部门管挣钱。"教授断言。

"你呢？"让-皮埃尔问笑眯眯的法国人师第方。

"生产部门。"师第方回答。

"低等级奴隶，不直接挣钱。"教授一挥手，响起一阵哄笑。

"低级有低级的好处，报酬少些但位置牢靠，不容易被解雇。高级有高级的风险，报酬多，一有差错就得走人。"让-皮埃尔皮笑肉不笑地说，"你们这些人就是游戏玩腻了，高级奴隶想当低级奴隶，低级奴隶想做高级奴隶，换着玩。"

"公司无疑是头怪兽，这点我要反复强调，因为你们天真地以为可以和这头怪兽做做交易。事实上公司从没把你们放在视平线上，雇员只是设备的一部分，只要正常运转就好，解雇旧人招聘新人是常规维护过程。"让-皮埃尔阐述说。

"企业文化是有史以来最丑恶和最虚伪的对人类文化的亵渎。企业文化就其本质，是掩盖斗争和剥削的遮羞布。所谓企业文化，就是企业认为能使大部分员工提供最多服务的心理暗示。一个例子是法国狄家隆体育用品公司提倡的体育精神。体育精神要求运动员追求极限、全力以赴。在公司发挥体育精神？除非是傻瓜才不明白：这是为企业卖命，而非正常的工作。"

学生中突然有人鼓掌。

让-皮埃尔挥挥手，继续讲："但是，企业文化是强制性的，是独裁性的。任何不适应的人，最终都会被甩下企业这列飞驰的火车。原因简单，企业文化是保证企业赢利的心理基础。长期不适应的人一有机会就自然会破坏和诋毁它，从而，这些人是利润的潜在破坏者。"

"无论一种公司文化是多么滑稽和使人显得愚蠢，只要它起到保证员工努力工作的作用，就是成功的和被公司所推崇的。请看一段录像。"让-皮埃尔嘴角露出讽刺的微笑。

这是一段关于松下企业创始人松下幸之助的采访录像。松下幸之助已在老耄之年，但仍沉醉于企业文化和企业哲学的建树。充满日本神秘感的花道画面使欧美学生时而哄笑，时而大感不解。最后的一幕是松下员工在清晨上班前，齐声大唱企业励志歌，个个唱得热泪盈眶。定格。

"你们会加入这家企业，和他们一起唱吗？记住，只是唱但没激动泪水的人，在松下先生手下是没有职业前途的。"让-皮埃尔凝视大家，没有调侃的意思，很认真严肃。

"教授先生，你是说企业是吸血僵尸组织吧？不长出獠牙的人就不能被认同和接受？"陈香墨觉得十分理解让-皮埃尔的人文主义观点。

"那要看你把它看成是獠牙，还是幸福的朱砂痣。"让-皮埃尔耸耸肩，化解了学生们的笑声。

"衡量企业这些怪兽，你们只有一个标准：是否互相适合。适合就留下，不适合就离开。追究那些幼稚的课题，如'公平''体面''情感''友好'等等，显得荒谬。在公司里人的味道太浓，就像陆地上鱼的味道太浓一样，都是一个坏兆头。"让-皮埃尔话锋一转。

"明智的雇员把公司看成合作者，他们互相需要，目的是共同谋取利益，实质上是工具和工具的结合关系。我这第一课，就是想让你们做到一点：把公司当成公司本身。下课。"让-皮埃尔关闭了电脑。

学生们对他的课反响热烈。

三天后的第二课，让-皮埃尔劈头就说："今天讲公司内的宗派斗争和合纵连横。"

"你们三位请上讲台。"他随意指了第一排的三位男生。"请把你们各自认为最漂亮的女生指出来。"

在学生们促狭的笑声中，三名男生忸怩地指出了三名女生，分别是俄国人、南美人和日本人。

请大家坐回原席，让-皮埃尔说："我知道，其他人未必同意他们的审美观。这三位美人儿也没法比出谁更美。因此，你们可以类比：公司里领导层的派系斗争，也未必是正确和错误的斗争，而是几种正确之间的斗争，是主导权的斗争。就像热带雨林里，植物为向上伸展而竞争，要的是更多的阳光，生命的能源。由此也得明白，派系斗争是必然的，不竞争就会让别人长到头顶，自己终会因为生活在阴影里而死亡。"

"诸位，就如你们所知，我们在公司里，永远寻找盟友，而非朋友；永远攻击事，而不攻击人。因为盟友是变动的，对立面也是可能变成盟友的。所以，这是个去除感情色彩的游戏。"让-皮埃尔的语调平静而和缓。

"跨国公司的权力结构流动性强，上层权力核心随商业环境和商务拓展变化频繁，因此中下级权力结构常重新组合和洗牌。好比徒手攀岩者们必须选择头顶垂下的藤蔓，每根正确的山藤都会帮藤上的一串人上一个高度。但攀到顶峰必须换多次山藤，一个错误的选择就是藤断人落。"教授问大家："粗壮的山藤上吊挂的人多，有时反而更危险。派系就是挂在一根藤上的人们，在没换新藤前，大家生死与共。你们如何认识这个问题？请自由发言。"

"我们应该选择有经验和有判断力的人攀附在同一根藤上，然后防止不具资格的人上来。"师第方说。教室里一阵笑声。

"在藤上占领最高位，尽快换更上面的新藤。"德国人狄罗。

"谁都想这么做，你身子骨单薄，会被挤落的。"让-皮埃尔调侃说。

"我找没太多人的藤爬，越吊着大个子的藤越容易断。等那些藤断了，也许只有我的藤是往上爬的唯一途径。"亚辛慢吞吞地说。

"好，藤的讨论先告一段落。"让-皮埃尔打断大家，"宗派主义是一种优选法。直到执掌大权的主流宗派被自然打倒或驱逐，它都代表着合理性。启发是：选择你认为最洞悉市场趋势和规律的宗派，然后对它表现你的价值，加入它。公司最终会加冕给最懂市场的人，你也会跟着这宗派鸡犬升天。"

"合纵连横，是策略，也是资源合理配置的调节过程。跨国公司有非常严格的部门分权制度。要完成一个策略性动作，没相关部门合作是不可能的，所以关于藤的讨论不是个完整和恰当的比喻。除了竞争，合作也是向上拓展空间的必要手段。"让-皮埃尔补充道，"合作是暂时的，有计算的，必须知道付出什么和能得到什么。你们是商业精英，你们懂得把握分寸。"

"如同生物界一样，有些部门和人员，注定会被其他部门所吞噬。他们在公司系统中，只有变成别的部门的养料，才最符合商业利益。不停有部门和职能单位被取消，这是公司生活的一部分。经常有熟悉的同僚悄悄从大家身边蒸发，连告别都没有。他们是公司这头怪兽保持健康和活力吞食的维生素片。"

"你们中的一些人，曾经是某个怪兽的维生素片。我设想你们对这种经历还是耿耿于怀，有这样那样的情结。下面是我的忠告：公司是个没有情感的组织结构，永远没必要对它表示你的喜怒哀乐。就像你不会责怪你的吸尘器没对你微笑，因为它永远也不会对谁微笑，因为它是个机械系统。公司也是，尽管它通过人和你联络。"

"公司是一张游戏的碟片，玩吧，按照游戏规则，永远别跌出游戏规则。突然忘记身在游戏中，回到人的血肉躯体中行事，对你们来说，是危险的。大家都是成年人，想必可以认知这点。"让-皮埃尔不像个经济学家，像个生物学家。

最近的第三课上，学生得到允许，可以自由讨论有关公司的话题。教授参加讨论，只作有限必要的评点。

在一片嘈杂声中，让-皮埃尔仰着脸，手很有质感地圈托他无形的理论体系，又抛出新的三个论调。

他说："公司是困兽，因为强烈的竞争长远只保证极少数的生存者。因此，公司犯不起错，一错，不死脱层皮。任你猛犸象大，保不住明天就灭绝。"

他还说："公司是阴谋家的乐园，阴谋有力量，是人区别于动物的一个行为特征，动物充其量只有阳谋。"

最后他加一句："公司是个诡局，大家都在局里。"

这就是这门新课迄今的大概，及川告诉陈香墨：让-皮埃尔是学校的一个宝贝。历届学生都给他最高学术评分。

陈香墨不以为然：让-皮埃尔说是说了些实话，但除了使大家对公司不抱太多幻想之外，积极因素不多。

及川首次反驳陈香墨："我们日本人不说积极不积极。只要你说出真相，尤其是别人看不见的真相，你就是了不起的智者！"

他告诉香墨："让-皮埃尔教授让大家的 MBA 学费值回票价。"

第五章

狭路相逢狄家隆

　　时近年末，大家的心全从学业中挣脱出来，想着前程。秋季班的同学圣诞节后就要举行毕业典礼，春季班还有最后一学期课，上到下一年四月。

　　就业市场非常晦暗。大家对未来的期望值，都无可奈何地往下调。

　　陈香墨不惜血本订了昂贵的《媒体》杂志，想在上面找法国媒体能提供的适合位置。但法国人似乎从没容许过自己的文化机器中出现外来物种，这点倒可以佐证希拉克总统号称和中华人民共和国有共同文化价值观的外交发言并非信口开河。陈香墨给伊麦出版集团的首席执行官德·芒代史先生又发过几次电邮，德·芒代史先生都抽空亲自回了，只是说身陷一个欧洲大项目，暂时无心考虑亚洲市场。请陈香墨保持联络，不要中断，祝他好运。

　　失望之余，留学开支突然显得无穷大，压得陈香墨喘不过气来。想到王林爱说的"谁给钱多就为谁干"的名言，陈香墨担心情形会更坏，变成"谁愿意要我，就为谁工作"的现实，把学生们心里的愿景，咬得像紫雪糕表面的巧克力那样嘎嘎破碎。

　　这天下午，没课，下起了淅淅沥沥的秋雨。陈香墨躲在宿舍里，泡了浓浓一大杯巴西咖啡，准备上 Monster 之类职业网站碰碰运气。小猫咪咪分享了香墨的午饭腌肉炒土豆泥，心满意足地袖着前爪，在窗台上远眺板栗树纷飞的黄叶。

　　一个打着小红旗的信息在 Intranet 上出现，吸引了香墨。

　　法国上市体育用品商狄家隆集团将来巴黎一商 MBA 学院招聘，而且，重点寻觅中国留学生，为公司开拓中国市场充实人才。

狄家隆在中国的第一家体育用品大型超市已在上海浦东落成，中国总部目前在上海闵行区莘庄镇——正在香墨家附近！

香墨不由得心动，大家都说要现实一点，骑驴找马。狄家隆倒是匹挺好的驴子。

狄家隆的招聘方式很奇特，邀请有兴趣的学生到巴黎东郊的一个公共体育馆召开"狄家隆冬季奥运会"。大家可选择数十种田径项目。

一杯咖啡没喝完，校际网上就热闹起来，热心体育的荷兰男生阿伦主动干起了组织工作，发电邮请大家报名，并协调车辆。陈香墨犹豫了一小会儿，报了名。

运动会是在周末，大家穿着运动服，在钢琴酒吧集合，情绪都很高。中国学生只有陈香墨和廖顺顺，两人都没车，顺顺热情地把香墨叫到一起，搭印度学生乌代许的车。

草木秋黄的体育馆里设了接待处，狄家隆的一个身高最起码一米九的人事经理把不同颜色的 T 恤衫发给名单上指定的人，大家事先已被分了组。

大个子不太说话，介绍自己叫福希代希克，叮嘱大伙不要随意换组。大家被带进一个阶梯教室，座位上摆放了狄家隆企业的宣传画册，大意说狄家隆是个年轻企业，正在全球快速成长，最新进入的市场是中国大陆市场。一张鲜明的世界地图上，上海圈成了鲜红色。

大个子见人都到齐了，摆弄手提电脑和放映机，开始一张张 slide 地介绍狄家隆概况。学生们等他讲完，就提问。

陈香墨回复到记者的状态，问他："近日国际媒体报道贵公司在美洲投资失误，要关闭当地几乎大部分门店，是什么原因？"

大个子不惊不乍地回答："我们在美洲的企业发展工作失败了，他们在商店选址上没采纳当地雇员意见，最后客流量严重缺乏。"

"你们在中国开店，会不会采纳当地雇员的意见？"

大个子发出一个不太有力量的浅笑："我们正在满世界寻找既受过西方商业教育，又是当地人的新雇员。就像您这样的，陈先生。"

学生们笑了，大家伸手在香墨肩背上拍拍："好了，你搞定了。"

福希代希克讲完，介绍另两位雇员上台，把公司崇尚体育精神的企业文化着力宣扬了一番。上过"公司诡局"课的同学，互相挤眉弄眼。

走完这程序，运动会正式开场。福希代希克提醒大家，公司通过运动会，要考察候选人的团队合作素质和个人突破能力。

"你们是优秀的团队合作者吗？"福希代希克开玩笑地问。

"我是的，如果我不得不那样做。"一个巴西学生回答。满场狂笑。

比赛中，每个人都尽了最大努力表现个人能力和合作精神，不惜越过气喘吁吁的标准，接近口吐白沫的状态。互相之间彬彬有礼、雪中送炭，把法国"自由，平等，兄弟之情"的国训之第三条表现到淋漓尽致。

连久不运动的陈香墨，也豁出去跑了一百米栏，由于对比赛规则不熟，他剩下一栏没跨，被监赛的狄家隆女雇员不满地瞪了一眼。香墨想，这下我的体育精神露了底！从小到大，体育老师没一个喜欢香墨。

发奖典礼上，得奖的同学风度翩翩讲些俏皮话，他们是今天表现了狄家隆精神的明星。但主管招聘的大个子福希代希克冷冷地坐在角落里旁观，面无表情。他身边偶然坐下的陈香墨，和他攀谈上海新市场的潜力。福希代希克问："你真打算毕业回上海吗？"香墨说是。

"那，我安排你到公司来面试吧。"大个子说，"你等我电话。"

没过三天，福希代希克电话打到陈香墨手机，约他周五到公司巴黎办公室面试。香墨问了问其他同学，自己竟然是运动会上狄家隆马上安排面试的唯一一个人，不由觉得中标希望大增。他大跨步地盘算起以后的事情：尽管为体育用品连锁超市工作，比起过去当记者，在上海显得社会地位低了。但只要报酬到位，作为一个权宜之计，未尝不可。当然，一旦出现合适的职位聘他，他还是可以立刻挂靴而去，顶多按合同规定，老老实实赔偿狄家隆好了。

周五他放弃了上课，穿西装，打领带，脚蹬专为面试准备的瑞士皮鞋，从小径上小心翼翼地下山。为了掩人耳目，特地在西装外穿了件巴黎人爱穿的半身夹克。

这天，王林也没去上课，最近他嘴上起了个燎泡，又红又痛。茜玲知道是心火攻的，不由怜惜他，让他别太把找工作的事当真，慢慢来总会有机会。王林不领老婆的情，走火入魔地给同学、朋友轮流打电话，套点信息。

陈香墨昨天去中国区陈氏超市，回来送他一沓馄饨皮子和一点青菜。茜玲做了馄饨，叫王林吃了再打电话。

王林正和顺顺通内线，试探讨狄家隆人事经理的电话号码。那天他在宿舍准备另一个面试，没去运动会。顺顺躲闪了半天，终于松了口，把福希代希克的手机告诉他。王林这才心满意足，端起了馄饨。

茜玲看王林魂不守舍的样子，说："上海那栋别墅那么贵，我们还是别要了吧？你若在巴黎找到了工作，我们更不会去住了。"

"你懂什么？"王林被老婆打断心头盘算，有点无名火，"那是投资！房价涨势如虹，我们不住就捂一段卖了数钱呗！就算没钱，学费可以再拖拖嘛，何必跟钱过不去？"

陈香墨登上郊县列车，从巴黎西北郊出发，到蒙巴纳斯中转站，转四号线到夏德勒雷沙勒，再换 A 线奔巴黎最东面的马赫讷拉瓦列，整整三个小时才到了狄家隆巴黎总部所在的小镇。肚子饿得咕咕叫，他买了个两欧元的三明治充饥。

可出了车站一问，要到狄家隆还要步行三公里。平时，根本没人不开车去逛狄家隆，所以他的苦恼，只是一个外国学生的特例。

无数枯黄的梧桐树叶，随阵阵冷风在马路上旋舞，小镇像被废弃了一样，没一个行人，车也只偶尔过一辆。陈香墨木木地跨着大步，怕迟到。终于望见那狄家隆大楼了，却拐上了没人行道的高速公路，一辆辆巨型集装箱卡车呼啸而来，吓得香墨不敢迈步。

他暗恨法国人势利，没车的人连路都没得走。他又恼狄家隆，没车人想去应聘，还非得冒生命危险。

豁出去走在马路牙子上，陈香墨觉得自己好可怜。为了一颗理想主义的自由散漫的心，沦落在巴黎的城乡接合部，生死听天由命。这时候，要是上海新闻界的老同僚们，恰巧坐在某法国公司安排的豪华巴士里，到巴黎参观访问从此经过，一定会以讣告的方式流传对他的目击记。

狄家隆的办公室倒十分温馨，接待小姐金发褐眼，待人亲切。陈香墨的西裤是妈妈在他出国前硬买给他的，裤腰大了一圈，此刻拼命往下掉。他尴尬地整理着，憋出满头大汗。

"日安，是陈先生吗?"一位三十多岁的法国夫人出现在他面前，笑容可掬。

领他进洽谈室，奉上一罐依云矿泉水，法国夫人说:"我先自我介绍，我叫贾蜜叶，是巴黎总部的人事部经理。我以前是法国国家篮球队队员，代表法国打过冬季奥运会。"

"哎呀，"香墨友好地睁圆了眼睛，"您是国家队队员!"天晓得，香墨自出娘胎以来，对人如此捧场，大概还过不了三次。前两次，不敢说肯定没有，只是想不起来了。

"您的求职信和简历我都看了，能说说您为什么选择上海企业发展经理的位子吗? 您的优势是什么?"贾蜜叶很和善。

"好，"香墨早打好了腹稿，"首先适合不适合一个工作，得看能否为公司作出贡献，能否比别的候选人作出更多的贡献。"

他故意顿了顿，等贾蜜叶听明白他的法语，并且赞同地点点头后，才继续说。

"我理解上海企业发展经理的工作主要是为狄家隆寻找合适的店址，然后和当地政府和企业建立良好关系，顺利地以合适成本，把店开起来。我以前在上海当记者，建立了各区的政府关系和企业关系，可以为这个工作带来方便。同时，我通过在法国学校的严格培训，也能理解法国企业的文化，我可以把上海人的思想和法国人的思想沟通到一起。这些是我的长处。"

贾蜜叶认真做了笔记，问香墨:"你喜欢运动吗? 平时从事什么运动?"

香墨好像东郭先生被要求独奏，赶忙板起面孔，说:"我游泳，还潜水。"这两样，从身材上可并不一定瞧得出来。

贾蜜叶好像并不细究，记在本本上，就开心地说:"我也喜欢潜水，刚去过埃及的红海呢，那里的珊瑚可漂亮了。"香墨频频点头，说:"水下世界太千奇百怪了。"当然，他心里想着的，是美国国家地理频道放映的纪录片。

香墨具体再介绍了些上海政府和媒体的有关细节，哪些可为企业所用，面试就顺利结束了。不像大多数企业的人事经理那样讳莫如深，运动员出身的贾蜜叶爽气地说："我会推荐你和我们的中国区总裁见面，他快回巴黎过圣诞节了。"

香墨感激地和她握手，贾蜜说："你是走来的？我开车送你到地铁站去。"香墨低头一瞧自己的皮鞋，原来沾上了湿泥。这女经理太体贴人了。

接下来的几天，陈香墨精神抖擞，看人家狄家隆的人那态度，对我这中国学生的确有点看重呢！他未免有些飘飘然。

也不久，才两周工夫，陈香墨就接到贾蜜叶的电邮，请他去法国北方地区的首府里尔面试。这是狄家隆公司的全球总部！

大个子福希代希克原来就是总部的人事经理，他和香墨通电话约周五下午四点，因为三点钟还有另一个候选人先面试。中国区总裁没回国，将面试两个候选人的是来法国出差的中国区人事经理。一个中国人。

陈香墨瞎猜：不知那一个对手是谁？想想反正不是本校学生，就放下了。好不容易去一次里尔，香墨不由得心动，想顺便拜访一下里尔那家有名的新闻专科学校。他在网上查到里尔新闻专科学校办公室的电话，打过去套近乎，院长办公室主任杜波瓦先生一口答应接待来自遥远东方的同行。但时间紧了些，杜波瓦先生下班有事，只能等他到下午五点半。

陈香墨想面试一个小时够了，赶过去正好，然后坐七点的高速火车 TGV 回巴黎。

他打内线电话给王林，想问他查火车时刻表上哪个网站。王林愣了愣，问："你去哪里？"

"里尔。"

"噢，是去狄家隆公司面试吧？"王林喊破。

"不是不是，我去里尔新闻专科学校。"陈香墨下意识地隐瞒。如此私人的事情，王林从来不懂得避讳。

挂了电话，陈香墨才怀疑，王林怎么知道狄家隆公司面试？莫非他就是三点那个候选人。香墨打翻醋坛子：王林又没去运动会，怎会去面试？他那简历，避实就虚，把自己写得活脱脱一开发市场的能人，法国人爱看书面东西，准会被他的花招迷惑。狄家隆吃亏上当不打紧，他陈香墨一番奔波辛劳，可要泡汤！

陈香墨顿时像吃了苍蝇，烦恶得很。疑忌归疑忌，还总得按计划上路。周五吃了早午饭，他就出发，怕万一迟到，给人留下不好的第一印象。临行前，照例跟半饥不饱的咪咪说："老伯伯找到工作，你的猫粮爱怎么吃怎么吃。"咪咪狐疑地看着他，直到他把一天加一晚的猫粮都倒在碗里，它才"腾"地站起身，喵喵大叫上去猛吞。

陈香墨叹口气，锁门出发。还好一路顺风，早一个小时，他三点钟就到了里尔。

相比巴黎，里尔是个小城市，本年度的欧洲文化节正在这里举行，出火车站就看到日本艺术家剪的纸鱼，五色缤纷挂在空中。主要的商业街上，搭起了一座座漆成蓝色的金属拱门。

他没心看风景，打出租车奔狄家隆大卖场而去，总部办公室就设在卖场里。陈香墨终究是上海人，看不惯这种作派，不由撇了撇嘴，怪这公司一点气派都不讲。

他到处看看狄家隆的商品，原来倒让人惊奇：潜水器具、骑术用品和高尔夫球具应有尽有，比中国体育用品店商品范围广多了。

堪堪到时间，他提早五分钟打电话给福希代希克报到。福希代希克拖了十五分钟才下来见他，抱歉地说："前一个候选人来迟了，面试才开始不久。请在楼下先等一会。"他买了一杯可乐给香墨，然后回上楼去。

香墨心里老大不愉快，那人迟到是他的错，凭啥浪费我的时间？为了准时，我可是一早就出发了！世界上就多不自觉的人，让举止得体的人老吃亏。

一等就无休止，陈香墨突然想到五点半还有约，时针已指到四点半了，跳起来给福希代希克打内线电话。

福希代希克听说他下面还有约会，立刻道歉说马上结束前面的面试。香墨看到福希代希克送王林出来，脸上瞬间布满了种种表情。他扭头假装没看见王林，心里当场认定王林是故意迟到。直到福希代希克有点探询地站在他面前，他还没把反起来的胃安抚回去。

上海来的人事经理李燕，是位从巴黎另一家不太有名的商学院毕业的女士。她抱歉说耽误了香墨的时间，希望能立刻进入正题。

"您是记者，改行谈生意能适应吗？"

"我的记者生涯为我积累了上海的人际关系，目前的商学院是个转变的准备。"

"我们企业发展经理的工作很辛苦，接触的人层次都不高，你以前采访的都是高层人士，出入高档场所，能适应新角色吗？"

陈香墨感觉像妓女从良被问能否过平常日子，苦笑说："我这会儿说没问题，您信吗？慢慢适应好了。"

"您对工资报酬的要求是多少？"李燕单刀直入。

陈香墨这点够狡猾的，说："我还没考虑到这方面，对我来说，更重要的是看自己是否真能为公司作贡献。"

"年薪三十万您能接受吗？"李燕又问。

"是欧元还是人民币啊？"香墨嬉皮笑脸，他今天压根不想上钩，不到谈这点的时候。脑子要绝对清楚！

李燕在结束面试时，坦率地说："主要觉得这位子太委屈您了，您以前的经历很丰富，能在这位子上稳定吗？"

香墨看着李燕，说："我得回上海，太太在那里。有得就有失啦。"

李燕点点头，说："我会把我们的谈话跟我老板汇报的。"

回到学校，已是深夜，香墨不能入睡。

他有一种深深的坠落感。想当初离开报社的前夕，复旦学长毛德良劝阻他："你好比待在一个山头上，这山望着那山高。但想爬到那山上，别忘了先得下这山，再去爬那山。都三十好几的人了，下山容易上山难啊！别为了更高峰，丢了井冈山。"

那时，革命豪情激越，他豪迈地回答学长："为有牺牲多壮志！不到黄河心不死！"

此时此刻，他正在万里之遥的巴黎，为谋求一个国际连锁超市的工作而和一个唯利是图的同学竞争，磨破嘴皮子地拿自己过去的辉煌自吹自播。这是他革命的目的吗？或者说，这是自己革命的过程和手段吗？

香墨于初冬冰冷的月光下，瞥见小猫咪咪悄悄踱到猫食盆前，恋恋不舍地嗅着猫粮的余香。它平时饿多了，今天因香墨去里尔得以饱食一顿，但肚子圆了，心还饿着。香墨忽然有些感动，咪咪为了一口食，样样努力都肯付出。它会一次次把前爪搭到香墨肚子上，然后往上爬着人立起来，为的是面对面地求求香墨：我要吃！它会到香墨没洗的锅里，把筷子叼出来舔，告诉香墨：我饿坏了！一只猫尚如此努力，人难道就放不下身段，为生存一搏？

陈香墨心里补充学长的话："如今我还在下山途中，到哪里唱哪里的山歌。没人寒碜我，只要我自己别寒碜自己！"想定了，他才睡着。

第二天陈香墨醒得早，窗上下了今冬第一次霜。他喂了咪咪足够多的猫粮，在它黄色的头顶使劲揉揉。他决定去学生食堂吃一顿免费早餐，来到学校，因为日日渴睡，他还没怎么享受学校的这项待遇呢。

天乍冷，食堂里吃早餐的人特少，陈香墨接了一杯黑咖啡，拿了一小盒蜂蜜，烤好两片面包，涂了黄油，在有阳光的窗边慢慢吃。王林气宇轩昂地进来，朝香墨招手："我昨天在里尔看见你了！"言下之意，老陈觉得是说："别骗我，知道你在干吗！"

于是，陈香墨就竖立了战斗的颈毛，立刻回击他："你是故意迟到的吧？"

王林不接嘴，先去拿了吃的，坐到香墨对面："哎，他们和你谈了工资收入的事吗？"

陈香墨暗笑这小子不但狗改不了吃屎，简直把干屎留嘴角，从来不擦。他笑问："你呢？"

"我先问你的。"王林像小孩一样耍赖。

"我没必要告诉你，除非你先说了，我可能和你讨论讨论。"陈香墨立场明确。

王林往嘴里塞了一大口小圆面包，说："他们问我要多少年薪，我说我没读MBA那会儿，年薪是三十万人民币。如今咱们学校毕业生平均年薪八万多欧元，你们看着定吧。"

"你吓着他们了吧？人开个超市容易吗？"陈香墨逗他。

"该你了，说说。"王林可不能做蚀本生意。

"我没正面回答，就说先看看我能作啥贡献，按劳取酬呗。"陈香墨说。

过了有差不多十来天，香墨接到从上海狄家隆来的电邮：

尊敬的陈先生，

我们看了您的简历和面试记录，印象很深刻。兹有我中国区企业发展经理爱玛·何东小姐，诚约您于本周五下午三点整，在我公司里尔办公室面试。

敬请回复。

陈香墨决定这回不再连夜赶回，把咪咪托给顺顺看管，自己可以在里尔玩个周末，否则两次下来，几千人民币的旅费太冤枉。

他大大方方问王林接没接到通知，王林说有，下午两点整。还是在陈香墨前头。陈香墨就说："这次可别故意迟到了。"

王林说："有一点我没想明白，他们招中国区企业发展经理，怎么不是总监或总裁来面试，难道那个经理想离开上海，自己来找替身？"

陈香墨没应过聘，问他等于白搭。

只是这提醒了香墨，他想到自己有一个朋友新近转到狄家隆中国总部当公共关系经理，应该打电话问问她公司情况。但不料一通跨国长途过去，那朋友语气紧张兮兮，欲说还休。香墨就不勉强，挂了。

季节真是一往无前地变幻，不会停下脚步给人一点额外时间用于喘息或冥思。陈香墨下了高速列车，走出里尔车站，北方的天空，竟已絮絮扬扬飘起了第一场雪。

在火车站看到廉价旅舍"床先生"的灯箱广告，陈香墨就直奔地处闹市的这家。住一晚才三十九欧元，比巴黎便宜多了。他从容地冲了凉，打扮妥当才去面试。

王林跟他分头来里尔，今天倒没拖时间，在陈香墨下出租车的时候正巧碰上，他和香墨握了握手，就扬长而去。陈香墨照例，提早五分钟报到。

爱玛·何东小姐亲自下楼来接香墨，这是个年轻干练的法国美人，一对褐色的眸子亮晶晶地闪光。

两军对阵般的感觉，爱玛对香墨的过去问得特别仔细，例如在工商局认识的朋友是哪几个啦，在市政府经贸委有没有熟人啦，香墨一一如实说了。

爱玛认真地说："这可能是我们第一次在巴黎一商招聘，我们不知道应该给你们这些高才生多少报酬。所以，请您今天一定要说明白，你的心理价位是多少？"

"爱玛，我也不知道。我以前在中国的国有报社工作，没有可借鉴的标准。"陈香墨装蒜。

"那么，回答我，三十万人民币年薪足够了吗？"爱玛不依不饶，定要水落石出。

"钱，永远没有够的时候。"香墨继续幽默。

爱玛笑了，放弃继续追问。她沉思了一下，说："陈先生，我觉得您的资历，不适合当企业发展经理。"

香墨听了有点发懵。

"我是说，您更适合企业公共关系经理这个位子，可以和高级别的政府官员打交道，和您过去交往的圈子合适。"她凝视老陈。

"您知道，我们公司目前也需要企业公共关系经理。我想推荐您应聘这个位子。"她一字一顿地说。

陈香墨灵光一闪，问："好像你们公司现在有这么一位经理在职呢？"

"是的，但她可能要走。这是一位和法国人结婚的上海女士，她有两个小孩子要照顾，太累了。"爱玛说。

"可是，她是我的一个朋友，她是叫苏菲吧？"陈香墨问。

"是的，是的。世界真小！"爱玛感叹。

"我们中国人，不兴挖朋友的墙脚。如果她真要走了，我可以考虑您的建议。不过，只要她没明确说，我就不能答应您。"香墨憋红了脸，说。

"当然，我个人也很欣赏您这种圣人的态度。圣人，您明白吗？就是像一只没被虫子蛀了心的苹果那样的人。"爱玛说，"可是苏菲亲口和我说过她想走，我会再和她确认的。"

"好吧。"香墨觉得这些变化太仓促了，没时间好好想想。

"那么，您就忘掉企业发展经理这个位子吧？真正适合您的是另一个更重要的职位。"爱玛迫切地说。

陈香墨胡乱答应了一声，觉得这爱玛有点怪怪的。是不是她自己恋栈，要把我推去别的部门？

他在里尔住了一晚，冒雪游了夜市，在有名的"比什多·罗曼"餐厅吃了法式蜗牛和薄片生牛肉，还喝了半瓶起售的当地红酒。酒足饭饱之际，只觉得孤独和落寞，上海在万里之外，太太在万里之外。在里尔，他只有一夜三十九欧元的陋舍可供栖身，心里还在担心应聘狄家隆，会不会伤害朋友。抑或，从更多人的角度来看，这根本是他迂腐的人生观？

回到校园后，他实在忍不住，再次打电话给苏菲："你要离开狄家隆吗？我去应聘，他们建议我接替你呢。你放心，只要你没走的意思，我立刻回绝他们。"

苏菲字斟句酌地说："我只是和老板不太开心，说了气话。要走，可能也要一年后才考虑。不过，你别顾我……"

"哪能呢！你把我陈香墨当成什么人了？到此为止，多保重，你！"陈香墨慷慨挂机。

那边厢，王林也跟老婆汇报："可能没戏，那公司太小家子气，逼着我答应三十万年薪。听说前一届，有个山东来的同学，去了他们公司，每月才拿一万人民币……"

第六章

上流社会

徐斌整月都不来学校上课，尽管住在离学校一箭之遥的地方。

学业对他过去不代表什么，今天更不放在心上，因为，那已是过了河的桥。

此时此刻，他的人生旅程，抵达了富瓦拉赫先生府上。

那天晚上的事，好像只是一个梦，谁也不再提起，一切好像都没发生过。薇薇安娜出门了一两天，回家见着徐斌，大大方方打招呼，吻脸，就和任何一个巴黎女房东一样。

徐斌自打在床上把夫人搞得一塌糊涂后，对她生成了一股亵狎之意。薇薇安娜和他行吻面礼，他见四下无人，便亲她嘴，搂住她腰肢。但随即他自己就冷静下来，因为薇薇安娜的反应，就像一尊大理石像。

薇薇安娜并不怀有敌意，只是从床头荡妇又变回豪门贵妇。那种于轻松自然中流露的端庄和亲善，依旧施及徐斌。徐斌现在成了富瓦拉赫先生府上的食客，早餐和晚餐都和夫妻俩一起用。

富瓦拉赫先生信守自己的诺言，亲自调教徐斌的法语和法国文化史。徐斌的课堂搬到了昂席的起居室，昂席的丰富藏书，被不断调集到书桌。日复一日，昂席和徐斌几乎成了良师益友。徐斌的法语功力突飞猛进。

薇薇安娜白天大部分时间去巴黎看店，她的店历史悠久，生意兴隆。也只有巴黎这个艺术之都，才能让她无忧无虑地经营绘画颜料。晚餐后，她照例安排昂席休息，然后挽着徐斌，去花园里散步。她的话题，涉猎新闻、时尚、政治、艺术、哲理、地理和生活百艺，反映出她的良好修养和广博知识，有时，令徐斌也自感孤陋寡闻。他爱上了晚饭后的散步，这不但是他一天中和薇薇安娜单独相处的唯一机会，也是他和旗鼓相当的知识女性心灵交流的时刻，散步使一天的学习达到高潮。他渐渐敬重薇薇安娜。

迷乱的瞬间并没有一去不复返。好像一个禁忌，不会有人谈论或以语言提示。只有感觉能告诉徐斌某些销魂快乐正在逼近。

薇薇安娜的服装是一种明显的暗示，哪天她在天黑后，打扮得性感撩人；哪天她和徐斌的谈话变得烦躁不安；哪天，衰老的昂席，像死鱼一样瞪着美艳的妻子看，那时，徐斌就知道，自己心里，也有一朵黑郁金香，会在夜色里开放。

他，已学得不说一句轻浮的话，没一个轻佻举止。薇薇安娜的性，沉默而深厚，带着吸力和磁性。有时，徐斌觉得自己和一朵巨大的南美洲睡莲在做爱；有时，他觉得自己的性器，是插在宇宙黑洞里，全身被吸入薇薇安娜的神秘世界。每次，爱都要碾碎夜的黑宝石，直到露出乳白的晨曦。

薇薇安娜正是虎狼之年，徐斌如日中天，自然棋逢对手。可怜风烛残年的昂席，每每于玻璃墙壁的那一边，黯然神伤。他对于这个亚洲青年，寄寓了一种变态的感情。他觉得徐斌是他生命的延伸，代替他的肉体，爱着薇薇安娜。可是，不止一次，当他察觉到，薇薇安娜在性的狂喜中，已彻底忘记了玻璃那一边的老朽，和这个来历不明的黄种人下贱地绞缠在一起，昂席的血管便如蛇一样阴险地蠕动，恶念飞旋，简直想用剑斩断徐斌的祸根，把薇薇安娜用永恒的火焰，烧成灰烬！

这些剧烈的心理斗争，不适合他虚弱的健康。冬天的巴黎，又冷又湿。中国春节前的一周，昂席不支倒地，住进了私立医院特护病房。

徐斌迎来人生中最欢快的一个春节。薇薇安娜除了去医院看望丈夫，就是和他在豪奢的宅第里，过着不分日夜的情人生活。

没有了昂席那阴郁和监视的眸子，薇薇安娜像一个还清多年债务的妇人，又像一个刑满释放的囚徒，渴望享受。面对一个和自己的社会关系丝毫没有交叉的外国留学生，她的欲望丛生，没有任何顾忌。

她一下子年轻了十岁，和徐斌在一起，薇薇安娜不由自主，翻出年轻时的衣服，如同呼唤青春热情来回光返照。他们在冬天的草坪上，靠着山毛榉的大树干，穿着外套做爱；他们在屋顶的储藏室里，打开斜顶窗，让冰凉的冬夜流淌进来，让稀疏的星星见证他们的情爱。

　　这个早晨，徐斌从烂泥一样精疲力竭的睡眠中醒来，富瓦拉赫夫妇的卧室中洒满了阳光。薇薇安娜去医院看望昂席了，占了男主人床榻的徐斌忽然一阵心虚，这并非他的卧室，昨夜缠绵的女人并非他的女人，温暖的阳光，也不是他的阳光。昂席正在复原，总有一天要回到这里，那时，他就失去了这美丽但虚幻的梦境！

　　一刹那间，徐斌心如刀绞，连嘴唇都变成灰色。薇薇安娜，妙不可言的女人，你偷吻了我的心，这爱情便如同野地里的一枝黄，长出了盘绕的根。

　　他试图逃出这种令人窒息的情思，发动自己快生锈的车，去学校走一遭。

　　没意识到，他陷身富人区的日子已如此久长，张洪平等人已经毕业离开了校园。他找王林喝了杯咖啡，王林的太太已先期回国，等待分娩。王林还在应聘，坚持等待留巴黎的可能。

　　一如既往，陈香墨和王林分别帮徐斌上课签到。一直以来，除了教授们在考试的教室里，狐疑地看看徐斌，其中认真的几位，去向教务处询问外，一切相安无事。

　　他请大家一起在中餐馆吃了午饭，开车送他们回教室，自己出来在校园里兜风。远远走来的人让他心头一震：茜茜莉娅！

　　茜茜莉娅提前一个月结束了在杜克大学的课程，回巴黎找工作。她并没打算在美国就业，去杜克也只是放松一下自己的心情，赶走一些混乱的思绪。

　　她见到徐斌，自然感到欢喜。拥抱了两次，茜茜莉娅问他去了哪里，在学校里怎么见不到他，还以为他退学了。

　　徐斌简单把这半年的离奇经历告诉她，只隐瞒了生活中还有一个老朽的富瓦拉赫先生。

　　"斌，你的红鸾星动了。"茜茜莉娅摸摸他的乱发，他的确适合找个年龄大的女人。

点上一支红万宝路，茜茜莉娅告诉徐斌里昂证券正在招聘证券部经理，如果他想去应聘，可以介绍朋友替他搭桥。

徐斌点点头，心里赶不走薇薇安娜柔情万种的情影，有种隐隐约约的不祥预感打扰着他，令他心惊肉跳。

茜茜莉娅按灭烟头，和他道别。徐斌忽然拥抱着茜茜莉娅不放。他觉得拥着茜茜莉娅，就像拥着安全感；放开了她，自己就要面对惊涛骇浪、生死存亡。

茜茜莉娅拍拍魂不守舍的徐斌，说："你多保重，有事打我手机，这是号码。"她写在便条上，塞到他口袋里。转身去了教学楼。

他驾车到巴黎唐人街瞎转了一圈，买了些专拨北京的电话卡。回到富瓦拉赫府上，薇薇安娜已经坐在餐桌旁等他。佣人随即上头道菜。

"薇薇安娜，昂席怎么样？"他着急地问。

"他还得在医院待上一星期。"薇薇安娜微笑着看他，"你想念法文老师了？"

"我是怕这一段神仙一样的日子不长久。"徐斌依依不舍地望着夫人。

"没有嚼不到头的长棍子面包。"薇薇安娜风情万种地甩来媚眼，"我们还有一个星期，难道还不够吗？斌，你会永远忘记不了的。"

她的话里，似乎藏着玄机，勾引得徐斌想掀了桌子，立刻抱她到床上去。

"斌，明天我们去一个小型的晚会，下午我带你去巴黎把上周给你订做的衣服取回来。"薇薇安娜挤挤眼，问，"你不喜欢这份上好的鹅肝酱吗？"

晚上，徐斌心头的火山终于爆发了，他颤抖地跪在薇薇安娜膝前，倾诉衷肠："薇薇安娜，我爱上你了。我再也不敢想象没有你的生活。你的气味钻进了我的灵魂，你的温柔软化了我的骨髓。你，不会抛弃我吧？我有不祥的预感。"

薇薇安娜放声大笑："斌，不要像个孩子。你是巴黎一商的高才生，说话要像个上流社会的绅士。"

但他赤裸裸的爱还是感动了薇薇安娜，薇薇安娜在卧室里点起了三十九支蜡烛，在浪漫的烛光里，她只披着一层轻纱，为斌艳舞。然后，她跪着捧起他的宝物，用她温润无限的唇舌，对他进行最极致的呵护和爱抚……

斌此夜难眠。

小型的晚会在凡尔赛宫后面的一栋私人豪宅举行。薇薇安娜自己先去，让徐斌一个人换好新衣服，随后来。

徐斌首先惊诧于这座府邸的美丽。文艺复兴时代的雕饰布满院落，室内挂着古旧的油画，花梨木的地板显然已有几百年的历史。主人是一位和薇薇安娜年龄相仿的夫人，生着典型的高卢人面相，气质不凡。她和蔼地伸手让徐斌亲吻，告诉他可以直接去客厅。

沙龙里已或坐或立地来了好些客人，薇薇安娜正和一个英俊的意大利青年说笑着。徐斌感到嫉妒，他取了一杯红酒，径直朝他们走去。薇薇安娜张开双臂，先和斌行了三次吻面礼，然后向意大利人介绍这是富瓦拉赫先生认的中国义子。而这位意大利人，是主人家的侄子。

徐斌对自己义子的身份还有些别扭，尽管这是和薇薇安娜事先商定好的。他觉得这身份阻挡了自己和薇薇安娜的亲近，平添了伦理的鸿沟。

他紧紧和薇薇安娜站在一起，留心听那个"意大利骗子"会对他的薇薇安娜说些什么引诱的话。每个意大利人都是甜言蜜语的花花公子，这点徐斌知道得很清楚。

"斌，你为什么不去认识一下那些女士？"薇薇安娜泛着花香的头转过来，"你的法语已经很高尚了，完全可以和这些法国女士交谈。"她鼓励他。

显然薇薇安娜不喜欢他站在身边，徐斌快快不乐地踱到那些陌生人身边。今天没什么年轻小姐，尽是些徐娘半老的贵妇人，浑身珠光宝气。徐斌忽然意识到出席的男士都是年轻小伙，而且没几个是法国人。他脸上发烧，薇薇安娜是不是带他来贵妇找男色的聚会？巴黎之大，本就无奇不有！

可是没等他深想，一个绝色夫人吸引了他的眼光。她脸上布满颓废之色，纤细的手指夹着一支细长的深色烟，吞云吐雾。仔细看面貌，那夫人似乎是西班牙人。

徐斌心收得比眼睛还快，他发觉薇薇安娜占据着他的神经末梢，使别的美人再无法登陆他的感觉器官。他急忙换了杯威士忌，站在大厅柱子的阴影里自伤自怜。偷偷看远处的薇薇安娜，她又换了个黑人青年在谈笑风生。

三杯威士忌下肚，徐斌忽然看见薇薇安娜走到乐队跟前，拿起了麦克风，开始在夫人们的掌声中，唱起一首歌。是席琳·迪翁的歌《我的男人》：

他有着谨慎的眼神
他说话惜字如金
他喜欢鸽子的歌声和咖啡气味

这是我的男人，我的旗帜
我的男人所为我做的事
我颤栗，我湿漉漉
这是我男人，我的避风港，我的床，我的英雄

他不知道如何引人注目
就像一个灯塔，被人忘却
在它照耀的海上
浪花碎裂在人们视线之外
而灯塔亮起千万缕光芒
在我没求恳时就照亮了我

这是我的男人，我的旗帜
我的男人所为我做的事
我颤栗，我湿漉漉
这是我的男人，我的火，我的安宁

我的男人，我的朋友
他宽恕那偶然做出的选择
我摸索着，同时犯着错
我的男人心口如一

这是我的男人，我热爱

我的臭氧，我呼吸的空气

我的鸦片，我的白昼

哦，我的男人，我的家，我的路，我的爱

……

徐斌在这充满张力的歌声中热泪盈眶，他觉得薇薇安娜美艳聪慧不可方物。自己只是一个过客，不是她歌声中的男人。她的男人，还没出现，所以她难以停止寻觅。

只是，徐斌这份对女人的初恋，错误地落在了为人妻、为人母、不安于现状的薇薇安娜身上。

"您好，先生。"一个低哑磁性的女声凑近他耳边。

徐斌一回头，眼角泪水溢出了眼眶。

"您为何哭泣？"绝色的西班牙夫人递过她馨香的棉手帕。

"只是为了这歌，夫人。让您见笑了。"徐斌觉得这女人性感逼人。

"你是为了我的薇薇安娜。"西班牙夫人微笑，声音像熨斗，熨平徐斌的哀愁。薇薇安娜悄悄走过来，靠在这夫人身上，两人亲密地互吻双颊。原来，西班牙夫人名叫孔斯唐莎，是薇薇安娜的闺中密友，只是徐斌以前无缘得见。

薇薇安娜把徐斌留给孔斯唐莎，自己飘然而去，徐斌回头望也望不见她。孔斯唐莎的身体，飘来一阵阵女人的体味，让徐斌不得不运功抵御。

孔斯唐莎没说几句话，只是优雅地吸着细长的烟卷。人们开始相拥着跳慢舞。一个法国男人过来请孔斯唐莎，孔斯唐莎摆摆手，把头朝徐斌胸口一歪，意思我和这个男人在一起。

徐斌迷迷糊糊握住孔斯唐莎的手，加入了爵士乐中舞动的人群。他看见了薇薇安娜，她拉着意大利人的手，悄悄朝楼上走去。

徐斌如同被扔进了冰河，牙齿都打着颤。孔斯唐莎转身拿过一杯满满的伏特加，徐斌就口一饮而尽。他觉得，自己的人生哀伤莫名。

他记不得自己是喝到第几杯时醉过去的，反正，醒来时孔斯唐莎赤裸裸地躺在身边，手指在他喉结上划圈，两只硕大的乳房，让他吓了一跳。

"你是只亚洲虎。"孔斯唐莎亲昵地叫他。他意识到，在遗失的记忆里，自己一定和孔斯唐莎发生了肌肤之亲。忽然间，他想到薇薇安娜，心里一阵刺痛。

"斌，"孔斯唐莎娓娓说道，"你不必害怕回去见薇薇安娜，因为她希望你在我这里住下来，你的行李我会去拿过来。"

徐斌醒悟到自己已经在孔斯唐莎的床上，被人像扔旧家具一样扔掉了。

"你不要误会薇薇安娜，"孔斯唐莎说，"她让我告诉你，你对她的并不是爱情。只要你和我在一起住一个月，假如你没有被我迷住，你就再回到她那里去。"孔斯唐莎温柔地说，"凭我祖上的贵族荣誉起誓，你不可能回到她那里去。"

她掀开徐斌身上的毯子，房里的暖气如同春风。她的裸体简直是魔鬼化身，徐斌依稀记起了夜晚醉后的一些画面，不由得浑身发热，雄风乍立。孔斯唐莎媚笑着跨上身来："我没有垂死的老头监视我，我也没有孩子回来妨碍我，你可以放心在这里住着，只要我们彼此引以为乐。"

一个月之后，徐斌心平气和地和薇薇安娜在埃菲尔铁塔下喝了一次咖啡，他正在应聘里昂证券的经理职位。薇薇安娜端庄而亲切地告诉他："昂席很挂念你，他给你谋了个私人财团的工作，假如你愿意考虑，我们都感到荣幸。"

徐斌涩涩地微笑，说："我爱你，夫人。除此之外，我们之间没什么留下了。"

他还是和孔斯唐莎住在一起，学校因为他旷课太多，在他毕业前将他从本届学生中除了名。没有了学业，没有了爱情，他只有寄托于色情。

也许，当孔斯唐莎感到厌倦或恐惧时，他会又一次在某个小型舞会上邂逅某个绝色的中年贵妇？反正，薇薇安娜已经把他带进了这个秘密而门禁森严的上流圈子，只要他觉得是在报宿世之仇，他那"北京制造"的胯下之箭，就可以刺遍这些欧洲贵妇。

他的奇特心结，到底解开了吗？

第七章

惜别

天下没有不散的筵席。

冬天悄然离去，校园里的栗树又开满了红花和白花。

十六个月的 MBA 项目，以春季班和秋季班交错的方式，先后走到了终点。

近两三个月的生活乏善可陈，大家都忙着进行一个人的战争，全力以赴地找工作。学校毕竟是法国名校，学生也毕竟都是佼佼者，因此，不少人在经历了磨折后，找到了可以骄傲的位置。

算日子，再过一个月，学校就要为大家举行毕业典礼，而课程已在上周末结束了。许多同学不愿为了一个典礼再耽搁时间，打点好行装，准备去世界各地赴任或回家探亲。法国人师第方决定在自己租的别墅里，邀请全部春季班的同学和秋季班还留在巴黎的同学，举行"惜别会"。他准备食物和音乐，大家每个人带一瓶酒或饮料。

陈香墨拒绝了狄家隆的职位，全了朋友之义。之后为了一个 EMU（法国赛马会）的工作机会，又瞎忙乎一个多月。正值身心俱疲之际，他有天早上懒得去上课，颓唐地躺着。

"叮铃叮铃……"他听见电话这样叫。

懒懒地拿起电话，一个很职业化的女中音，说的是标准的汉语："陈先生吗？我是……"

命运之神总这样不经意地找上你，总在你很容易错过的时候，譬如逃第一节课、赶第二节课的瞬间。

这是一家庞大的烟草公司，其中国公司企业发展部的女总监正好要到巴黎出差，她的案头上不知谁放上了陈香墨的简历。陈的某些经历吸引了她的眼球。

冥冥之中，也许早定下了陈香墨在塞纳河边的这次决定性的面试，助他从一个记者和编辑，转成跨国公司的经理。

王林，终于明白，自己和法国的缘分尽了。

再住下去，不但重蹈覆辙，而且会错过孩子的降生。

他买了回上海的飞机票，心里下了决心：自己创业，求人不如求己！

春季班里的法国学生樊尚和王林商定，组建一个进出口贸易公司，在两国间进行采购。他们的合作是认真的，以致唐娜叔叔不断的引诱也动摇不了王林。自己能赚大头，为啥要为别人打工？像推磨驴子一样，去追面前咬不着的胡萝卜？

陈香墨和王林，作为已打定主意的人，难得潇洒起来。两人一起打了一场乒乓球，一起去阿搭客超市买红葡萄酒，准备晚上去师第方家。

师第方家离学校不远，步行也就十分钟。春天野鸟各色各样，在傍晚时分飞舞歌唱，使这段步行充满趣味。

第一批同学已经到了，大家正拿了啤酒和饮料，在晚霞映照的院子里打听彼此的去向。

德国同学狄罗留在巴黎，找了家一般的 IT 公司，作为起步。

及川敏一将到东京沃达丰总部当财务经理；夏子被某家欧洲化妆品公司聘到香港当销售经理。

徐斌已在里昂证券公司上班一周，他和大家寒暄了几句，就和茜茜莉娅到角落说悄悄话去了。

比较大的新闻是秋季班里还留在巴黎的上海女生、上海电视台的前英语节目主持人唐文文和班里的前法国海军上尉福航科已悄悄结婚！现在唐文文有了身孕，故事就藏不住了。他俩双双出席今晚的晚会。

大半同学还没定下心。招聘面试很多，大家都连轴转，只是适合自己的那一家，还在未定之天。看看尘埃落定的人，大家有了点参照，觉得压力减小了。至少，今晚应该尽情欢乐。大家就此一别，真正天各一方，不知此生还能相聚否？虽然有些同学彼此间根本不熟，但一个班同窗十六个月，总是缘分。

到晚上八点，天已黑透。师弟方家挤得水泄不通，七八十人的"嗡嗡"声，比音乐的击鼓声还响。大家今天是轮着圈说话，平时不太来往的人也笑嘻嘻地握手，问问你去哪里。好像谁都要和所有人说声再见、珍重。

大家忽然起哄了，原来是要唐文文和福航科交代"私通"过程。也是，在大家眼皮底下搞到这个份上而令人蒙在鼓里，的确要对大家的好奇心有个交代！

王林和唐娜不理喧闹，找了个清静角落说话。

"你可以自己干，但我叔叔那边你也可以合作。做不了的，就找他帮忙啦。他很欣赏你的。"唐娜说。

"知道了，你的工作落实了吗？"王林关心地问。

"还没有，我先回纽约，就在纽约找，不换地方了。还是纽约适合我。"唐娜下了决心。

"唐娜，来上海玩啊。我开车来机场接你。"王林说。

他俩之间，有点惺惺相惜的真感情，王林决计不会收唐娜的车钱。这点可以相信。

"你来纽约，就住我公寓。"唐娜说。当然，其中也没任何男女私情。这点可以保证。

这是他俩的友谊。毋庸置疑。

闹到夜色阑珊，大家都喝得醉醺醺，陈香墨的毛衣和衬衫被蜡烛烧穿了大洞都不知道，大家满屋找焦味才找到他。陈香墨醉醺醺地说："火烧是旺相，大家今后都兴旺发达！"引得大家满饮了一杯。连跟他吵过架的那几个，也不愿跟兴旺发达过不去，一起仰脖子，喊："亲亲……"

自然，跟每次同学聚会一样，中国色彩只是当点缀的。晚会百分之九十都是欧美学生。他们摇摆着，大叫着，宣泄这一年多来的辛苦。将迪斯科音乐放到极限，谁管明天会怎样呢？MBA是一个完全自主的选择，我欲故我在，应该无怨无悔。

陈香墨忽然想起了那个故事：

从前，有一些小鱼儿对只能游泳的生活感到厌倦，它们仰望着在天空里飞翔的海鸥，羡慕地说：我们要是能飞该多美啊！

海鸥说：我可以教你们飞。可想飞，就首先要离开水。

小鱼儿纷纷跃出水面。于是，它们中的大部分成了海鸥的点心；幸运的几个，学会了拍动背鳍，成了海面的飞鱼……

万千感慨，只落得一句俗套成语：时间犹如白驹过隙……

少年时坐着叮铛响的有轨电车，经过复旦大学，父亲指指燕园的绿荫："你将来上复旦就好！"一晃眼，那就是懵懂，如飞而逝。

复旦四年，在我心里已淹没海水深处，我可以时常潜下去观看古迹，但没充足的氧气许我沉溺其中。

挥别相辉堂，不带走一枚枯叶……我那时以为记者的职业将稳定永恒，我的生命会以极浪漫的笔调化成日复一日飞舞的报纸……事实是现实如一枚枚长满地衣的青石，横亘在我面前十年，培育我失望的成熟；我终于飞身而起，成一羽湿淋淋的飞鱼，跳过龙门，落在巴黎街头……于是，有了《巴黎飞鱼》的第一版，那是二〇〇六年。

二〇〇六可算幸运之年，《巴黎飞鱼》总共印了一万四千册，读者多为留法学生和外企白领。的确，这故事属于他们。一个冷门故事，在冷门人群中热烈一阵，于我，这就足够了。按部就班的人生绝无可能预设的一段巴黎生活，孕育出一本孤独的书，而孤独的书，找到了世纪初孤独的那些读者……

转眼又十年，有些读者关心"飞鱼族"的下落，希望《巴黎飞鱼》有后续姊妹篇。我想说：小说如一道闪电，需要广大的沉默与空白衬托……

《巴黎飞鱼》出版第十年，我回了一次巴黎，再次踏入那宁静校园。白云苍狗，校园已然陌生，新楼成片盖造，唯大树与池塘依旧……

走出校园下山，镇上的甜品店恰巧开门，卖糕饼的女人还是老样子。

她记得我是曾经光顾过的留学生，与我在拿破仑千层酥前合影。这瞬间，我觉得人生中曾经的一段花都岁月何其圆满，令我有满脸是泪的留恋……青春如血，从我额头上淌尽了……

祝读者诸君阅读愉快。生命是漫长又短暂的旅程，唯飞鱼的热情助我们反叛平庸之恶。

为《巴黎飞鱼》的再版，在心里一一感谢应该感谢的人们！上帝的安排永远是最好的礼物！

禹　风

二〇一七年六月二十五日

于瑞士策尔马特

图书在版编目（CIP）数据

巴黎飞鱼/禹风著. —上海：上海文化出版社，2017.8
（职场浮世绘）
ISBN 978‑7‑5535‑0823‑8
Ⅰ.①巴… Ⅱ.①禹… Ⅲ.①长篇小说–中国–当代
Ⅳ.①I247.5

中国版本图书馆 CIP 数据核字（2017）第 170709 号

发 行 人：冯　杰
出 版 人：姜逸青

策　　　划：走　走
责任编辑：赵光敏
文字编辑：王文娟
装帧设计：介太书衣　叶　珺　方　明

书　　名：巴黎飞鱼
作　　者：禹　风
出　　版：上海世纪出版集团　上海文化出版社
地　　址：上海市绍兴路 7 号　200020
发　　行：上海世纪出版股份有限公司发行中心
　　　　　上海福建中路 193 号　200001　www.ewen.co
印　　刷：上海天地海设计印刷有限公司
开　　本：700×1000　1/16
印　　张：16.75
版　　次：2017 年 8 月第一版　2017 年 8 月第一次印刷
国际书号：ISBN 978‑7‑5535‑0823‑8/I.262
定　　价：36.00 元
告 读 者：如发现本书有质量问题请与印刷厂质量科联系 T：021‑64366274